嫌われてたはずなのに本読んでたらなんか美形伴侶に溺愛されてます
～執着の騎士団長と言語オタクの俺～

エルムート
『鋼鉄のエルムート』という二つ名を持つ、
ソレイユルヴィル国の第一騎士団団長。
堅物で無愛想だが、フランソワに対しては
激情を抑えきれない一面も。
フランソワ
エルムートの配偶者。
美しくあることに血道を上げていたが、
前世の記憶を思い出したことにより、
一転、言語オタクの道を歩み始める。
傲慢で自信にあふれているように見えるが、
その実、健気で一途。

登場人物 *Characters*

国王
ソレイユルヴィル国の国王。
アレクサンドル
ソレイユルヴィル国の第一王子。
コルリアーヴ
ソレイユルヴィル国の宰相。
エリク
ソレイユルヴィル国王立図書館の司書。
ダミアン
ソレイユルヴィル国の第一騎士団副団長。お調子者のようにふるまっているが有能で仲間思い。

目次

嫌われてたはずなのに本読んでたらなんか美形伴侶に溺愛されてます

～執着の騎士団長と言語オタクの俺～

第一章

フランソワ・フィルブリッヒは、人生の絶頂にあった。

魔術を駆使して複雑に編み上げた長い金髪は光り輝き、髪色に合わせて金糸の刺繍《ししゅう》が施《ほどこ》された煌《きら》びやかな衣服が歩みに合わせて揺れる。ただでさえ細い腰はコルセットで締め上げられ、さらに細さを強調されていた。すらりと長い足を覆《おお》う細身のスラックスの先には、黄金のハイヒールが光る。爪は美しく飾られ、労働とは無縁の階級であることを示していた。極めつけは、彼自慢の真っ赤な瞳の周りを縁取る長いアイラインである。その化粧が、性格のキツそうな彼の顔を一層鋭く見せていた。

フランソワ・フィルブリッヒは先月、フィルブリッヒ公爵の次男の伴侶となったのである。フィルブリッヒ公爵の次男は、第一騎士団の騎士団長をしている。玉の輿だ。これ以上の出来事があるだろうか。

フランソワは男だが、騎士団長夫人だ。この世界には女という性は存在しない。もう千年以上も前に女という性は生まれなくなってしまったのだと、フランソワは聞いている。

そういうわけで、この世界では男同士が結婚することは普通であった。

騎士団長の夫人となると同時に、フランソワは思いつく限りの贅沢品を手に入れるべく財を浪費した。己を飾る数々の装飾品はその一部である。

だがフランソワは、結婚して一ヶ月経つのに、夫から贈りものの一つさえもらったことがないのを不満に思っていた。

夫氏いわく、「そんなに多くの装飾品を持っているのに、それ以上何が欲しいというのか」ということだった。とんでもない、夫から贈られたものでなければ茶会で夫人仲間に自慢できないではないか。

フランソワが食堂に着くと、側仕えが恭《うやうや》しく椅子を引く。フランソワはその席に腰かけた。朝食の時間である。

「エルムート」

フランソワは向かいの席に着いている夫の名を甘ったるく呼んだ。

純白のテーブルクロスが敷かれた長テーブルの短辺に、夫は座っている。夫夫《ふうふ》の距離は大人の背丈二人分以上も離れていた。

名を呼んだ途端に、夫は深々と溜息を吐いた。

ソレイユルヴィル国第一騎士団団長エルムート・フィルブリッヒ。『鋼鉄のエルムート』という二つ名で知られる彼は、誰もが認める美丈夫《びじょうふ》だ。広い肩幅に鼻筋の通った顔立ち。蒼《あお》い瞳は涼やかで、黒い短髪と似合っている。フランソワの好みだった。

そして鋼鉄という二つ名のとおり、彼は酷《ひど》く無愛想であった。

「何か忘れてはいないか？　ほら、今日はちょうど結婚一ヶ月目の記念日だろう？」

つい先日、フランソワはエルムートの前で、それとなく自分の瞳と同じ色の宝石をあしらったイヤリングが欲しいと口にした。自分がそこまでお膳立てしてやったのだから、流石《さすが》に朴念仁《ぼくねんじん》の彼でも贈りものを用意できたことであろう。

それでも用意できていなかったら、散々揶揄《からか》って謝罪させた後、改めて欲しいものをねだればいいとフランソワは考えていた。

「はあ」

エルムートは再び溜息を吐く。

なんだその態度は、と眉をピクリとさせた瞬間、エルムートは側仕えに合図を出した。

ちゃんと用意してたんじゃないか。先の溜息はさては照れ隠しかと、フランソワは嬉しくなる。夫はどうやら相当な照れ屋のようだ。容姿を褒める言葉が一度も囁かれたことがないのも、きっとそれが原因だろう。

やがて側仕えによって運ばれてきたのは、ずっしりと重みのある立派な木箱であった。一体どれだけの宝飾品を詰め込んだのだろう、とフランソワの胸が高鳴った。

フランソワはその場で木箱を開けた。

「……へ？」

木箱の中に入っていたのは本であった。片手では持てそうもないほど分厚い本。古い紙の匂いが鼻をくすぐる。

フランソワは読書家ではない。それどころか読書や勉強の類《たぐい》は毛嫌いしている。熱心に習得したのは髪を複雑に編み上げる魔術など、装《よそお》うことに関係する魔術だけであった。

「オレに好かれたいのなら、少しは学を積むといい」

エルムートが鼻で笑うのが聞こえた。

これは明らかな嫌味だ。

そのことに気づいた途端、フランソワの頭にカッと血が上る。

それと同時に惨《みじ》めな気分になった。最初から愛のない結婚生活だったのだ。それに自分だけが気づいていなかった。呑気にも彼は照れ屋なのだなんて考えていた。

「……っ」

込み上げてくる涙を彼に見られるのだけは避けたくて、フランソワは乱暴に席を立った。

「気分が悪い」

吐き捨てるように言い訳を口にして、自室へと戻った。

律義に彼から贈られた本を胸に抱えていったのは、曲がりなりにもそれが彼から贈られた初めてのプレゼントだからだろうか。

多くの宝飾品が部屋にあるのに、この本を失えば何も持っていないのと同じになってしまう気がした。

「ぐすっ、ひぐ……っ」

具合が悪いから誰も入るなと言って側仕えたちを追い払い、フランソワはしばらくの間泣き続けた。涙も出なくなった頃には、化粧が落ちて酷《ひど》い状態になっていたため、顔を洗った。

フランソワはなんとなくエルムートから贈られた本を見やった。

これを読めば、少しは好いてくれるのだろうか。

こんな分厚い本、とても読める気がしない。それでも最初の方だけでも読めば話を合わせられるかもしれない。

フランソワは駄目元で表紙を開いた。

「な、なんだこれは……」

途端にフランソワは絶望することになった。

そこに書かれていたのは、フランソワの理解できる言語ではなかったからだ。

「古代、語……」

それはフランソワどころか、今では解読できる者がほとんどいない古代語だった。

百年戦争の間に古代語を読める者の多くが死に絶え、知識の継承がなされなかったからだと言われている。

百年戦争は、長く続いた隣国との戦争だ。現在は魔物の急増により中断されているが、長く続いた戦争の最中にいくつかの知識が失われた。その一つが古代語である。

エルムートは絶対に読めない本を寄越したのだ。嫌がらせのためだけにこんな古文書を買ってくるなんて。その金で素直に装飾品を買ってくれればいいのに。

そんなに自分のことが嫌いかと、フランソワは二重に絶望した。

フランソワは茫洋《ぼうよう》としたままページを繰《く》る。

もしかしたら自分にも理解できるページがあるかもしれないと期待したわけではない。ただ無意識に手を動かした結果だった。

やがて特に重要なページであることを示すかのように、繊細な草花の模様で彩《いろど》られたページに辿り着く。この模様を袖口にでも刺繍《ししゅう》すればさぞ美しかろう、とフランソワの白い指が箔押《はくお》しされた装飾文字をそっとなぞる。

「精霊……？」

そのページには小さな挿絵があった。羽の生えた小人が踊っている絵だ。幼い頃、話に聞いた精霊様のようだと思った。

このページに何が書かれているのか興味を持ったフランソワは、文字に目を落とした。

Com ö appeuljr Srajs. ïo ljl wiss ï com ö appeuljr Srajs kequel sö fjl srajser modèr ëk ê treuk ïmporèr. ïo spjr voup èlver kequel loj ö appjr srajser modèr ö èdukjr ï fjrsy. Çj ê com ö appeuljr Srajs.

全然読めなかった。わけのわからない文字列だ。

使われている文字自体は現代語と似ているが、ところどころにある見覚えのない点々やちょろちょろっとした線が頭を混乱させる。意味不明な記号を無視しても、まったく見覚えのない綴《つづ》りの単語ばかりで意味を予測することすらできない。

本当にこれが、現代語の元になった言語なのだろうか。時間を経るだけで、同じ言語がこんなにも様変わりするなんて。

こんなもの、読めるわけがない。

フランソワは涙を滲《にじ》ませながら目を閉じた。

『いや、いくら時代が変わったとしても、文の構造までは大きくは変わらないはずだ』

不意に、頭の中で声が響いた。

『例えば、現代語は英語などの多くのヨーロッパ諸言語と同じくSVOの構造をしているから……』

エスブイオー？　エイゴ？

一体なんだ、この記憶は。フランソワは混乱した。

同時に、膨大な記憶が流れ込んできた。

日本語英語ドイツ語韓国語イタリア語中国語フランス語ヘブライ語ラテン語アルファベットハングルひらがなカタカナ漢字……エトセトラエトセトラ。

「――ッ!?」

それは、前の自分の記憶だった。

この世界の宗教にはない概念でいうところの、前世の記憶というやつだ。

見上げるほど高い灰色の塔が何本も建ち、その間を鉄の馬が走り回る街。ビルに、自動車と呼ばれるものだという記憶が蘇《よみがえ》ってくる。

自分はコンクリートで舗装された道を歩き、マンションの自室に帰り着く。そして、買ってきた本を机の上に置いた。それは一つの小説を様々な言語に翻訳した本の山であった。記憶の中の自分は、その本の山から嬉々として一冊目の本を選び取る。それから何時間もかけて、飲まず食わずで本の山を読破していった。それぞれの言語でどのような表現がなされているか、舐《な》めるように愉《たの》しむ。前世の自分にとっては、それがなによりの悦びであった。

フランソワの前世は――ありとあらゆる言語を嬉々として学ぶ言語オタクだった。

それも、ここととは全然違う異世界で生きていたのだ。何故異世界で生きていた前世の記憶が突然蘇《よみがえ》ったのだろう。

前世は何歳まで生きて、どのように死んだのか、思い出せなかった。

だが今はそんなことどうでもいい。

前世の記憶を得たフランソワには、突然目の前の本が宝のように輝いて見え出した。

どうして今まで装飾品なんてものに金を使っていたのだろう、世の中にはこんなにも面白いものがあるというのに。

フランソワは一文を精査する前に、全体に目を走らせる。

すると、あることに気がついた。

Srajs という単語が何度も出てきている。似たような srajser という単語もある。

文頭でないにもかかわらず、わざわざ頭文字が大文字になっているのだ、何か重要な意味があると見て間違いないだろう。精霊の挿絵があるページに出てくる重要な単語ということは、もしかして『精霊』という意味の単語だろうか。

「よ、読めそうだ……読めそうだぞ！」

フランソワは歓喜に打ち震えた。

それからフランソワはメモをとるための筆記具を探す。ない。この部屋には筆記用具など、何一つ用意されていなかった。今生《こんじょう》のフランソワは着飾ることにしか興味のない人間だったから。

（クソッ、筆記用具もないだと、着飾りオタクめ！）

フランソワは心の中で自分に罵倒の言葉を吐くと、自室に備え付けられているベルを鳴らした。すぐさま現れた側仕えに命令する。

「おいっ、羊皮紙とインクとペンを持ってこい！」

フランソワの前世である言語オタクは、言語に堪能でありながら他人とのコミュニケーションに難のある人間だった。そのため前世の記憶が目覚めた今になっても、下の者への横柄な態度は変わらない。

「はっ、紙とインクとペン、ですか……？」

態度は変わらずとも口にした内容が大違いだったため、側仕えは驚きに目を瞬《またた》かせた。羊皮紙やペンといったものは、なんの仕事もせず日々着飾り、茶会やサロンに赴《おもむ》くことしかしないフランソワが所望するようなものではなかったからである。

「聞こえなかったのか、さっさとしろ！」

「はっ、ただいま！」

側仕えが去った後、自室を見回し、フランソワはそこに書き作業をするための満足な机すらないことに気がついた。

物を置ける場所はティーテーブルと化粧台しかない。とても作業に向いているとは言えない。

さっきまでは、ベッドで本を読んでいたから気にしていなかった。

結婚して以来、一度も足を踏み入れたことのなかった書斎に赴《おもむ》く必要がありそうだ――

◆

夕食時、食卓にフランソワの姿はなかった。

やはりか、と騎士団長にしてフランソワの伴侶であるエルムートは嘆息した。こういうことになるのではないかと思っていた。

どうせ顔を合わせるのが嫌で夕食の席に来ないのだろう。

フランソワの言動には目に余るものがあった。だから夫夫《ふうふ》の絆に罅《ひび》が入ることになろうとも、あの『贈りもの』をしようと考えたのだった。

フランソワも小さい頃はあんな奴ではなかったのに、一体どうしてああなってしまったのか。

ともかく、これで懲《こ》りて少しは言動を改めてくれるといいが。

とはいえ、エルムートは一応側仕えに伴侶について尋ねることにした。

「セバス、フランソワはどうした」

「それが……『本を読むのに忙しい』と」

「は？」

エルムートは一瞬聞き間違いをしたのかと思った。

あのフランソワが夕食を抜くほど本に熱中するわけがない。

「ですから、『本を読むのに忙しいから』と夕食を断られてしまいまして」

「それは……一体なんの当てつけだ」

嫌味にもわざわざ彼の読めない書物を贈ったのはこちらだが、それを理由にして夕食の席を断るなど、いつの間に我が伴侶はそこまで性格が捻くれてしまったのだろうか。

これでは性格の改善など望めそうもない。離婚の二文字が脳裏を過《よぎ》ったその時だった。

「いえ、それが奥様は本当に書斎に籠《こも》って熱心に書物を見ていらっしゃる様子なのです」

「なんだと？」

頭を殴られたような衝撃だった。

夫夫《ふうふ》共同の書斎としたはいいものの、フランソワがまったく使わないので実質エルムート一人のものとなっていたその部屋に、彼が籠《こも》っているらしい。

側仕えが嘘を言うはずがないから、事実なのだろう。意趣返しではなく、本当に心を入れ替えてくれたのだろうか。

いやしかしそうだったとしても、あの本は彼には読めないはずだ。努力でどうにかなるものではない。だとすれば、自分の勉強不足に気づいて書斎にあった本のどれかを読んで、必死に猛勉強しているのかもしれない。

「ふっ」

反省を態度で示してくれたのは嬉しいが、そんな無茶な勉強の仕方がいつまで続くものか。どうせ三日坊主で終わるに決まっている。

五分で飽きなかっただけ見直したと思いながら、エルムートは伴侶を迎えに書斎まで赴《おもむ》くことにした。

継続が大事なのであって、夕食を抜いてまでおこなうことではないと伝えるために。

「おい、フランソ、ワ……」

書斎に入った途端、目に飛び込んできた光景にエルムートは思わず息を呑んだ。

あのフランソワが化粧っ気のない顔で分厚い書物を睨《にら》んでいるのだ。

いつもは濃いアイシャドウに目元が覆《おお》われているが、今は素朴な素顔を晒《さら》している。目元がキツイのは変わらないが、それは真剣に書物に向き合っているからだ。その表情に、エルムートは胸がドキリと鼓動するのを感じた。

思えば彼のすっぴんを目にするのは結婚してからこれが初めてであった。

書物を読んでいる間に邪魔になったのか、複雑に編まれた髪は後ろで一纏《ひとまと》めに結ばれている。だがその結び方もいい加減で、一筋の髪が垂れて彼の顔に影を落としていた。逆にそれが色気を感じさせる。

こんなにも美しい彼を見るのは初めてだとエルムートは感じた。

「フランソワ……？」

エルムートはおずおずと声をかけた。まるで自分の伴侶がまったく知らない人間に変わってしまったような感覚に襲われて――

「エルムート！」

フランソワは本から顔を上げると、パッと明るい表情を見せた。

良かった、オレと顔を合わせるだけで何故か機嫌良さげにする性質は変わっていない、とエルムートは安堵した。

「聞いてくれ、俺はついに古代語の読み方を解き明かしたんだ！」

「え……？」

彼が開いていたのは書斎にあった別の本などではなく、エルムートが贈った古代語の古文書だった。

まさか本当にあの本を読んでいたのか？　しかも今、解き明かしたとかなんとか言わなかったか？

エルムートは混乱に襲われた。

「フランソワ……一体何を解き明かしたと？」

エルムートは聞き返す。

「だから古代語の読み方だ！　いいか、見ていてくれよ！」

「な、何を……？」

フランソワは立ち上がると、分厚い古文書を両手で持つ。

そしてページに目を落としながら口を開いた。

「Q'ê《ケ》 tajto《テト》, ma《メイ》 Essæd《エシードゥ》 tajtejr《テタイル》……」

彼の静かな声。

（これは……詠唱なのか？）

彼が、呪文らしき文言を詠《よ》み上げるたびにどこからか風が吹いてくる。書斎は閉ざされた空間なのに。

「Ma《メイ》 nàmï《ナミ》 Śrajs《スレズ》, el《エル》 regssajr《レグセル》 ma《メイ》 kœreu《クリュー》. Ma《メイ》 um《アム》 ê《エ》 ――フランソワ」

フランソワが厳《おごそ》かに己の名を口にした途端、煌《きら》めく光が現れた。それが彼の周囲をくるくると飛ぶ。光の中心に小人のような影が見えるような気がするが、はっきり見ようと目を凝《こ》らせば凝《こ》らすほど姿かたちは曖昧《あいまい》になっていく。

神秘的なその光は、明らかに尋常の存在ではない。

「もしや、精霊……？」

信じられない思いだった。

確かに遥か昔、人々はなんらかの方法で精霊を呼び出せたという。

だが、その方法が記されていると思われる古代語の書物は、今や読み解ける者がいない。そのため、伝説上の存在となった精霊。

それが今、フランソワの周りを飛んでいるというのか。

もしや彼は本当に古代語を読み解いてしまったのか？　あのフランソワが？

エルムートは愕然《がくぜん》とし、フランソワと光を見つめる。

「そのとおりだとも。精霊の呼び出し方を解読できたんだ！　すごいだろ！」

フランソワは無邪気な顔で笑う。

彼のこんな純粋な笑顔を見たのは子供の時ぶりだ。彼のことを愛らしく感じていた頃の気持ちを思い起こさせる笑顔だった。

しかしエルムートはどうしても信じがたかった。

フランソワは実は古代語に精通していたのか。いやいや、彼にそんな経歴があるわけがない。幼《おさな》馴染《なじみ》で伴侶である自分がよく知っている。

突然人が変わってしまったとしか思えなかった。


エルムートはフランソワを連れて夕食の席に着き直した。

「意味の解読はともかくとして、発音を解読するのには骨が折れたんだ。なにせ言語で一番変化しやすいのは音だからな」

フランソワは先ほどから嬉しそうに意味不明なことをまくし立てながら、夕食に舌鼓《したつづみ》を打っている。彼が饒舌《じょうぜつ》なのはいつものことだが、内容の意味がわからないのは初めてだ。

「だが幸運にも、古代語は綴《つづ》りと発音の関係性が厳密な言語だった。だから俺は……」

エルムートは彼の話を聞きながら、黙って食事を進める。フランソワが一方的に話し、エルムートはそれを黙って聞いている。いつもの夕食と同じ光景だ。

彼の話を半ば聞き流していたその時だった。

「……だからな、エルムート」

フランソワは上機嫌でエルムートの名を呼んだ。

「……っ」

エルムートは身構える。こういう時、彼は必ずアレを買えコレを買えと要求してくるからだ。

エルムートの予感はある意味では当たっていた。

「今朝の贈りものは本当に素晴らしいものだった。またあのような素敵なプレゼントが欲しいものだ」

彼はうっとりとした眼差しでエルムートを見つめておねだりをした。

エルムートは不気味なものを見たような心地に襲われる。

「本だぞ？　今朝は泣いていたではないか」

今朝は涙を零《こぼ》しながら自室に退散していたのに。

エルムートの言葉にフランソワはかっと頬を赤らめる。

「それは忘れろ！」

どうやら羞恥心《しゅうちしん》はなくしていないらしい。

人間らしい反応に、エルムートは内心安堵した。

「ともかく、お前に贈られた本を開いた瞬間、その素晴らしさに気がついたんだ。またあのような贈りものが欲しいのだ。だから……な？」

フランソワは小首を傾《かし》げる。

彼は自分の顔が愛らしく見える角度というものを心得ているようだ。

「いや待て、待て待て……今朝贈った本はどうした。まだ読み終わっていないだろう。それともまさかすべて解読したとでも言うのか？」

「いいや、まだだ。だがたったの本一冊などすぐに読み終えてしまうものだ。読み終える前に次の本を頼んでおくのは常識だろう？」

何を当たり前のことを尋ねるのかとフランソワは形のいい唇を歪める。

「そんな常識、初めて聞いたぞ」

エルムートは呆れて首を横に振った。本というものは高級品だ。消耗品ではない。

「辞書などはないか？　次にプレゼントされるのは古代語の辞書が良い」

無邪気なフランソワの言葉に、エルムートは目を剥《む》いた。

『鋼鉄のエルムート』という二つ名を持つ自分が、このような表情を見せることは滅多になかった。こんなに驚くべき発言を連発するのはフランソワだけだ。

「古代語の辞書だと？　そんな希少なものが存在するならば、とっくのとうに王立図書館に収められているに決まっている。今朝の本だって、身辺の整理をしたいという父の知人から特別に安値で譲り受けたものだ。そうそう手に入るものではない」

エルムートの言葉に、今度はフランソワが目を丸くする。

「王立図書館？」

初めて耳にする言葉であるかのようにフランソワは繰り返した。

「もしや、王立図書館も知らないのか？」

「ああ、知らない」

あっけらかんと認めたフランソワを、エルムートは意外に思った。フランソワは無学なくせにプライドだけは高いから、こういう時、知らないことを認められなくて知ったかぶりをする人間だったはずだ。

フランソワのぽかんとした間抜け顔が、何故だか好ましく思えた。

自分の中に突如として湧いた感情を気取《けど》られたくなくて、エルムートは咳払いをすると殊更《ことさら》に呆れた表情を作った。

「その名のとおり、国が管理している、王城にある図書館のことだ。古代語に関する知識が途絶え、古代語の記された書物がただの趣《おもむき》ある置物と化した今、古代語の辞書などという便利なものがあるならば王立図書館に収蔵されるはずだ。オレたちの手に渡るはずがない」

「それじゃあ、王立図書館に行けば古代語の本が読み放題なんだな？」

彼の言葉にエルムートは再び目を剥《む》いた。

こんなにも感情を剥《む》き出しにするのは久方ぶりのことであった。

確かに稀覯本《きこうぼん》が数多く収蔵されている王立図書館にならば古文書も多く存在するだろうが。

「昔ならばいざ知らず……今では王立図書館には限られた者しか入ることができない。例えば高名な学者とかだ。君が入れるような場所じゃない」

何故かは知らないが、フランソワは突然宝石や装飾品に向けていたのと同じくらいの情熱を古代語に対して注ぐようになったらしい。

君が入れるような場所じゃないなんて、こんな言い方をすればまた泣き出してしまうだろうかとフランソワの顔を見る。

今朝は面倒だとしか思わなかったのに、泣き顔を想像したら胸の奥が軽く痛んだ。

だが。

「それなら俺がその高名な学者とやらになればいいんだな？　今朝の本を現代語に訳しでもすれば王立図書館に入るには充分か？」

彼はあっけらかんと言い放った。

「は……？　現代語訳？　君が、本を出すのか……？」

三度、エルムートは目を剥《む》いた。

どうやら我が伴侶はまた厄介なことを言い出したらしい。彼の我儘《わがまま》な言動を直してほしくて本を与えたはずなのに、むしろ面倒くささが増していやしないだろうか。

疲労感たっぷりの夕食を終えた後、エルムートは自室で溜息を吐いた。

エルムートとフランソワがまだ幼かった頃——あの頃のフランソワはとても可憐だった。それがどうして今のようになってしまったのだろうか。

エルムートはフランソワと出会った日のことを思い返した。

貴族社会では三男や四男は、第二次性徴を迎える前に体内に子宮を作り出す薬を服用して、他の男に嫁ぐことができる身体になるのが一般的だ。長男は跡継ぎ、次男はそのスペア。だから三男や四男が薬を服用する。

そうして薬を服用して体内に子宮を作った人間のことを『ノンノワール』と呼ぶ。

エルムートの伴侶であるフランソワは伯爵家の五男だった。末っ子のフランソワは随分と可愛がられて育ったらしい。

エルムートがフランソワと初めて出会ったのは、二人が五歳の時。

それはお茶会の席でのことだ。

小さな子供たちに社交の経験を積ませるための大規模なお茶会だった。

青空の下、見渡す限り緑の芝生が広がる庭園に子供用の小さなティーテーブルと椅子が並び、そこに自分たちと同年代の子供たちが何人も居住まいを正してちょこんと座っていた。

ちょっとしたおとぎの国のような、非現実感があった。

はじめは子供たちも親や世話係に躾《しつ》けられたとおりに大人しく座ってお菓子を食べていたが、五歳かそこらの遊び盛りの子供たちが集められてじっとしていられるはずがない。

少しすると、子供たちは庭園を走り回り出した。

幼き頃に結んだ縁が社交界で重要になることもあるので、怪我をしない限り大人たちも止めようとはしない。

その頃は内気な性格だったエルムートは子供たちの輪に入ることができず、自分の席で所在なげにお菓子に手を伸ばしていた。

「あの……ここのおかし、食べてもいい？」

鈴のような可憐な声に顔を上げると、そこにいたのは色鮮やかなワインレッドのドレスを纏《まと》った子だった。

ドレスというのは大昔は女性という者たちの衣装だったらしいが、今ではノンノワールの子供服でしかない。ノンノワールの子が大きくなってネイルや化粧、装飾品などで普通の男との差別化ができるようになったらパンツスタイルに移るのだ。

ドレスを纏《まと》ったその子が、幼き頃のフランソワだった。

フランソワは今よりも髪の色素が少し薄く、金色の髪は純白のように見えた。

ドレスと薔薇《ばら》を模した髪飾りは瞳の色に合わせて選ばれたのだろう、鮮烈な赤が彼の白い肌と髪を引き立たせていた。不安げに噛まれた桃色の唇はぷるんと柔らかそうだ。

まるでおとぎの国の妖精が迷い込んできたかのようだった。いや、妖精でもこんなには美しくないに違いない。

エルムートはフランソワを目にした瞬間、息ができなくなってしまった。

一目惚れなのだと幼心《おさなごころ》に自覚した。

「ぼくのテーブル、みんながおかし食べちゃったから……」

どうやらフランソワのテーブルには、食欲旺盛な子ばかりがいたらしい。みんなでムシャムシャとお菓子を食べ、お菓子がなくなると一目散に遊びに行ってしまったのだそうだ。

エルムートは、無言でテーブルの上のお菓子が入った皿をずいっとフランソワの前に押し出した。

「えっ、ぜんぶくれるの？　わあっ、ありがとう……！」

エルムートが差し出したお菓子に、フランソワは頬を紅潮させて喜んだ。

フランソワの輝くような笑顔に、胸のうちがきゅっと苦しくなる。

これが愛おしいという感情なのだろう。

幼きエルムートは衝動に駆られ、こんなことを口にした。

「オレと、けっこんしてください……っ！」

当時のエルムートは、結婚というのは好きな人同士でずっと一緒にいられるようになることだと教わっていた。

目の前のとびっきり可愛い子とずっと一緒にいられるなら、きっと幸せだろう。

大人になったエルムートがその場にいれば、幼い自分に「見た目だけで結婚相手を決めると痛い目にあうぞ」と説教しただろうが、その時は名前も知らぬ可愛いその子のことしか考えられなかった。

「へ……？」

フランソワはエルムートの言葉の意味を理解すると、顔だけでなく耳まで真っ赤にした。その表情が気の強そうな顔とのギャップを生じさせていて、可愛らしくてたまらなかった。

エルムートは彼のことをぎゅっと抱き締めたくなったが、抑えた。ノンノワールの子の身体にむやみに触れてはならないと両親に教えられていたからだ。

代わりにひたすらにフランソワの顔を見つめた。彼は恥ずかしかったのか、顔を赤くしたまま俯《うつむ》いた。それがまた可愛らしかった。

そのお茶会からほどなくして、エルムートはフランソワと婚約できることになった。

エルムートの両親は自分たちが恋愛結婚だったこともあって、結婚は本人の希望どおりにさせてあげようという方針だった。

大人になった今では、その方針を恨んでいる。将来のことなんかまともに考えられない子供に、結婚なんて重大なことを任せるなと。せめて成人するまでは親が責任を持てと。

だが、子供の時分のエルムートは大喜びであった。

見事射止めることのできた愛しい人に相応《ふさわ》しくなろうと思った。寡黙《かもく》なエルムートにできたのは、ただひたすらに、愚直に、強くなることだけだった。

気がつけば若くして騎士団長にまで上りつめていた。

それまでの間も時折婚約者たるフランソワとお茶会をしたり、昼食を共にしたりと交流を重ねていた。

いつからだろう、それが楽しくなくなったのは。

フランソワはだんだんと華美な装《よそお》いを好むようになり、美しく愛らしい顔を厚い化粧の下に隠してしまうようになった。それと同時に性格もキツく、我儘《わがまま》になっていった。

この時点でそれを注意していれば、何かが変わったのかもしれない。だが十代の頃のエルムートはまだ、フランソワに嫌われるのが怖かったのだ。

それに性格がキツイといっても、フランソワはエルムートと顔を合わせるたびにパッと華やいだ笑顔を見せてくれた。その笑顔が愛らしくて、かろうじて恋心を持続させてくれた。

フランソワに対して完全に幻滅したのは、結婚後のことだった。

信じられない金遣いの荒さで、何度注意してもそれを改めようとはしなかったのだ。

「美しくあるための必要経費だ」

「伴侶が美しい方が嬉しいだろう」

そんな言葉を並べ立てるのだ、百年の恋も冷めるというものだ。

見た目だけで結婚相手を決めた罰だと思った。

あるいは公爵家の次男である自分が求婚などしなければ、彼もこんなに思い上がった人間にならなかったのかもしれない。

だから、これで何も変わらなければもう別れようと思って、絶縁状代わりの本を贈った。この期《ご》に及んで言葉で気持ちを表そうとしないあたり、鋼鉄のエルムートは筋金入りの口下手だった。

ところがどうしたことだろう、フランソワは豹変した。

急に無類の古代語好きになってしまったのだ。

古代語好きになる呪いにかかってしまったのだとでも考えなければ、説明のつかない状況だった。

そして好きなものが変わっただけで、我儘《わがまま》なところは何も変わっていない。

なのに何故だろう。変わった彼を見ていると、懐かしいきゅっとする痛みが胸をくすぐるのは。

認めたくはなかった、恋心の再来を。

第二章

それから数ヶ月。

フランソワは本当に古代語の本の現代語訳を完成させた。タイトルは『精霊魔術の基礎』である。精霊を操《あやつ》る魔術の初歩を教えたものであると、内容のおおよそが解読できたからだ。

フランソワも本に載っているすべての古代語の単語の意味がわかったわけではない。推測せざるを得なかったり、無視したりした単語もある。

それでもフランソワの出した古文書の現代語訳は革新的だった。

戦争で疲弊《ひへい》したうえに急増する魔物の対処に追われるこの国で、未だかつてこんなにも古代語を解読できた者はいなかった。

なにより、本の内容どおりにすれば本当に精霊が呼び出せる。翻訳が正しいことは一目瞭然《いちもくりょうぜん》だった。

かくして、フランソワはあっさりと王立図書館への立ち入り許可を得ることができた。

ただし同時に仕事を言いつけられた。

王立図書館にある古代語の書物の大まかな内容を解読し、目録を作成し、そして王家が有用だと感じた書物を現代語に翻訳せよというものだった。

「フランソワ、君に仕事などできるのか？」

王城へと向かう馬車の中でエルムートが尋ねてきた。心配そうな色がその瞳に浮かんでいる。

今日のフランソワはネイルも化粧もせず、艶《つや》のある金髪も編まずに一纏《ひとまと》めに結んで横に流しただけだ。現代語訳の執筆作業をしている間に、お洒落《しゃれ》はすっかりなおざりになってしまっていた。

「当然だ」

前世はこれでも言語オタクで、何ヶ国語にも精通していることを活かして大学で講師をしていたのだ。

今回は、学生とのコミュニケーションすら取る必要がない。国から言い付けられた仕事は、大学講師よりもよほど楽な仕事に思えた。

大好きな言語パズルを仕事にできるのであれば、それ以上の幸福はない。

「お前も失礼な奴だな。そんなに自分の伴侶が心配か？」

小首を傾《かし》げて上目遣いに伴侶を見つめてみる。

こなれた仕草に、エルムートは照れるどころか眉間に皺《しわ》を寄せた。

「ともかく、オレはお前を図書館まで送ったら仕事に向かう。何かあったらすぐに連絡しろ。帰りは迎えに行くから勝手にどこかに行くなよ」

エルムートにしては口うるさくクドクドと注意事項を言ってくる。

子供扱いをされているようで、フランソワは思わず反発心を抱いた。

「俺は保育園に預けられる園児じゃないんだ」

「ホイクエン……？」

「いや。とにかく、送り迎えなどいらない」

「なんだと？」

フランソワが反論すると、エルムートはキッと強い視線で睨《にら》んできた。

仮にも騎士団長の一睨《ひとにら》みだ、凄味があった。

（……そんなに俺のことが嫌いかよ）

前世の記憶に目覚めたとしても、今までの記憶が消えてしまったわけではない。

エルムートはフランソワ好みの顔をした男だ。好みの男に鋭い目つきで睨《にら》まれるのはしんどいものがある。

かろうじて涙が零《こぼ》れることはなかったが、涙を流す代わりに、エルムートから視線を逸らして馬車の外の景色を眺める。

二人の間に沈黙が落ちた。

前世のどこかの国のことわざでは、こういう瞬間のことを「天使が通り過ぎた」と言うのだったか。この冷え切った空気から考えれば、天使よりも「悪魔の沈黙」の方が相応《ふさわ》しいとフランソワは感じた。

やがて馬車は王城に着いた。

門番に用件を告げると、案内係の人間が来て図書館まで連れていってくれた。

吹き抜けの二階まで書架がずらりと並んだ、古い紙の匂いで満たされた図書館。そこがフランソワの今世での職場だった。

広さは学校の図書室ほどしかないが、印刷技術のないこの世界ではこれが最大規模の図書館なのだと理解できる。

フランソワは一目でこの図書館が好きになった。

「フランソワ・フィルブリッヒ様、御高名はかねがね伺《うかが》っております。古代語を約二百年ぶりに解読なさったとか。私はここの司書をしておりますエリク・バルリエでございます」

二人を出迎えたのはよぼよぼの老人だった。

図書館内はシンとしていて、エリク以外の人影は見当たらなかった。

「他の司書はどこにいる？」

「お恥ずかしながら、私だけでございます」

本当に恥ずかしそうに、エリクは言った。

「なんだと？　王立図書館だろう、なのに司書が一人だけとはどういうことだ？」

まさかこの世界ではそれが普通なのかとフランソワは目を見開く。

「百年戦争とそれに次ぐ魔物の急増により、この国は知に力を注ぐ余裕などなくなってしまっているのでございます」

エリクは言いにくいことを口にするかのように声を潜《ひそ》めた。

実際、聞く人によっては王の政策を批判しているかのように取られかねない。だがエリクは批判などではなく、純然たる事実を口にしただけなのだと、フランソワには理解できた。

その時。

「クアーッ！」

鷹《たか》がどこからともなく図書館内に入ってきた。窓も開いていないのに。それに、本を日の光で傷《いた》めないようにこの図書館の窓は必要最小限の大きさしかない。

鷹《たか》はエルムートの肩に止まった。

「騎士団の緊急招集だ、魔物が出現したのだろう。オレは行く」

「えっ」

フランソワが何かを尋ねる間もなく、エルムートは肩に鷹《たか》を乗せたまま踵《きびす》を返し、図書館を出ていってしまった。

王都周辺に魔物が出現したのだろう。

エルムートが騎士団長を務める第一騎士団は、主に王都の治安維持を担当しているが、最近では魔物の急増により王都周辺の魔物討伐にも駆り出されている。

「フィルブリッヒ様の御夫君《ごふくん》は第一騎士団の団長でございましたね。夫夫《ふうふ》で王城勤めとはなんとも麗《うるわ》しいことですね」

エリクが静かに微笑む。

騎士団長ということは、エルムートも王城で働いているということだ。フランソワは今更ながらに気がついた。

わざわざ送り迎えをすると念を押してきたのは、職場が同じなのだから一緒に移動する方が効率がいいということだろう。自分のことが嫌いなはずなのに彼が送り迎えしてくれる理由を悟った。少しは俺のことが大切なのかと思ったのに、とフランソワは残念に思った。

「まあいい、それよりも仕事を開始しよう。流石《さすが》にこの図書館には古代語を現代語に訳した本の一つや二つ、あるのだろう？」

古代語を訳したのは自分が約二百年ぶりだとは聞いたが、それならばそれより以前に遡《さかのぼ》れば現代語訳のようなものがあるはずだ。現代語訳と原本を突き合わせてみれば解読は一気に進む。

だがエリクは顔を曇らせた。

「それが……かなり前に古代語に関する書物が焚書《ふんしょ》の憂《う》き目にあったようで、そういった書物は一切ないのです」

彼は悲しそうに首を横に振った。

知識の継承が途絶えた理由がわかった。

当時の国王が愚かなことに、古代語を訳した書物のことごとくを焼き払ってしまったらしい。おそらくは古代語を研究していた人間も、処分されてしまったのだろう。

世間的には百年戦争の間に知識が途絶えたとされているが、本当はもっと前に意図的に失われていたのだ。

「古代語で書かれた本そのものは美術的価値があるし、知識がなければ読める者もいないからと当時の司書が必死に説き伏せ、焚書《ふんしょ》をまぬがれたようでございます」

「そうだったのか」

地道にこれまでどおりのやり方で、少しずつ解読していくしかなさそうだ。

フランソワはエルムートに贈られた古文書を解読する時、次のようなやり方で解読を進めていった。

まず最初に、現代語と古代語でまったく同じ綴《つづ》りでまったく同じ意味の単語を探す。同じ意味かどうかは語順から大体判断できる。

次に、綴《つづ》りが少し違うだけで、おそらくは同じ発音の同じ単語であろうと思われる単語を探す。

その次の段階が少し難しいが、よくよく見れば現代語のあの単語の元になった単語ではないか、と面影が感じられる単語を探す。面影程度しか感じられない単語は、現代語では名詞なのに、古代語では動詞であるといった風に品詞が違うこともある。慎重に見極めなければならない。

こうして語彙《ごい》を増やしたら、後は前後の文脈から他の単語の意味を推測していく。

こうした段階を踏んで一冊の古文書の翻訳を完成させたのだ。

それと同じやり方をしていくしかない。

「あっ、そういえば……」

何か思いついたようにエリクがぽんと手を叩く。

「何だ？」

「確か当時の古代語の研究者の覚え書きを記した紙片が、書庫の片隅に保存されていたはずでございます！　今思い出しました。おそらくは当時の司書が隠したのでしょう」

「本当か！」

「ええ、ええ！　書庫へご案内いたします」

覚え書きでもなんでも現代語と古代語を併記したものがあれば、だいぶ情報が増える。

翻訳作業に希望が芽生えてきた。


「フランソワ、司書に迷惑はかけなかったか？」

エルムートの訪れで、とっくに日が傾き業務終了の時間になっていたことを知った。険しい顔のエルムートは夕陽の加減のせいか、いつもより一層男前に見えた。

「エルムート！」

フランソワは羊皮紙を重ねたものから顔を上げた。

「エルムート、大丈夫だったか？」

「なにがだ？」

彼の身体を上から下まで眺め回してみるが、怪我をした様子はない。フランソワの問いにエルムートは怪訝《けげん》な顔をしている。

「魔物を討伐しに行ったのだろう？　だから、もしかしたら怪我をしているかと思って……」

この言葉に、エルムートは何故かフランソワの顔を見下ろしたまま直立不動になった。

「え、エルムート？」

「……君が知らないだけで毎日のように魔物討伐ぐらいしている。今更だ」

やっと口を開いたかと思うと、彼はそっぽを向いた。

きっと、無知めと呆れたのだろう。

「……」

フランソワはしゅん、と俯《うつむ》く。

「ともかく、一緒に帰るぞ」

「ひゃっ⁉」

突然彼が肩を抱いて帰宅を促《うなが》してきた。

驚きのあまり変な声が出てしまった。

エルムートは滅多にボディタッチをしてこないのに、一体なんの気紛れだろう。

帰りの馬車の中ではドギマギして彼の顔を見られなかった。

◆

「……っ」

夜、カーテンを閉め切った寝室にて。

エルムートは下衣を寛《くつろ》げて自身を握り込んでいた。

閉じた瞼《まぶた》の裏に思い描くのはフランソワの肢体だった。

妄想の中のフランソワは、エルムートがやや乱暴に服をはだけさせると、何も言わずにただ顔を赤くさせて俯《うつむ》く。

本物のフランソワにこんなことをしたら、きっと大人しくしていないだろう。

妄想の中では、彼は化粧っ気のない素朴な顔をしている。いや、彼は顔の造りがいいから化粧をしていなくとも映える顔立ちをしている。

そして妄想の中の彼の身体を見下ろす。

結婚したら初夜は必ず性交をする習慣を持つ国もあるらしいが、この国にはそんな習慣はない。夫夫《ふうふ》が互いにいい頃合だと判断した時に初めて閨《ねや》を共にするのだ。

当然エルムートは、まだフランソワと閨《ねや》を共にしていない。

だからこの裸体はまったくの想像だ。きっと抜けるように白い肌をしているのだろう。

自身を扱きながら、妄想の中で彼の白い身体を蹂躙《じゅうりん》する。白い肌に衝動をぶつけるたびに、妄想の中の彼は甘く鳴く。

「う……っ！」

ビュクリと精が零《こぼ》れ出た。

「………」

手の平の汚れを始末した後、エルムートは自己嫌悪に襲われた。

愛してもいない伴侶の姿を思い浮かべて、欲を発散させてしまった。他の男を思い浮かべるよりよほど誠実なのだろうが、エルムートの胸中は複雑だった。

だが理想の相手を頭の中に思い浮かべようとすると、どうしてもこうなってしまうのだ。

幼きあの日に一目惚れをしたあの瞬間に、性的嗜好が固定されてしまった。

求婚されても何も言えず、ただ果実のように頬を紅潮させる彼。己を慰める時にはどうしてもそういう態度の彼を夢想してしまうのだ。

連鎖して今日のフランソワのことを思い出す。

今日、初めて身体のことを気遣われた。

不覚にも息が止まるかと思うほど照れた。思わず照れ隠しにつっけんどんな態度を取ってしまった。

家ではあまり仕事の話をしていないから、自分が日々魔物討伐に赴《おもむ》いていることをフランソワが知らなくても無理はないだろう。

つっけんどんな態度に悄然《しょうぜん》としてしまった彼が可哀想だった。

だがエルムートには慰め方がわからない。だから不慣れな真似をして彼の肩を抱いてみた。

『ひゃっ⁉』

彼は聞いたこともないような可愛らしい声を上げて驚いた。動揺のあまり足が止まってしまうかと思った。

ああいう風に触れ合っていれば、もっと早く彼の可愛らしい一面を見ることができたのだろうか。

エルムートは少し後悔した。

彼の悪い面ばかり目につくようになっていたのは、自分の努力不足もあったのかもしれない。


翌日。

朝食時、エルムートとフランソワの間には沈黙が流れていた。

どんな会話を交わせば良いのかわからなかったからだ。フランソワの方から話しかけてくれない限り、基本的に二人の間に会話はない。

おまけに、昨晩彼の姿を思い描きながら手淫をおこなった罪悪感で、まともに彼の顔を見られなかった。

思えば顔を合わせるたびに彼がプレゼントをねだってくる時は、会話が楽だった。浪費は論外だが、自分にも伴侶として問題があったのだなとエルムートは自覚した。

先に朝食を食べ切ってしまった。

間がもたない。

「早く朝食を終えろ。あまりゆっくりしている時間はないぞ」

彼を急かす言葉を吐いて、席を立つ。

「あっ」

その時、フランソワの視線が何かに気取《けど》られたようにエルムートに注目する。

「袖口のボタンがほつれてるぞ」

彼の指摘に視線を下げると、確かに袖口のボタンの糸がほつれて外れかけていた。

「ああ、気づかなかった。後で側仕えに直させよう」

「待った。俺たちの朝食の後は側仕えたちの朝食時間だろ」

エルムートは彼の指摘に目を瞬《またた》かせる。

「確かにそうだが、ならどうしろと……」

困惑するエルムートに、彼が言った。

「俺が直してやる」

「は？」


「……君はいつから針仕事ができるようになったんだ？」

朝食の後、エルムートはフランソワの部屋へと連れていかれた。

フランソワは裁縫道具を取り出すと、すいすいとあっという間にボタンを付け直してしまった。

もしや古代語を解読できるようになったのと同じように、突然裁縫も得意になったのだろうか。

「前からだが？　以前から衣服の襟元や袖口に、コーディネイトに合わせた刺繍《ししゅう》を足したりしていたのだが、知らなかったのか？」

「そう……だったのか」

フランソワに以前から得意なことがあったなんて知らなかった。

いや、知ろうとしなかったのだろう。エルムートは己のおこないを振り返って反省した。

「思えばお前の衣服は地味だ。何か刺繍《ししゅう》してやろうか？」

フランソワは得意げに口角を上げて笑みを見せる。

彼とこんな親しげな雰囲気になるのはいつぶりだろうか。懐かしさにきゅうと胸の内が締め付けられる。

「……では、頼む」

「まあ、どうせお前はそんなの……え？」

パチクリ。

つり上がった形のいい瞳を彼は瞬《またた》かせる。

「頼む」

「あ、ああ……わかった、いいとも。休日に取りかかろう」

返事をする彼の頬は心なしか紅潮しているように見えた。

なんて愛らしいのだろう――

オレが恋したフランソワの姿を見るのに足りなかったのは、オレの努力だったのだ。

この日、エルムートは理解した。

「フランソワ、その……」

エルムートは彼に手を伸ばす。

衝動的に彼を抱き締めようと思ったのだ。

「ん？」

彼の紅い瞳と目が合う。

幼い頃から変わらない、いや年を重ねれば重ねるほど美しさを増してきた彼の顔が目の前にある。

それも濃い化粧に覆《おお》い隠されていない、ありのままの素の顔だ。

緊張に汗が滲《にじ》む。

「いや……なんでもない」

どう考えても今は抱擁をする空気ではない。

自分に言い訳して、エルムートはさりげなく手を下ろした。

妄想の中では彼を抱いているのに、いざとなると抱擁一つする勇気もないだなんて——

そんなこと認めたくなかった。

第三章

季節を司《つかさど》る精霊の時計の針が一つ刻《とき》を刻み、季節は春から夏へと移り変わった。

季節一つ分の時が過ぎても、相変わらずフランソワはエルムートと共に城へ出勤していた。

今日のエルムートのワイシャツの袖口には、フランソワの施《ほどこ》した金糸の刺繍《ししゅう》が光っている。彼に贈られた古文書に載っていた草花の模様を、彼に似合うように少しアレンジしたデザインになっている。

エルムートの服に刺繍《ししゅう》を施《ほどこ》してやったあたりから、彼の態度が柔らかくなった気がする。時には彼に愛されているのではないかと勘違いしてしまうほどだ。

だがそんなはずはない。おそらく、嫌悪の感情を表に出さないようにするのが上手くなっただけなのだろう。彼に嫌われていることは本を贈られたあの日、嫌というほど思い知らされた。

その本をきっかけにして前世の記憶が蘇《よみがえ》ったのだから、考えようによってはとてもいい結果だと言える。だから結婚生活のことは考えず、ひたすらに古代語の翻訳に日々を捧げればいい。

「おはようございます、フィルブリッヒ様」

「おはよう、エリク」

図書館に出勤し、司書のエリクに挨拶する。

それから早速昨日の仕事の続きをすることにした。

過去の研究者の覚え書きのおかげもあり、古代語がかなりスムーズに読み解けるようになってきた。古文書の大体の意味を把握しては、要約して目録に書き付ける日々を送っている。

古文書の内容は、結構面白かった。

おとぎ話としか思えないような話が、まるで史実のように語られている本もあった。

例えば、ありとあらゆる魔術を創生した伝説の聖女様と、魔物を率いる魔王の対決とか。すべての精霊の頂点に立つ精霊王の話だとか。

その中で、「おそらくこれが焚書《ふんしょ》の原因だろうな」と思われる記述も見つけた。

当時の国王はこれを隠したかったようだ。これが事実だとすれば人類規模の汚行《おこう》だ。隠したくなるのもやむなしだろう。

カリカリとペンを走らせていると、エリクが城の側仕えと思しき人物の応対をしに立ち上がった。

気にせず作業を続けていると、会話を終えた彼が慌てた様子で声をかけてくる。

「た、大変です、フィルブリッヒ様……！」

「どうした？」

異変を感じて顔を上げる。

「それが、第一王子アレクサンドル殿下が図書館の視察にいらっしゃるそうなのです。なんでもフィルブリッヒ様に一度お会いしたいとかで……！」

「第一、王子……？」

何故わざわざ第一王子が、と思った瞬間だった。

「いかにも」

決して張り上げているわけではないのによく通り、威厳が感じられる声。

「私が王位継承権第一位、アレクサンドル・ロワ・ソレイユルヴィルだ」

王族特有だという銀の髪を上の方で一つに結んだ青年が微笑を浮かべて、堂々たる足取りで図書館内に入ってきた。

城の側仕えに言付けを頼んだ時には、もう既にこちらに向かっていたのだろう。

「そなたがフランソワ・フィルブリッヒ……古代語を現代に蘇《よみがえ》らせた才人か」

アレクサンドルは真っ先にフランソワへと近づいてくる。

そして、髪色と似た銀の瞳でフランソワを見下ろした。

(不味《まず》い……これは不味《まず》いぞ……)

今、フランソワの脳が全力でアラートを鳴らしていた。

こうして実際に第一王子が図書館にやってくるまで、フランソワはある一つの可能性にまったく気がついていなかった。

すなわち——王家による焚書《ふんしょ》がまだ終わっていなかったとしたら？

「これがその目録か。励んでいるようでなにより」

さっきまでフランソワが書き物をしていた机にアレクサンドルが視線を落とす。

そこには巻物状の目録がある。

目録を作成し、もしその中に有用そうな書物があれば現代語に訳す。その仕事内容をこれまで盲目的に信じてきた。

だが、実は王家の目的が違うとすれば。

もしかしたら、逆に焚書《ふんしょ》にすべき内容の古文書を探させていたのではないだろうか。

あるいは、フランソワが知るべきでないことを知ってしまっていないかどうか、探りに来たのかもしれない。

そう考えてフランソワは生唾を呑んだ。

対応を一手間違えれば、その先に待つのは死かもしれない。

「見せてもらっても？」

許可を得る前にアレクサンドルは目録を手にしている。

「……はい。構いません」

約二百年経っても王家が未だに古文書を憎んでいる可能性をまったく考慮していなかったので、目録には馬鹿正直に古文書の内容を要約したものを載せている。

今更なかったことにはできない。

アレクサンドルが目録に目を通す時間が異様に長く感じられた。

「素晴らしい、もう既にこれだけの書物を解読したのか」

ようやく顔を上げたアレクサンドルの晴れやかな笑顔が威嚇《いかく》の表情に見えたくらいには、フランソワは気を張り詰めていた。

「内容を大まかに把握しているだけで、すべてに目を通したわけではございません」

「それでも素晴らしい。噂に聞いたとおりだ」

噂とはなんだろう。いや、きっと適当な世辞だな、とフランソワは判断する。

「それにしても噂の才人がこんなにも美しいとは驚いた」

「美しい……？　お戯《たわむ》れを、殿下。今の俺は見た目に何も気を遣っていません」

髪は一括《ひとくく》りにしただけ、すっぴん素爪でヒールも履いていない。今の自分は普通の男と見分けがつかないだろう。

フランソワはそう思っていた。

「美は細部に宿るものだ。そなたの顔には化粧などでは到底作り出せない美が宿っている……」

ところがアレクサンドルは歯の浮くような言葉を口にする。

まるで口説き文句みたいだ。

居心地が悪くなって一歩後退《あとずさ》ると、アレクサンドルもハッとしたように距離を取る。

「ああ、そうだ。そなたに一つ頼みたいことがあったのだ」

アレクサンドルの言葉に、フランソワは気を引き締めた。先ほどの容姿を褒める言葉は油断させるためのものだったのかもしれない。

本題はこの先だろう。

「今、世界は此度《こたび》の魔物の急増で疲弊《ひへい》している。それこそ百年続けていた戦争をうやむやのうちに打ち切るくらいに」

「存じています」

エルムートが若くして騎士団長に抜擢されたのも、戦争よりもなお厳しい魔物たちの猛攻に国が晒《さら》されているからだと聞いている。上の席に座っている者が、どんどん死んでいくのだ。

「これは切実な頼みだ。このタイミングで古代語に堪能なそなたが現れたのは、精霊様の思《おぼ》し召《め》しとしか思えない。どうか古文書を紐解いて、此度《こたび》の魔物の急増の原因や解決法を探してはくれないか」

アレクサンドルの言葉は真摯で、嘘とは思えなかった。

アレクサンドルは最初から魔物災害を解決する手立てを探して図書館に来たのだろう。焚書《ふんしょ》が目的だなんて、杞憂《きゆう》だったのかもしれない。

フランソワは内心で胸を撫で下ろした。

「古文書にその答えがあるとは限りませんが、でき得る限りのことはします」

「助かる。頼んだぞ」

アレクサンドルはそう言うと、肩の荷を下ろしたような顔で図書館を去った。

怒濤《どとう》の、嵐のような来訪だった。


夕食時、珍しくエルムートがフランソワに声をかけた。

「夜、寝る前にオレの部屋に来てほしい」

「えっ、それって……」

突然の誘いにフランソワの胸はどきりと高鳴った。

夜に彼の部屋に……連想されることは一つだったからだ。

「ああ、二人きりで側仕えも排《はい》して話し合いたいことがある」

「そ、そうか」

違った。落胆を隠すために夕食の皿に視線を落とす。

そりゃそうだ、とフランソワは思った。

堅物のエルムートが愛していない自分のことを閨《ねや》に呼ぶはずがない。

フランソワの前世は男が好きではなかったが、今世ではフランソワは五歳の時からずっとエルムートに恋していたのだ。前世の趣味嗜好よりも今世の恋が上回るのは当然と言えた。

プロポーズをされた五歳の時から彼のことが好きだったが、成長するにつれてエルムートは逞《たくま》しく精悍になっていった。それこそフランソワの好みど真ん中の容姿だった。

エルムートほどフランソワ好みの顔をした男は存在しなかった。

フランソワは彼からの愛を密かに望み、同時に諦めてもいた。

彼に愛を囁かれ、情熱的にベッドに押し倒されるならばどれだけいいことか。けれども、彼には決定的に嫌われてしまっている。

彼は自分のような軽薄な人間のことは好まないのだ。美にしか興味がなく、前世の記憶に目覚めてからは言語のことしか考えていないような薄っぺらい人間のことは。

だからフランソワは何も期待せず、古代語を解くという享楽にふけることにしていたのだ。

そもそも今世のフランソワは、どうして美しく着飾ることに異常に執着していたのか。

フランソワは、少しばかり隅に追いやられていた今世の記憶を引っ張り出してみることにした。

デュソー伯爵家の五男としてこの世に生を受けたフランソワは、両親や兄らの愛を一身に受けて愛らしく育った。

当然のことながら、五男であるフランソワは世の習いに従ってノンノワールとして育てられた。

初めてのお茶会に参加した五歳のあの日も、フランソワはノンノワール化の薬を服用している最中だった。薬は数ヶ月間継続的に服用しなければならないのだ。

「オレと、けっこんしてください……っ！」

初めてのお茶会で、フランソワは初対面の子にいきなりプロポーズされた。フランソワはどうすればいいかわからず、ただただ顔を赤くさせた。

（お茶会に出たらプロポーズされることがあるなんて知らなかった……。お父様もお母様もプロポーズされた時のお作法なんて教えてくれなかった。どう答えたらいいのだろう）

フランソワは俯《うつむ》かせていた顔をちらりと上げてみる。

少年の湖面のような深い蒼《あお》の瞳とバッチリ目が合った。フランソワはすぐに再び顔を俯《うつむ》かせる。

幼いフランソワにはわけがわからなかったけれど、じっとこちらを見据える視線は悪くなかった。

未来の夫は彼のようなまっすぐな人がいいと思った。

お茶会が終わってから帰りの馬車の中でプロポーズされたことを両親に話すと、両親は微笑ましげに言った。そうかそうか、その子はフランソワが可愛いから一目で好きになってしまったんだね、と。フランソワは「そうか、自分が可愛いからなのか」と自信を持った。

まさかフランソワにプロポーズしたのが公爵家の次男で、後日、本当に縁談を持ちかけられるとはデュソー一家の誰も予想だにしていなかった。

末っ子のフランソワが、ノンノワールの二人の兄を差し置いて真っ先に縁談を成立させることになった時、デュソー伯爵家に激震が走った。混乱と喜びのさなか、デュソー伯爵はフランソワによく言い聞かせた。

「いいかい、フランソワの未来の旦那様はよほどお前の美しさが気に入ったのだろう。だから決して美しさを絶やしてはいけないよ。それに公爵家との繋がりがあれば、お前の兄たちにもいい縁談が舞い込んでくるかもしれない」

美しさがお前の自信になる、と手を握って言い聞かせる父親の言葉が、その時にはまだ理解できなかった。

その後、礼儀作法とダンスの時間が増え、身だしなみに関する勉強が増えた。化粧を学び、流行を学び、ありとあらゆる布地の種類を学び、そして裁縫を学んだ。

やがて十代になると、フィアンセのエルムートはぐっと背が伸びて逞《たくま》しくなり、ノンノワールの少年たちの視線を集めるようになった。

「あのエルムート様のフィアンセが伯爵家の者だなんて、いささか身分に差があるのではないかと思っていましたが……こうして実際にお姿を拝見すると、公爵家に嫁ぐことになるのも納得の美しさですね」

ある日のお茶会で、フランソワが同年代のノンノワールからかけられた言葉であった。

実際、そのお茶会ではフランソワが群を抜いて美しかった。

爪の先まで一切の気を抜かず美に拘《こだわ》ったのだ。髪型は何度も髪を編み直して今日の衣装に合うものを模索したし、ネイルも爪一本一本で模様が違う。その複雑な模様をフランソワ自ら頭を悩ませてデザインしたのだ。

その美しさゆえに、フランソワはお茶会に出席したノンノワールたちから身分を超えて一目を置かれた。結婚前から実質公爵位に相当する身分の者として扱われたのである。フランソワが美しくなければ、そのように扱われはしなかっただろう。

美が自信を作り出すとはこういうことかと、フランソワは父の言葉の意味を実感した。

時には「エルムート様のフィアンセに相応《ふさわ》しくない」と他のノンノワールの子から嫌がらせを受けることもあった。

だが、お洒落《しゃれ》の知識を与えることで作り出した派閥のメンバーに守られ、嫌がらせの犯人を糾弾《きゅうだん》することもできた。

そんな経験を経ていく中で、フランソワにある一つの考えが刻み込まれていく。

すなわち、「美しくなければエルムートに相応《ふさわ》しくない」。

身分違いを覆《くつがえ》すには周囲を納得させるほどの圧倒的な美が必要なのだ。そうでなければ、ノンノワールたちの視線を集めるほどの男前に成長し、入ったばかりの第一騎士団でメキメキと頭角を現しているエルムートの隣に並ぶことはできないだろう。

フランソワはただただエルムートの隣にいるために自らの美を磨いたのだ。


それにしても二人きりでしたい話とはなんだろうか。

疑問に思いながらフランソワは言われたとおりに、就寝前に彼の部屋へと向かった。

部屋に入ると、彼がティーテーブルの椅子に腰かけて待っていた。

フランソワが訪ねてくる時間に合わせて淹《い》れられたのだろう、テーブルの上では二つの紅茶のカップが湯気を立てている。

エルムートが仕草で向かいに腰かけるように示すので、フランソワはそれに従った。

まずはカップを手に取り、中身を口にする。就寝前にぴったりの、心を落ち着けるハーブティーだ。

「それで、話というのは？」

カップを置くと、フランソワは尋ねた。

「ああ……オレたちももう結婚して半年以上が経つだろう？」

「……もうそんなに経っていたっけか」

結婚一ヶ月目の記念のプレゼントをねだっていたあの日が懐かしい。

半年の記念日がいつ過ぎたのかも覚えていない。

「そう。だから、オレたちはそろそろ次の段階に進んでもいいのではないかと思う」

「次の段階というと？」

彼の言う次の段階がなんのことか見当がつかず、フランソワは首を傾《かし》げた。

だが、エルムートはすぐには口を開かない。

二人の間を天使が通り過ぎた。

「……その、子作りだ」

長い長い沈黙の末に、彼はぽつりと呟いた。

子作り。

夫夫《ふうふ》ならば当然の営みだ。

エルムートが自分を閨《ねや》に呼ぶことなどないと思っていたが、それは誤りだった。

むしろもっと早くこの瞬間が訪れなければおかしいくらいだった。

なにせ彼は第一騎士団の団長なのだから。

第一騎士団はあくまでも王都付近に魔物が出現した時に討伐に赴《おもむ》くだけだから、死亡率は比較的低めだ。だが、騎士ならばいつ死んでもおかしくないのがこのご時世だ。

真面目なエルムートが将来のことを考えないはずがない。

早めに種を残そうとするはずだ。そのためならば彼はまったく愛していない者との交わりくらい我慢できるに違いない。

つまりこれは字義どおりの子作りの誘いだ。

決して甘い睦《むつ》み事がこの先に待っているわけではない。

「……嫌だ」

思わず、口にしていた。

「え？」

「嫌だ、そんなことしたくない」

エルムートに抱かれる瞬間を夢想することもあった。

だが、それは決して子をなすために義務的に抱かれる想像などではない。

そんな風に嫌々抱かれるなんてどれほど惨《みじ》めだろうか。

だから、フランソワはそれが必要なことだと理解していながらも拒絶せずにはいられなかった。

フランソワはガタリと椅子から立ち上がる。

「こんな話のために呼び出されたとは思わなかった。俺はもう寝る」

乱暴に部屋の扉を開け、フランソワはエルムートの寝室を後にした。

◆

バタン、と扉の閉まる音が響く。

エルムートはフランソワの後を追うことができなかった。

今では自分はフランソワのことが好きだとしっかり自覚していた。だから彼との仲を深めようとしていた。だがこの数ヶ月、何も行動を起こせなかった。

いざ仲を深めようとすると、それはエルムートには驚くほど難しかった。

そしてようやく、自分はフランソワと仲を深めるために言葉を交わしたことがなかった事実に気がついた。

彼に恋していた婚約時代ですら、やったことは彼に好かれるような強い男になることだった。

だが、フランソワは自分のことが好きなはずだ。いつも顔を合わせるたびに嬉しそうにしてくれるのだから。だから後は自分が勇気を出せばいい。

そう思って、エルムートは今晩フランソワを閨《ねや》に誘った。

だが結果はどうだ、彼は涙を浮かべて去ってしまった。本気で嫌がられたのだ。

(馬鹿な……フランソワはオレのことが好きではない、のか？)

愕然《がくぜん》とした。

ショックのあまり、足から根が生えたかのようにその場から動くことができなかった。何が起こったのか理解できなかった。

何故拒絶されたのだろう。エルムートは考えてみる。

フランソワに嫌われているからだろう、それは確かだ。あの涙の浮かんだ顔からすれば間違いない。

何故、いつから嫌われていたのだろうか。

彼の浪費を注意したからだろうか。だが彼の無駄遣いを注意したのは、結婚後の一ヶ月だけだ。

随分と月日が経っている。

それとも最初からだろうか。

彼は一度も、自分のような無愛想で不器用なだけの人間を愛したことなどなかったのかもしれない。自分と会うたび彼が弾けるような笑顔を見せてくれたのは、ひとえに彼の愛想の良さによるものだったのだろうか。

あんなに美しく明るい彼なのだ、自分などよりも社交的で爽やかに口説き文句を口にできるような男の方が好みなのかもしれない。

もしかしたら――自分の他に好きな男がいるのでは。

それがエルムートの辿り着いた最悪の結論だった。

◆

閉塞的な図書館内での作業が辛く感じられる夏の盛り。

「それで、いくつかの情報が手に入ったとか。報告を聞こう」

図書館に直接足を運んで報告を求めるのは、第一王子アレクサンドルだった。

アレクサンドルはあの後もわざわざ図書館に何回か足を運んでいた。一刻も早く古文書の解読結果を聞きたいから、だけではないだろう。

アレクサンドルが古文書を燃やしたいと口にしたことは一度もないが、その思惑もあるかもしれないとフランソワは警戒していた。

知の結晶である書物を、燃やされてなるものか。世の中にこんなに素晴らしいものは他にないのに。

「はい、こちらに報告をまとめてあります。口頭で概要を説明いたします」

アレクサンドルに報告書を提出し、フランソワは内容を説明する。

「古文書を精査する中で、およそ千年前にも同様と思われる魔物災害があったという記述を見つけました。なので、千年前のことに関して記されている歴史書や当時書かれた古文書をあたりました」

アレクサンドルは報告書に視線を落とす。

「そうして得たうち、活用できる可能性のある情報をそこに列記してあります。例えば、千年前の人々は旅をする時に聖水を使用していたそうです。現代でも効果があるならば、行商人に配れば滞《とどこお》っていた物流が復活するかもしれません」

魔物があちこちに出没するせいで、街と街の間を行商人が行き来することもままならないのだ。そのせいで食糧の高騰をはじめとする様々な弊害《へいがい》が起こっている。

「おお、素晴らしい……！　値千金《あたいせんきん》の情報だ、やはりそなたに任せて良かった！」

アレクサンドルは顔を輝かせている。その表情は国の将来を本気で案じる王太子のものにしか見えない。

文官に任せずわざわざ直接何度も図書館に来るのは怪しいが、ただ単に図書館への行き来が散歩にちょうどいいと思っているだけの可能性もある。

「その他の情報については報告書をご確認ください。最後に、直接お伝えしておきたいのは魔物災害の原因についてです」

「それも古文書から見つけることができたのか？」

王子は期待に目を輝かせる。

「いいえ……直接的には。ですが、あることに気づきました」

「あること？」

「魔物災害の発生していた千年前と同時期なのです――聖女の魔王討伐の伝説が」

「せい、じょ？……ああ、千年前は女というものが存在したのだったな。その聖女の伝説について教えてくれないか」

彼が説明を求めるので、フランソワは聖女の伝説について語った。

聖女はその時代の天才だった。現代でも使われているありとあらゆる魔術の礎《いしずえ》を作った。精霊魔術もその一つだ。聖女が作った魔術は聖女が生まれ育ったここソレイユルヴィル国が独占したため、他国には伝わっていない。

そして聖女は精霊王の予言により魔王の誕生をいち早く察知した。

魔王はありとあらゆる魔物を率いる魔の王である。

魔王討伐にあたり、聖女は自ら世界各国を巡り勇者を募った。そして勇者たちと共に魔王の討伐に赴《おもむ》き、見事に魔王を打ち倒した。

これが大まかな内容である。

フランソワは最初この伝説をおとぎ話だと思っていたが、複数の古文書に事実として載っているのだ。本当にあったことだったのだろう……少なくとも当時の人々はそう信じていたのだ。

「気にかかるのが魔物を率いる魔王という存在です。もしかしたら、千年前の魔物の急増はこの魔王というのが原因なのではないかと……」

アレクサンドル王子は真剣な顔でそれを聞いていた。

そして一通り聞き終えると、こう言ったのだった。

「なるほど——となれば、古文書を読み解き、精霊魔術を現代に復活させたそなたは、さしずめ聖女の再来ということか?」

「はい?」

フランソワは「話聞いてたか?」と口にしそうになった。

危うく不敬罪に問われるところだった。

「実に興味深い話だったな。この報告書は後で目を通すが、そなたの話をもっと聞きたい」

「はあ、何かご質問でも?」

話を聞きたいなら今この場で尋ねればいいじゃないか、と思わず怪訝《けげん》な顔をしてしまう。

フランソワのそんな表情にアレクサンドルは怒るどころか、むしろくすりと笑った。

「ふふっ、そなたのそういう天然なところも可愛らしいな。それとも、そのようにわざととぼけるのがそなたの手管《てくだ》かな?」

(とぼける? なんのことだ……? やっぱり王族は何か探っているのか?)

フランソワは、王子が何故そんなに楽しそうにしているのか理解できない。警戒心が強まる。

「仕事の話ではない、親交を深めたいのだ。今度昼食でも一緒にどうだろうか？」

「それは、えっと……」

フランソワは答えに窮《きゅう》した。

少なくともアレクサンドル個人は、フランソワのことを探りに来ているようだ。

理由はわからない。やはり古文書の中には、王家にとって知られては困るような内容が記されているのだろうか。

どうにか昼食の誘いを断りたかった。だが理由もなしに王族の誘いを断ることはできない。

フランソワは必死に口実を考える。

「——オレの伴侶に何か？」

その時、殺気を湛《たた》えた低い声が、割って入った。

振り返ると、そこにいたのはエルムートだった。フランソワを迎えに来たのだろう。

エルムートは一際険しい顔をしていた。どう見てもアレクサンドルのことを睨《にら》んでいる。

フランソワはエルムートの顔を見た瞬間、思わずほっとした。

「あ、ああ、第一騎士団の団長か。そういえば、フランソワくんはそなたの伴侶だったか」

エルムートの登場に、アレクサンドルがたじろいだように見えた。

「昼食の件ですが、お断りします」

先ほどの話が聞こえていたのだろう、エルムートが代わりに断ってくれた。

口調そのものは丁寧だが、声が絶対零度の冷たさだ。

「いや、それは本人から答えを……」

「殿下は他人の伴侶と二人きりで食事をして噂を立てられたいのですか？　そういえば殿下のフィアンセは悋気《りんき》の強い方でしたね。このことを知ったらまず間違いなく勘違いされるでしょう。それでもなおオレの伴侶を誘いますか？」

こんなに口の回るエルムートの姿は初めて見た。

何かを察して自分のことを守ろうとしてくれているのだ。そう思うと、さりげなく肩に置かれた彼の手が嬉しかった。

「ぐ……っ」

「それではそういうことで。オレと伴侶は帰ります」

肩に置かれた手に少し力がかかり、フランソワは身体を反転させられる。

エルムートと向かい合う形になる。

「エルム」

彼の名を呼ぼうとしたフランソワの口は塞がれた。

彼が接吻《くちづけ》をしたのだ。

「……っ⁉」

王子や司書のエリクがいる前でキスなんて。こうされるのは、結婚式の日以来なのに。

突然の出来事に、フランソワは頬から発火するかと思うほど顔が熱くなった。

「行こう」

唇を離すと、彼は何事もなかったかのように身体を翻《ひるがえ》した。

彼にぎゅっと手を握られ、フランソワは後に続いた。手を握ってもらうのもいつぶりだろうか。

エルムートはまるで急いで図書館から離れようとしているかのように、大きな歩幅で王城の廊下を突き進む。手を繋いでいるフランソワはついていくのが大変だった。

「なあ、エルムート……っ」

声をかけても彼は止まらない。

それでもフランソワは彼の背中に声をかけ続ける。

「あのっ、代わりに断ってくれてありがとう」

ピタリ。

エルムートは足を止めると、やっとフランソワを振り返った。

フランソワは肩で息をしながら説明する。

「強引に誘われて、困っていたんだ」

司書のエリクも口を挟めず、オロオロとするばかりだった。

そこをちょうど現れたエルムートが助けてくれたのだ。彼のことが騎士物語の主人公のように格好良く見えた。

「……これからも何かあったら、すぐにオレを呼べ」

そっけない声音だが、自分を最優先にしてくれているかのような言葉に、フランソワは胸が熱くなる。

「でも、エルムートにも騎士団の仕事が……」

「知らないうちに、君が他の男に手を出されているよりはいい」

「そっ、それって……」

まるで彼が嫉妬《しっと》しているかのようだ。そんなはずがないのに。

自然と頬が熱くなっていく。

「ああいうことはしょっちゅうあるのか？」

「え？」

「他の男に色目を使われることだ」

フランソワは目を瞬《またた》かせる。

色目を使われていたとはなんのことだろう、とぽかんとしてしまった。

フランソワのその表情にエルムートは険しく眉間に皺《しわ》を寄せる。

「えっと……」

「第一王子だ。まさか口説かれているのに気づいていなかったのか？」

口説く？　誰が？　第一王子が、俺を？

フランソワは呆然とした。

「そんなまさか、身分が違いすぎるだろう」

「わざわざ騎士団長であるオレの伴侶を狙うなど、王族くらいなものだろう。気をつけてくれ、フランソワ――君は美しいのだから」

ボソリと呟かれた彼の言葉。

フランソワは一瞬、聞き間違えたかと思った。エルムートが自分のことを美しいと言ってくれたなんて本当だろうか。

彼は今まで一度も容姿を褒めてくれたことがないのだ。なのに、こんな髪型もいい加減で化粧もしていない自分を美しいと言ってくれるなんて。

「あ、あっ、うん……」

なんと言えばいいかわからず、真っ赤になって俯《うつむ》いた。

五歳のあの日のように、降り注ぐ彼の視線を感じた。

◆

夜。

エルムートは寝台の中で、昼間の出来事を思い返していた。

今日、エルムートがいつものようにフランソワを迎えに図書館に立ち入った時、軽薄な声が聞こえてきた。見ると、今まさに第一王子によって我が伴侶フランソワが口説かれているところではないか。

カッと怒りの炎が燃え上がった。

もしもフランソワが嬉しそうな顔をしていようものなら、その場で剣を抜いていたかもしれない。

だがフランソワは困った顔をしていた。

なんとか誘いを断る言葉を考えているような様子であった。

ならばオレが助けなくてどうするのか、とエルムートは声を上げた。

第一王子に対して自分でも驚くくらいよく口が回った。

だが足りない。本当ならば「オレの男に手を出すな」と言ってやりたいくらいだった。しかしそんなことを口にすれば不敬罪に問われるだろう。

だから、エルムートは行動で示すことにした。

たじろいでいる王子を尻目に、フランソワをこちらに向かせる。

そして彼の唇に唇を重ねた。柔らかい感触が、触れ合う。

もしかしたらフランソワに殴られるかもしれないと覚悟していた。彼は自分のことを嫌っているのだから。

だが痛みが降ってくることはない。

唇を離すと、そこには真っ赤になった伴侶の顔があった。結婚式の日でもこんなに赤い顔はしていなかった。

――誰にも奪われたくない。

そんな衝動に襲われる。

フランソワが自分のことを好いてなかろうと、他の誰かを好いていようと、誰にも渡すものか。

そんな想いが胸の内に染み付く。

その想いの名を執着心といった。

エルムートはフランソワの手を引き、強引に図書館から出た。

その後、廊下を歩いている最中に、彼が礼の言葉を口にした。

彼はいきなりの接吻《くちづけ》のことを怒るどころか、感謝してさえいた。

上目遣いのその表情は可愛らしかった。彼がこんな愛らしい表情を浮かべるということを知ったら、皆、放っておかないに違いない。

少し目を離しただけで、第一王子に粉をかけられていたのだ。自分と結婚するまでの間も随分と多くの男を魅了してきたに違いない。

想像して、嫉妬《しっと》の炎が燃え上がった。

彼に問いかけたかった。

今までに愛の告白は何度受けたことがあるのか。

その男たちと遊んだことはあるのか。

あるいは、今も付き合っている男がいるのか。

エトセトラエトセトラ。

だが、フランソワは第一王子に口説かれていることすら理解していなかった。

あまりの危機感のなさに眩暈《めまい》がした。

オレが守ってやらなければ、彼は簡単に悪い男の毒牙にかかってしまうに違いないとエルムートは思った。

『気をつけてくれ、フランソワ――君は美しいのだから』

事実を指摘すると、何故か彼は顔を真っ赤に染めた。

馬鹿な。こんな言葉ぐらい、フランソワはありとあらゆる男からかけられているはずだ。何故自分の一言でそんなに照れるのか。

理由はわからなかったが、耳まで赤く染めて俯《うつむ》く彼は、この上なく愛らしかった。場所さえ許せば、その場で押し倒したくなるほどに――

もちろん、エルムートはフランソワを押し倒したりなどしなかった。

理性を総動員させてフランソワの手を引いて家まで帰り、今に至る。

彼の赤面した顔を思い返すと、下肢に熱が溜まる。

自らの下半身に手を伸ばしかけた瞬間、彼に拒絶された時のことが鮮明に蘇《よみがえ》った。

「フランソワ……」

溜息を吐き、寝台の上で身体を起こす。

エルムートが子作りに誘った時、彼は涙ながらに断った。

あれは一体どうしてだったのだろう。彼が自分のことを嫌っているからという考えは、本当に合っているのだろうか。

フランソワがエルムートに向けた顔は赤く、恋する乙女のようだった。

あのような顔をしておきながら、抱かれるのは嫌とはどういうことだろう。

まさかフランソワは、誰にでもあのような愛らしい顔を見せるのだろうか。

そう思うと胸の内が騒《ざわ》めいて仕方がなかった。他の男が彼に触れているかもしれないなんて、想像するだけで頭がおかしくなりそうだ。

「フランソワはオレのものなんだ。誰にも渡さない」

エルムートは夜闇に呟いた。


「よう、聞いたぜエルムート」

翌日、第一騎士団の本部に出勤したエルムートに馴れ馴れしく声をかけてくる者があった。

貴族らしからぬ飄々《ひょうひょう》としたこの男はダミアン、第一騎士団の副団長である。エルムートの同期だ。

堅物で融通《ゆうずう》が利かないエルムートと部下たちの間を取り持つのが、ダミアンの仕事である。自分と違って人望のある彼は頼りになる、とエルムートは評価していた。

「昨日お前のお姫様にちょっかいをかけた第一王子を、ぶん殴ってやったんだって？」

「殴ってはいない」

どこで尾鰭《おひれ》が付いたのだ、と思いつつエルムートは否定した。

ダミアンの言う『お前のお姫様』とは、フランソワのことである。ダミアンはエルムートとフランソワのことを婚約時代から知っている。エルムートにとってフランソワは、出会ったその日から今に至るまでずっとお姫様だ。ダミアンはそのことをよく知っているのだ。

「おお、お姫様絡みのことでお前が手を出さないなんて成長したな！」

「オレは暴力沙汰を起こしたことなどない」

エルムートはムスッとして答える。

ダミアンの言い方では、まるで自分が乱暴者のようではないか。

「おいおい何を言っているんだ、エルムート！　お姫様に視線を送る男を見ただけで、手袋を投げつけて決闘を申し込んでいただろう！　実際に決闘にならなかったのは、相手がビビッて逃げたからだぜ！」

「いつの話だ」

確かにそんなことが一度か二度あったかもしれない。だが思春期のことだ。

「まったく。そんなに心配しなくとも、お姫様が他の男に目移りするはずないってのによ」

「どういう意味だ、それは？」

フランソワが他の男に目移りするはずがないだなんて、どうしてそんなことがダミアンに言えるのか。エルムートには理解ができない。

「そんな無粋なこと、オレの口から言えるかよ」

「無粋？」

ダミアンの話はわけがわからない。

彼を問い詰めようと思ったその時だった。

「エルムート団長！」

団長室に団員が入ってきた。

今年入ってきたばかりの少年だ。

「マルク、どうした？」

「それが、団長にお客様です！」

マルクは緊張した様子で敬礼しながら報告する。

「客だと？　誰だ？」

「それが……国王陛下からの使者です！」

国王からの使者。

それを聞いて脳裏を過《よぎ》ったのは、昨日の第一王子との出来事であった。

第一王子はあの出来事を父親に言い付けたのだろうか。自分は不敬罪にでも問われるのか。

エルムートは覚悟を決めて使者の応対をすることにした。

◆

今日のフランソワは機嫌が良かった。

エルムートに言われた「君は美しいのだから」という言葉がいつまでも頭の中でリフレインしていたからだ。

彼の言葉を思い返すたびに胸がときめく。

世界がいつもより美しく見えた。空は青さを増し、小鳥は愛の歌をさえずる。

安っぽい詩を心の中で詠《よ》んでしまうくらいには、フランソワは浮かれていた。

図書館に出勤したフランソワは鼻歌を歌いながら仕事をし、司書のエリクも「何か良いことがあったのでございますね」とにこにこしていた。

そんな最中のことだった。

見知らぬ文官が図書館を訪れた。文官が告げた内容にフランソワたちは仰天する。

「国王陛下が、俺と昼食を共にしたい⁉」

昼食の席で伝えたいことがあるが予定はいかがか、という打診だった。

第一王子の次は国王だ、一体何がどうなっているのだろう。

フランソワは警戒心を強める。

「陛下は第一王子のしたことを謝罪し、貴方の調査報告を直接聞きたいそうです」

「謝罪、か……」

謝罪とは、王子が強引に昼食に誘ってきたことに関してだろうか。

だが、第一王子の行動とこの国王からの昼食の誘いに、なんの違いがあるのだろう。

「御夫君《ごふくん》と一緒でも構わない、むしろフィルブリッヒ様の御夫君《ごふくん》にも謝罪したいそうでございます」

「エルムートと一緒なら大丈夫か」

使者の言葉にフランソワは安堵した。

彼が隣にいれば悪いことは起こらないだろうと思えた。昨日だって彼は助けてくれたのだから。

エルムートの予定はわからないが、自分は三日後なら都合がいいですとフランソワは返事した。

エルムートの方にも同じように使者が行っているとのことだった。

そのようなやりとりを経て、騎士団長夫夫《ふうふ》と国王との昼食会が三日後におこなわれることになった。

当日の朝、フランソワは珍しく丁寧に髪を編み上げて凝《こ》った髪型にし、化粧をしっかり施《ほどこ》した。

それを見たエルムートは目を大きく見開いた。

「エルムート。なんなんだ、その唖然《あぜん》とした顔は？」

フランソワは目を丸くしている夫に尋ねる。

「いや、君が化粧をするのは随分と久しぶりだから……」

「知らないのか、化粧とは鎧《よろい》だ。国王陛下との昼食という戦場に向かうならば必須だろう」

フランソワが不敵に笑うと、エルムートは考え込むような顔つきになる。

そして、ボソリと呟いた。

「……オレも化粧をすべきだったろうか」

「ぶふっ」

フランソワは思わず噴き出した。

鎧《よろい》であると騎士にもわかりやすいように例えたおかげで、重要性が伝わったのだろう。それで自分も化粧を、と考えるところが生真面目なエルムートらしい。

まったく、彼のそういうところが昔から好きなのだ。

フランソワは愛おしさに目を細める。

「昨晩のうちに相談してくれれば、化粧水や乳液を塗り込むとか、やりようはあったかもな。だがもう時間がない……そうだ、香水でもつけてみるか？」

「頼む」

試しに提案してみると、エルムートは素直に頷いた。

『鋼鉄のエルムート』と称されるくらい堅物中の堅物である夫が、香水をつけることを受け入れるなんて。嬉しさとおかしさで笑い出したくなりながら、フランソワは夫に似合う香水を選んだ。

彼との距離が縮んだようで、幸せなひと時だった。


昼食時。

エルムートとフランソワが通された部屋で待っていると、壮年の男が複数人の側仕えを伴って現れた。威厳のある髭《ひげ》、頭に戴《いただ》いた冠、ひらめかせたマント、王族特有の銀髪。国王その人である。

「不肖の息子が本当に申し訳ない……！」

国王はテーブルにつくなり、頭を下げて謝罪した。

それから国王は説明をし始めた。

なんでも第一王子には困った悪癖があるらしい。美しい男に目がなく、片っ端から声をかけているとか。

そんな男が次期王位継承者でいいのかとフランソワは思ったが、話の途中で口を挟むようなことはしなかった。

新しく図書館付きとなった古代語学者が随分若く、また美しいという話を聞いて、第一王子はどれ顔を一目拝んでやろうと図書館に行ってみることにした。

そうして出会ったフランソワは、王子の目には随分と新鮮に映ったらしい。凡百のノンノワールとは違って、化粧っ気がないにもかかわらず美しい知的な男。王子はフランソワのことを口説き落としてみたくなった。

王子は何度も図書館を訪れるようになり、そして数日前の事態になった……ということだったようだ。

第一王子が他人の伴侶に粉をかけているところをその夫に目撃されたのだから、これは大変なスキャンダルだ。すぐに謝罪しなければと国王は思ったらしい。

そう、つまり王子は最初からフランソワ目当てで、焚書《ふんしょ》やなんだというのはすべてフランソワの杞憂《きゆう》だったのだ。

(とんだお騒がせ野郎め！)

フランソワは心の中で第一王子を罵倒した。

まったく、どれだけ心理的負担になったと思っているのか。

「本当ならば昼食の席ではなくきちんと謝罪する場を設けたかったのだが、時間がなく本当に申し訳ないと思っている」

「陛下、謝らないでください」

再び頭を下げた国王にエルムートが素早く返答した。

「オレたちはまったく怒っていません――アレクサンドル殿下が二度と図書館に近づかないようにしてくだされば」

エルムートはにこりと微笑んで言った。

笑っているにもかかわらず、ひんやりとした空気がこちらにまで伝わってくる。

嘘つけ、どう見ても怒ってるじゃないかとフランソワは内心で苦笑する。化粧が鎧《よろい》ならば、笑顔は剣といったところか。

「もちろん、そのようにしよう」

「過分の配慮、痛み入ります」

笑顔で答えるエルムートは、絶対に『過分』じゃなくて当然のことだと思っているだろう。

ともかく、フランソワは伴侶のおかげで穏当に身の安全が保障されたのだった。

国王の謝罪と説明が一段落し、側仕えたちによって昼食が運ばれてきた。

この国の貴族の食事は、朝食以外は基本的にコース料理だ。食前酒を堪能した後は、カラフルな前菜が運ばれてくる。

「それで、申し訳ないが不肖の息子の代わりに報告を改めて聞かせてほしい。そなたの報告書を読んで驚いたのだ。まさか古文書にこんなに多くの解決策が記されていようとは、と」

国王の話を聞きながら、前菜をナイフとフォークで口に運ぶ。

食欲を刺激するためだろう、強めの酸味が口の中に広がる。

「特に聞かせてほしいのは、魔物災害の原因についてだ。報告書ではあくまでも推測に過ぎないとしつつも、千年前に魔王がいたことが記されていたが……それはつまり？」

報告書を読んで国王はフランソワの言いたいことを理解したのだろう。だが信じがたかった。

だからこうして直接フランソワの口から聞こうと思ったに違いない。

フランソワは静かにナイフとフォークから手を離し、国王を見据える。

「はい。千年前の魔物の急増の原因が魔王であるならば、今回の魔物の急増の原因も魔王であるのではないか。俺はそう推測しました」

「……」

魔物急増の原因は魔王。

あまりのことに国王は天井を見上げ、ほうっと息を吐く。

その間をもたせるかのように、側仕えらが前菜の皿を下げ、スープを給仕していく。

この国の貴族は昼食には冷たいスープを好む。

前世の世界で冷たいスープの代表格であるヴィシソワーズが発明されたのは、二十世紀になってからだったんだよな、とフランソワは思い起こす。

冷たいスープを匙《さじ》で掬《すく》って口に運ぶと、少しは心が落ち着いたのか国王は言葉を紡ぐ。

「いやしかし、しかしだ。魔王に関する伝説も報告書で読んだが、魔王は千年前に聖女に討伐されたのであろう？　既に死んだ存在が災害を引き起こすものか」

国王の疑問ももっともだろう。

フランソワも、時期が同じだというだけで関連づけたわけではないのだ。

「実を言うと……報告書には書けなかった事実があります」

正確には、王家がまだ焚書《ふんしょ》をしようとしているのではないか、と疑っていた段階では書けなかった事実だ。

「なに……!?」

「直接口頭でお伝えしようと思っていたのですが、アレクサンドル殿下があのような感じでしたので……」

「その件は本当に申し訳ない。して、報告書に書けなかった事実とは？」

国王は顎髭《あごひげ》を撫でながら尋ねる。

「それを口にする前に、陛下に確認したいことがございます」

「む？　それは何であろうか」

第一王子が自ら足しげく通っていたのは悪癖ゆえとわかったものの、一応は確かめておかなければならない。王家が焚書《ふんしょ》を今でも続けているという疑惑がほぼなくなった今だからこそ、国王に直接問うことができるのだ。

「俺が古文書の内容の目録を作成させられているのは、決して焚書《ふんしょ》にする古文書を見つけるためではありませんよね？　俺が余計な情報を知ったかどで投獄されたりなど、そういったことはないと信じていいですね？」

「なっ!?」

国王より先にエルムートが反応した。

食事中だというのにガタリと音を立てて立ち上がる。

「フランソワ、それは一体どういうことだ……⁉」

「そうだとも、投獄などするはずがない」

国王の困惑した様子から、よほどの役者でもない限り危険はなさそうだと判断する。

「エルムート、行儀が悪いぞ」

注意すると、彼は大人しく座った。

それと同時にスープの皿が下げられ、魚料理の皿が並べられる。

白身魚のソテーだ。葉野菜と黄金色のソースが皿を美しく彩《いろど》っている。

「二百年ほど前、古代語を訳した書物のほとんどが焚書《ふんしょ》の憂《う》き目にあいました。実を言うと、王家はまだ古文書を憎んでいるかもしれないと危惧していたのです」

魚の身をナイフで切りながら説明する。

「ああ……それは当時の王が犯した愚行の中でも、最も愚かしい罪であった。それによってどれほどの知恵が失われたのか想像もつかぬ。愚王の真似をするつもりなど、毛頭ない。神に誓おう」

「それを聞いて安心しました」

フランソワは安堵に微笑みながらフォークに刺した魚を口へ持っていった。

同時にエルムートの肩からもふっと力が抜ける。

「それでは報告書に書けなかった事実をご報告することができますね」

「それはつまり、時代によっては口を封じられるかもしれない内容ということか」

「ええ、そういうことです」

国を統治しているだけあって察しが良い。

国王は表情を引き締め、それを聞く覚悟を決めたようだった。

魚料理の後は口直しの氷菓が運ばれてくる。薔薇《ばら》の花弁の形に飾り付けられ、色も薔薇《ばら》のような鮮烈な赤だ。匂いからすると、葡萄酒で味付けされたのだろう。

「側仕えを排《はい》した方が？」

国王が周囲の側仕えたちを見回す。

「いえ、陛下に焚書《ふんしょ》の意思がないのでしたら大丈夫です」

赤い花弁をスプーンで崩し、ソルベを一匙《ひとさじ》、口に入れる。冷たくて甘い味が一瞬で口の中をリセットする。暑い盛りに食べると一層美味しく感じられる。

「では、報告書には書けなかった事実とは？」

国王が重々しく尋ねる。

「千年前、聖女が魔王を討伐したと伝説にはありましたが――本当は討伐されなかったのです」

「――ッ!?」

フランソワが告げた言葉に、国王は顔を青くした。

「そ、それは一体どういう……」

「聖女は魔王を封印するので精一杯だったのです。俺が読んだ古文書の一つにそう記されていました」

　魔王は討伐されていなかった。

　衝撃のあまり、国王の動きが止まる。

　美しい硝子《ガラス》の器の中で、国王の氷菓は融《と》けていく。

「そして、その聖女の封印の内容こそが問題でした」

　これを知った時には、フランソワも「人類規模の汚行《おこう》じゃないか」と思ったものである。

「封印の内容？　魔王が討伐されていなくて封印されただけだったということ以上の問題が？」

「ええ。封印の内容について説明する前に、まず聖女が得意とした魔術について理解してもらう必要があります。少々説明が長くなりますが、大丈夫ですか？」

「もちろん、聞かせてもらおう」

　場の雰囲気が少し落ち着いたのを感じたのか、側仕えたちはソルベの皿を下げて次の皿を並べる。次はメインディッシュである。肉厚のステーキが匂いで食欲を誘ってくる。

「千年前には精霊魔術を始めとして、現代では廃《すた》れてしまった多くの魔術がありました。その中でも聖女が得意としていたのが概念魔術です」

「概念魔術？　初めて聞くな」

　国王が怪訝《けげん》そうに聞いてくる。エルムートは二人の会話を聞きながらステーキにナイフを入れている。

「概念魔術とはその名のとおり、概念を操《あやつ》る魔術のことです。説明のために例え話をしましょう。

例えば陛下、『馬』と『芽吹いたばかりの新芽』ではどちらの方が強いと思われますか」

「なんだと？　それはもちろん、馬が新芽を食べてしまうから馬の方が強いであろう」

国王は戸惑いながらもフランソワの問いに答える。

「普通ならばそう考えますね。しかし概念魔術の使い手ならば違います。『芽吹いたばかりの新芽』とは、新しい才能や若い人間のことと解釈することもできる。すなわち、新米騎士のことである。騎士は馬に乗るものであるから、馬よりも強い……と、このように」

フランソワの披露した説明に、国王は目を丸くしながらステーキを咀嚼《そしゃく》している。

そしてステーキを呑み込むと、口を開く。

「それは屁理屈ではないか」

「そうです、その屁理屈のような理論で概念を操《あやつ》り、物事の理《ことわり》すら捻じ曲げることができるのが概念魔術なのです。そして聖女はその概念魔術の詠唱がことのほか上手かった」

ここまで説明してやっと前提が共有できた。

ここからがようやくこの話のメインディッシュだ。

「聖女はこの概念魔術を使って魔王を封印しました。その際、封印のために生贄《いけにえ》が必要でした。生贄《いけにえ》に求められたのは、世界の半分です」

「世界の半分？　世界のすべての国の土地を測って、その半分だけ使えなくさせるとでも？　そもそも概念魔術は生贄《いけにえ》が必要な代物なのか？」

エルムートが口を挟んだ。

「別に概念魔術自体には生贄《いけにえ》は必要ではないよ、エルムート。概念魔術は文字どおり概念を利用する魔術だから……『世界の半分を生贄《いけにえ》に捧げるくらいの大魔術を行使すれば、魔王を封印するぐらいのことはできるに違いない』という概念を利用して、封印の術を創生したんだ」

「概念を利用し……」

エルムートはわけがわからないという顔をしている。

要は「犠牲が大きければ大きいほど効果も大きくなるに違いない」という全人類が無根拠に抱いている希望を元にして、道理を覆《くつがえ》し、無理やり魔王を封印する術を聖女は創り出してしまったのだ。もともと魔王の封印など不可能なことだったのに。

国王の言ったとおり、概念魔術とは屁理屈の魔術である。

フランソワは国王に向き直り、説明する。

「生贄《いけにえ》の定義付けも同じでした。今話したように、何を『世界の半分』と定義するか、概念を操《あやつ》る概念魔術の使い手である聖女にはある程度自由がききました。だから聖女が封印に赴《おもむ》くにあたって世界各国の王が集まって話し合い、何を世界の半分であると定義するか――つまり何を犠牲にするか決めたそうです」

「何を犠牲にすることに決めたのだ？」

国王が話の続きを促《うなが》す。

「それは――『女』です」

聖女が魔王を封印すると、世界中のありとあらゆる生き物のメスだけが死に絶え、そしてオスだけで成り立つ世界に変わった。

どういう仕組みかはわからないが、この世界には雄鶏《おんどり》しかいないのに鶏の卵を食べることができるし、牡牛《おうし》しかいないのに牛乳を飲むことができる。

フランソワも前世の記憶を思い出すまでは、そのことを疑問に思ったこともなかった。

あらゆる生き物の半分を構成する『女』は、確かに世界の半分であると世界の理《ことわり》に認められ、封印は成立した。

人間も例外ではなく、聖女は女性であるがゆえに魔王の封印を成し遂げた次の瞬間に死んだのだ。

世界の理《ことわり》がなんであるかはフランソワにもよく読み解けなかった。概念の集合体、いや、すべての知的生物の無意識の集合体のようなものであるらしい。

古文書を読み解いてこの記述を見つけた時のフランソワの衝撃はどれほどのものだったか。

だが、エルムートも国王もあまりピンときていない顔をしていた。

「千年前は人間の半分は女という者たちだったことは知っている。各国の王たちによる協議の結果犠牲に選ばれるとは、女という者たちは被差別民族だったのであろう。痛ましいことだ……」

国王が重々しく述べる。

「いや、女性というのは性の一つであって民族ではなく……」

フランソワは指摘しかけて気づいた。

一つしか性のないこの世界では、性という概念自体がなくなっているのだろう。女性について、かつて世界の半分を占めていた民族という理解の仕方しかできないに違いない。

どれほど大きなものが失われたのか理解できるのは、前世の記憶を持っているフランソワだけなのだ。

「なるほど、それは二百年前の王も都合の悪い情報だと思った可能性はある」

国王はこくりと頷く。

「そしてこの封印について。現代を生きる我々にとって重要なのは次の情報です」

フランソワは話を続ける。

「この封印には期限がありました。永久に魔王を封印できるわけではなかったのです。その期限は……約千年でした」

千年前と今、魔物の急増が発生した。そして千年前の封印が解けるのは、千年後の現代である。

この二つが無関係だと思える愚か者はこの場にはいなかった。

国王はその後出てきたデザートの味がわからなかっただろう。

ともかく、国王は魔王という存在が魔物を生み出し操《あやつ》っているのかもしれないという前提の下、各地の魔物の増加率や分布を再調査すると言った。同盟を結んでいる他国ともすぐさま情報を交換して、まずは「本当に魔王が復活したのかどうか」を確認するつもりのようだ。

フランソワも仕事を頼まれた。

聖水の作り方や使い方が記された部分だけでいいから、すぐさま現代語訳を書くこと。それを文官たちが書き写し、各地に知らせるのだそうだ。

それから、魔王や魔王を封印した魔術に関して古文書を読み進め、更なる情報を得ることを求められた。

フランソワはそれからしばらくの間、仕事で忙しくなった。

充実したひと時だった。自分の好きなことをしていれば人に必要とされ、感謝されるのだから。

諸々の連絡のために図書館を文官がよく行き来するようになり、城の文官たちにフランソワは顔を覚えられるようになってきた。

「フランソワ様、そろそろ一息入れてはどうでしょう。お茶をお持ちしました」

業務中、タイミングを見計らってエリクがお茶を持ってきてくれることもあった。

「エリクにも司書の業務があるんだから、側仕えみたいなことをしなくてもいいのに」

王立図書館の利用はごく限られた人間しか許可されていないものの、王の図書館として相応《ふさわ》しい蔵書を揃える義務が司書にはある。魔術師の研究成果が記された魔術書から、騎士道物語などの大衆小説までありとあらゆる本がこの図書館に収められているのは、ひとえにエリクの努力によるものだ。

司書としての様々な仕事があるだろうに、彼は誰かが訪ねてきた時の取り次ぎまでやってくれているのだ。

「いえいえ、私がフランソワ様のために動きたいだけですから」

エリクは静かに微笑む。

「そうか、ありがとう」

フランソワとエリクの間には、信頼関係が生まれていた。

フランソワは彼が手伝ってくれることに深く感謝しながら、日々の業務に励んだ。


そんなある日のことだった。

「おや、もしかしてフランソワ様ではございませんか⁉」

所用があって城の廊下を歩いていたところ、何者かに呼び止められた。

「やっぱり！　いつもと全然雰囲気が違うので、一瞬わかりませんでした！」

振り向くと、一人の着飾ったノンノワールが笑みを浮かべて近づいてくるところだった。

彼は確か、侯爵家に嫁いだ夫人だ。

お互い伯爵位出身ということで親しく付き合い、励まし合って生きてきたのだった。

「ああ……アンリ様。お久しぶりですね」

フランソワはなんとか友人の名前を思い出した。このところ古代語を解読することしか考えていなくて、夫人仲間の名前などはだいぶ記憶の片隅に追いやられていた。

同時に彼の人となりも思い出す。

アンリはどちらかというとふんわりとした雰囲気の、天然な性格の男だ。

「フランソワ様ったらどうされたのです、その格好は？　まるで普通の男の人のようですよ」

彼はフランソワの簡素な装《よそお》いを示して言った。

化粧もネイルもしておらず、そのうえコルセットすらしていないなど、ノンノワールのすべき格好ではない。

「まあ、その……このところ仕事が忙しくて」

何時間もかけて髪型を作り化粧を施《ほどこ》すくらいならば、その時間を解読に充《あ》てたかった。

だが友人に遭遇してしまうと、流石《さすが》に気まずいものがある。

「まあ、羨《うらや》ましいですね」

アンリはおっとりと意外な言葉を口にした。

「う、羨《うらや》ましい？」

目をぱちくりさせて聞き返す。

「だってどんな格好をしていたって、御夫君《ごふくん》が愛してくださるってことでしょう？　鋼鉄の騎士団長様は相変わらず熱烈なのですね」

信じられない言葉が聞こえた気がした。

エルムートが熱烈だなんて。他人にはそんな風に見えているのだろうか。

頭の中がハテナでいっぱいになる。

「昔からフランソワ様は御夫君《ごふくん》と仲がよろしいですよね、羨《うらや》ましい限りです。エルムート様ほど激しく伴侶を愛している方など、他にいないのではないですか？」

アンリは決して嫌味を言うような性格ではない。彼は本気で言っているのだ。

（まあ、アンリは天然だからな）

きっとエルムートとフランソワの仲があまり良好でないという明白な事実すら、天然のアンリには見抜けないのだろう。フランソワはそう思うことにした。

「あ、そうだ。今度、当家で舞踏会をおこなうのです！　フランソワ様、久しぶりにご参加いただけませんか？」

アンリはキラキラとした瞳でフランソワを見つめる。

舞踏会なんて面倒くさいものには、できれば出席したくない。

だが、友人から期待の眼差しを向けられて無下に断ることなどできなかった。

「そ、それは素敵ですね。ぜひ参加したいです」

こうしてフランソワは、久方ぶりに舞踏会に参加することになった。


「舞踏会だと？」

帰りの馬車の中、フランソワは舞踏会に誘われたことをエルムートに報告した。

「うん、エルムートも一緒に参加してくれないか？」

「……何故オレを誘う？」

理由のわかりきったことを、硬い声で尋ねられてしまった。

このところ彼と距離が縮まってきたように思えたのは、気のせいだったのだろうか。やはり嫌われているのかもしれない。

「それは、そりゃあ一人では踊れないから」

ダンスはあまり好きではないが、踊るなら相手はエルムートがいいに決まっている。既婚者にもなって、今更会場で相手を探す気にもなれない。

けれどもこの様子では断られてしまうかな、とフランソワは俯《うつむ》く。

「わかった、オレも行こう」

「え……！」

嬉しい返事が聞こえて、思わず弾かれたように顔を上げる。

「な、なんで驚いているんだ。フランソワが誘ったんだろう」

「だって、嬉しくて……」

夫を舞踏会に誘っただけだというのに、愛の告白でもしたかのような気恥ずかしさが湧き起こってくる。

嫌われているのか、嫌われていないのか。少しでも愛してもらえているのではないか。期待に心が揺れた。


「フランソワ、いるか」

舞踏会当日。

盛装したエルムートが、フランソワの部屋を訪ねてきた。

「……っ！」

藍色のジャケットを羽織り、黒髪をすべて後ろに撫でつけた彼は、息を呑むくらい男前だった。

エルムートは特段童顔というわけではないが、前髪を下ろしているいつもの姿の時は、幼い日の面影がある。だが、今日の彼はすっかり大人の男だった。零《こぼ》れ出るような色気に我知らず頬が熱くなる。

「フランソワ……」

フランソワの姿を目にした彼もまた、目を見張っていた。

フランソワも、もちろん今日は着飾っている。肩に詰め物をした上衣を身に着けることで、コルセットで締めた腰の細さを強調している。その上からドレスのごとく足首近くまで裾の伸びた真紅のジャケットを纏《まと》う。ジャケットの色に合わせて赤い薔薇《ばら》の花を模した髪飾りを挿し、赤い口紅を引いたフランソワを、エルムートは呆けたように見つめる。

「その格好は……」

エルムートは何かを言おうとして口ごもった。

「あ、もしかして派手になりすぎたか？」

張り切ってめかしこんだのだが、エルムートにとっては好ましくない格好となってしまったかもしれない。彼は美しい男よりも、教養ある男の方が好きなのだから。

咄嗟《とっさ》に薔薇《ばら》の髪飾りを取り払おうと、頭に手を伸ばした。

「いや、違う！　そのままで大丈夫だ、フランソワ」

その手を彼が慌てて掴む。

急に手と手が触れ、フランソワの心臓が大きくドキリと跳ねる。エルムートの手が温かい。

「取らないでくれ」

彼の蒼《あお》い瞳が真剣に見つめてくる。

「あ、うん……」

目の前に彼の顔がある。こんなに距離が縮まったのは、図書館でいきなりキスをされたあの時以来ではなかろうか。唇に触れた感触を思い出し、顔が真っ赤に染まった。

「ただその、その格好がオレたちが初めて会った日のフランソワそっくりで、びっくりしたんだ」

「そ、そうだったんだ」

初めて会った日といえば、五歳の時のことだろう。フランソワはあの日自分がどんな格好をしていたかなんて、とっくに忘れてしまっていた。けれども彼は覚えていてくれているのだ。嬉しさに胸が熱くなる。

「それでその、フランソワ……オレに香水を選んでくれないか」

エルムートが部屋を訪ねてきた用件をおずおずと口にした。

「ああ！」

フランソワは満面の笑みを浮かべ、嬉々として香水を選び始めた。


二人を乗せた馬車は、ポシャール侯爵家の屋敷の前に止まった。

今宵《こよい》、舞踏会が開かれるアンリの家である。

差し出されたエルムートの手を取って、フランソワはゆっくりと馬車から降りた。彼にエスコートされ、会場に足を踏み入れる。

「フランソワ様、お越しくださって嬉しいです！」

会場に入るなり、アンリに声をかけられた。

フランソワは笑顔で応対した。

「こちらこそ今夜は招待してくださってありがとうございます、アンリ様」

「ご馳走をたっぷり用意したので、楽しんでいってくださいませ」

ダンスの前にまずはディナーだ。

歓談しながらの食事が始まった。

「それにしても、最近は王城で古代語の翻訳の仕事をしておられるとか？」

挨拶しに来た貴族の多くがそんな問いを口にする。

「ええ、自慢の伴侶です」

エルムートはフランソワの腰に手を回したまま、にこにこと答える。まるで手を離したら、フランソワがどこかに行ってしまうのではないかと心配しているかのようだ。彼を放ってふらふらするはずがないのに。

「フィルブリッヒ夫人は相変わらずお美しい」

容姿を褒める言葉も何度かけられたかわからない。

そのたびにエルムートは笑みを深めた。威嚇《いかく》めいた笑みに見えるのは、きっと気のせいだろう。

やがて楽団が演奏を始め、幾人かのペアがダンスホールに下りる。

「あの、俺は……」

「わかっている。もっとゆったりとした曲になったら踊ろう」

エルムートが頷く。

実を言うと、フランソワは運動神経が悪い。嗜《たしな》みとして一通りのダンスは覚えたものの、激しくクルクルと舞うような類《たぐい》のダンスは自信がなかった。

そのことをエルムートはよく心得ていた。

騎士団長をしている彼ならば、どんなに激しいダンスも難なくこなせるだろう。それでもフランソワに合わせてくれているのだ。

エルムートにならば安心して身体を預けられる。フランソワは彼の腕を掴む手に、ぎゅっと力を込めた。

「あ……」

しばらくすると、優雅でのんびりとした曲に変わる。

フランソワがエルムートを見上げると、ちょうど彼もこちらに視線を向けたところで、二人の視線が合う。二人はこくりと頷き合った。

彼に手を引かれ、ダンスホールに下りる。

エルムートとフランソワは向かい合い、見つめ合った。

エルムートの片手は腰に添えられ、もう片方の手は柔らかくフランソワの手を握る。

緩やかに二人のダンスが始まった。

ダンスは苦手だが、エルムートと踊るのは好きだ。二人の距離が縮まって、彼の表情がどことなく柔らかく見える。

久しぶりのダンス。フランソワは、エルムートのいつもよりもさらに男前な顔を夢中で見つめていた。

親密な空気が流れているように感じられるのは、きっと勘違いではないだろう。

エルムートは自分のことを愛してくれている。再びそう信じられるような気がしてきていた。

その時。

「あっ」

夢中で彼を見つめていたせいか、躓《つまず》いてしまい身体が傾《かし》ぐ。このままでは転んで失態を晒《さら》してしまう。

「フランソワ！」

フランソワの身体をエルムートがすかさず受け止めた。

「あ……」

まるで強く抱擁されているかのような体勢に、瞬時に顔が熱くなる。きっと耳まで真っ赤になってしまっているだろう。

「あ、ありがとう、エルムート。あの、もう離してくれても……」

彼から離れようとすると、背中に回された手の力が何故か強まる。

「駄目だ。離したくない」

低い声が耳元に降ってくる。

ぎゅっと抱き締められたこの体勢では、彼の表情が見えない。

何を考えて抱擁を続けているのかわからない。

「エルムート……」

フランソワはただ、この瞬間がずっと続けばいいのにと思った。

今が幸せでたまらなかった。

第四章

舞踏会がどのように終わったのか、とんと記憶にない。

夢見心地でいるうちにいつの間にか家に帰ってきていて、翌日を迎えていた。

フランソワは幸せな心地を継続させたまま出勤し、上機嫌で仕事に取りかかっていた。

仕事では大好きな翻訳に没頭できて、毎日愛する伴侶に送り迎えしてもらえて。

こんなに幸福でいいのだろうか。

「フランソワ様、良いことがあったようですね」

エリクが微笑ましげに話しかけてくる。

「フランソワ様と御夫君《ごふくん》を見ていると、昔の自分を思い出します」

エリクは遠くを見つめるような表情になり、しみじみと呟いた。

「そういえばエリクの話は聞いたことがなかったが、伴侶がいるのか」

初めて聞く彼のプライベートに、フランソワは興味を示した。

「いるというか、いましたね」

寂しそうに、ぽつりと呟くエリク。

その表情から、何か事情があることを察する。

「ごめん、込み入ったことを聞いてしまったか……」

「いいえ、お気になさらず。私の伴侶は騎士をしていたのです。ですが、戦で帰らぬ人となってしまいました」

「エリク……」

話からすると、エリクはノンノワールなのだろう。今まで、まったく気がついていなかった。

「だからまあ、今では私の生き甲斐は、司書の仕事とフランソワ様のお手伝いしかないのですよ」

彼の話を聞いて、もしエルムートに何かあったら……と考えてしまう。

万が一のことがあったら、自分はどうするだろう。

そんなことを考えながら、フランソワは仕事に取りかかる。

だが不思議と仕事が手につかなかった。何故だろう。エルムートに何かあったら、なんてただの想像で本当に何か起こったわけではないのに。

もしかしたら、この時点で不吉な予感がしていたのかもしれない。

「フランソワ・フィルブリッヒ様！　緊急の連絡です！」

突然、何度か顔を合わせたことのある文官が、図書館に飛び込んできた。

ただならぬ様子に、フランソワは跳ねるように椅子から立ち上がった。

「どうした、国王陛下から何か緊急の依頼でも？」

「いいえ、陛下は関係ありません。御夫君《ごふくん》、フィルブリッヒ騎士団長のことです」

「え――？」

エルムートの名が出た瞬間、嫌な予感がした。

つい先ほど考えたことが脳裏を過《よぎ》る。もしもエルムートに何かあったら……

「フィルブリッヒ騎士団長は――魔物討伐で負傷され、たった今、城の医務室に運ばれたところです」

フランソワの顔が真っ白になる。

「医務室までご案内します」

「あ、ああ……頼む」

エリクの顔までが蒼白になっている。

エリクの気遣わしげな視線を受けながら、文官に案内されて医務室へと向かった。

「エルムート！」

「フランソワ、来たのか」

医務室に入ると、エルムートは右腕を包帯でぐるぐる巻きにされた状態でベッドに腰かけていた。

「なんだ、案外元気そうじゃないか」

軽い怪我ならば、治癒魔術でその場で治せる。

医務室に運ばれたなんて相当酷《ひど》い状態なのだろうと、フランソワは最悪の事態を覚悟していたのだ。

だから口をきける状態の伴侶に、ほっと胸を撫で下ろした。

「元気、か」

彼はフランソワの言葉に皮肉げな笑みを浮かべると、右腕の包帯を外した。

「……ッ!?」

現れた右腕を見て、フランソワは思わず息を呑んだ。

彼の右腕は炭のように真っ黒に染まっていたからだ。

「魔物の呪いだ。呪狼《じゅろう》の鉤爪《かぎづめ》にやられたんだ。表面的な傷はすぐに治癒できたが、呪いの方は駄目だ。この右腕はもう動かない」

彼の言葉を聞いて、顔が蒼白になる。

魔物に詳しくないフランソワでも知っていたからだ。呪いを解く術は現代には残されていないと。

「だって……右手は利き腕じゃないか！」

「そうだ、だからオレはもう騎士を続けられない」

己の伴侶を見上げるエルムートは、どんよりと濁《にご》った瞳をしていた。彼の胸中が絶望に支配されていることが見て取れる。

その後、フランソワは失意のどん底にあるエルムートを邸宅まで連れて帰った。

エルムートはすっかり塞ぎ込んで、部屋の中に閉じ籠《こも》ってしまった——

◆

「旦那様、こちらに夕食を置いておきます」

「ああ……すまない」

側仕えはエルムートに何か言いたそうにしていたが、結局言葉が見つからなかったのかそのまま部屋を後にした。

エルムートは「食事くらい片手でもできる」と言って食事の介助を断っていた。

動かなくなった右腕を見やり、エルムートは思った。

これは報いなのだと。

右腕が使えなくなり、今までの鍛錬も、磨き抜いた技も、騎士団の中で積み上げてきた地位もすべてが無に帰した。

そうなって初めて、エルムートはフランソワの境遇に思いを馳せることができるようになった。

今まで、フランソワが着飾るのは趣味だと思っていた。実際、着飾るのは好きなのだろう。だがそれだけではないことに、彼の「化粧とは鎧《よろい》だ」という言葉で気づいたのだ。

おそらく彼は彼なりの戦場で今まで戦ってきたのだろう。伯爵家から公爵家に嫁ぐにあたって、苦労があったはずだ。その苦労の中で、化粧という鎧《よろい》を纏《まと》わねばならないほど辛い目にあってきたのではないだろうか。

彼にとっての美はオレにとっての剣だったのだ、とエルムートは思う。

ならば、「オレに好かれたいのならば少しは学を積め」といきなり言われた時のフランソワの心境はいかほどのものだっただろう。

今、右腕を失った自分とまったく同じ衝撃だったのではないだろうか。

「ぐ……っ」

後悔に涙が滲《にじ》む。

嫌味たらしく本を贈られ、それでもページをめくってみようと思ったフランソワの心がどれだけ強靭《きょうじん》だったのか、エルムートは思い知った。

「オレは……新しいものを見つけられない」

ぽつり、呟いた。

すべてを失った今、新しいものに挑戦しようという意欲などない。自分はフランソワのようには生きていけない。

どれほど素晴らしい人が伴侶だったのか、エルムートは身に染みて理解した。

自分はなんということを彼にしてしまったのだろう。あの出来事がどれほど彼の心を傷つけたことか。

あの後彼が喜んでいたから、てっきり気にしていないのだと思っていた。

大きな間違いだ、気にしていないはずがない。自分への愛を失って当然だ。気づくのが遅すぎた、とエルムートは悔いる。

フランソワは今日もまた王城の図書館へと仕事に赴《おもむ》き、そして夕食の時間になっても帰ってきていない。

今回の魔物災害に対処するにあたり、彼がどれほど重要な役目を負っているのかわかっている。

自分の看病などしている暇はないだろう。側仕えたちもいるのだし、手は足りている。そもそも表面的な傷は治癒しているのだから、看病など必要ない。

それでもフランソワがさっさと仕事に行き、そしてまだ帰ってこないことが彼に見放されている証拠のように感じられた。

エルムートが騎士を目指そうと思ったのは、幼い頃のフランソワが『強い男の人が好き』と言ったからだったのに――


それはエルムートとフランソワがまだ六歳の時のことだ。

その頃はまだ魔物災害が発生しておらず、宿敵である隣国との百年戦争の最中であった。

百年戦争とはいっても、休んだり戦ったりを両国の無理のない範囲で繰り返しているのだから、魔物災害が起きてからよりもよほど平和な時代であった。

休戦中には騎士たちも暇なため、一年に一回剣闘大会が開催されていた。優勝した騎士には名誉と賞金が与えられる。

両家の仲を深めるため、エルムートとフランソワは親同伴でよく色んなところへ連れていってもらった。

その中の一つが剣闘大会だった。

「エルムートは剣闘大会を見たことある？」

幼い日のフランソワが尋ねる。

その日のフランソワは白銀に近い金髪に合わせた、クリーム色のドレスを纏《まと》っていた。彼のふわりとした雰囲気にとてもよく似合っている。

顔つきは気が強そうに見えるけれど、フランソワはとても優しい性格なのだとエルムートは知っていた。

「ううん、見たことない。はじめて」

「そうなんだ、ぼくもはじめて」

フランソワはふにゃりとはにかんで言った。

彼のその笑顔だけで、エルムートは幸せでいっぱいになった。

「アビキック対イザーク、試合開始！」

剣闘大会が始まると、会場は声援に包まれた。

観客たちの声援の中では、隣の席に座るフランソワの声しか聞こえない。

こんなにも大勢の人がいるのに、エルムートはまるでフランソワと二人きりになったような心地がした。

その時。

「ひゃっ！」

騎士たちが剣を打ち合う。

その迫力にエルムートは小さく悲鳴を上げた。

対してフランソワは楽しそうに観戦している。

「フランソワ、怖くないの……？」

「うん!」

フランソワはにこにこと答える。彼はいきいきと試合を観戦していた。

「勝者イザーク!」

とうとう騎士の一人が膝をつき、審判が勝敗を下した。

するとフランソワはきゃあ、と歓声を上げる。

「フランソワは楽しそうだね」

「うん、つよい男のひとすき!」

フランソワの満面の笑みに、エルムートは打ちのめされた。フランソワが強い男の人が好きだなんて知らなかった。

その後も試合が始まるたびに彼ははしゃいだ声を上げた。隣でそれを聞いていたエルムートは、自分も彼にそんな声をかけられたいと思った。

この日、エルムートは強い男になることを心に決めた。

それからエルムートは鍛錬を始めた。剣術を学んだ。騎士になることを夢にした。騎士団の中でも特に華々しいとされている第一騎士団を目指した。

十代になり、エルムートは目指していた第一騎士団に無事入団することができた。

第一騎士団の中でひた向きさと忍耐強さを評価され、『鋼鉄のエルムート』と呼ばれるようになった。

第一騎士団は王都の治安を守るのが役目である。第一騎士団の証《あかし》である黒い騎士服を纏《まと》い、馬に乗りロングソードを提げた姿は少年たちの憧れであった。

普段は王都を警邏《けいら》し、凶悪事件が起これば犯人を追い、戦うこともある。第一騎士団での仕事は忙しかった。

だがエルムートはただひたすらに仕事と鍛錬に邁進《まいしん》し、フランソワに相応《ふさわ》しい男になればそれで幸せになれると盲目的に考えていたのである。


右腕を失ったエルムートは、彼の言う『強い男』ですらなくなってしまった。彼はもう自分に一切の興味を持っていないだろう。

そんな自分が彼の伴侶であり続ける資格があるのだろうか。

美しく明るいフランソワを愛してくれる人は他にたくさんいるだろう。古代語の解読もできて、一人でも生きていけそうな強さがある。

彼の一生を、右腕の動かない自分の介護で終わらせてはいけない。

離婚すべきだろうか、とエルムートは考えた。

途端にチリリと嫉妬《しっと》が胸を焦《こ》がす。

他の男にフランソワを渡したくない、と執着の炎が燃え上がる。

なんて浅ましいのだろう。自分がこれほど醜《みにく》い人間だとは気づいていなかった。こんな男がフランソワに愛してもらえているなどと、よく勘違いしていられたものだ。

エルムートが自嘲の笑みを浮かべた時、足音が聞こえた。勢いよく廊下を走っているかのような騒がしい足音だ。

うちの側仕えにこんな乱暴な足音を立てる者はいなかったはずだが、とエルムートは眉をひそめる。

同時に勢いよくエルムートの部屋の扉が開いた。

「喜べ、エルムート！」

そこには満面の笑みのフランソワが立っていた。

「解呪の方法を探し出したぞ！」

フランソワは一冊の古文書を手にしている。

「解呪の方法、って……」

「古文書になら呪いを解く方法が載っているかもしれないと思ってな、今日一日図書館で探してたんだ。貸し出しの許可を得るために王に直談判したりとかして、ちょっと遅くなってしまった」

「お、王に直談判⁉」

この間は国王から直接の謝罪を賜《たまわ》ったが、普通ならそうそう国王と顔を合わせることもできない。

それを、直談判など……

「……もしや、オレのために？」

震える声で尋ねる。

「お前のため以外だったらなんのためだって言うんだ！　ほらさっさと右腕を出せ、俺の魔術で治してやるから！」

彼はニィッと形のいい唇を歪めて笑う。エルムートには彼の笑顔が光り輝いて見えた。

「フランソワ……君は、こんなオレのために……」

彼の愛を疑ったことが間違いだったのだ。

エルムートは滂沱《ぼうだ》の涙を流した。

◆

フランソワが家に帰って呪いが解けると伝えると、エルムートは「こんなオレのために」などと言いながら号泣した。

相当メンタルが参っていたのだろう、可哀想に。

泣いているエルムートの姿が子供のように見えて、フランソワはよしよしと頭を撫でてあげた。するとエルムートは何故かますます咽《むせ》び泣くのだった。一体どうしてしまったのだろうか、彼は。

フランソワは今日一日、すべての仕事を放り出して呪いを解く方法を調べていた。

精霊魔術と属性魔術とでは治癒魔術の得意分野が違う、という記述を目にしたことがあった気がするからだ。

現代で主に使われているのは属性魔術だ。

得意分野が違うということは、属性魔術ではできなくとも、精霊魔術ならば呪いを解くこともできるのではないだろうか。

閃《ひらめ》くなり、フランソワは精霊魔術の治癒魔術について載っている本を探した。

エルムートからもらった本は、これから精霊魔術を学ぶ者のための教科書だったのであろう。治癒魔術なんて高度な内容は載っていなかった。だから王立図書館の中を探さねばならなかった。

「あった！」

その末に、見事フランソワは呪いを解く方法が載っている古文書を見つけ出したのである。

図書館でゆっくり解読している時間はない、早くエルムートのもとに本ごと持って帰らなければ。

フランソワは本を借りる手続きをしようとした。

だが、司書のエリクは首を横に振った。

「現在の王立図書館では、本の貸し出しをおこなっていないのです」

彼は残念そうに言った。

図書館なのに貸し出しをおこなっていないなんて。フランソワは憤慨《ふんがい》した。

しかし、考えてみれば当たり前だ。司書が一人しかいないのだから、本の貸し出しや返却業務をする暇などないだろう。図書館を維持するだけで精一杯のはずだ。

「必要な箇所だけ書き写してはいかがでしょう」

エリクはそう言うが、まだ解読し終わっていないのだ。

どこからどこまでが必要な箇所かわからない。

「王に直談判しに行く！」

「えっ、え、え⁉」

エリクが裏返った声を上げたその時には、フランソワは既に身を翻《ひるがえ》していた。

そうしてフランソワは本を借りる許可を勝ち取り、呪いを解く方法が載った古文書を自宅に持ち帰ってきたのだ。

「待ってろエルムート、今解読するからな」

エルムートの寝室には机がある。

フランソワはそこに本を広げ、解読作業を始めた。

「もう包帯を解いたのだが……」

さっさと右腕を出せ、と言われたので素直に包帯を解いたエルムートが呟くように言う。彼はベッドの縁に一人寂しく腰かけていた。

「ああすまん、先走った。これから解読するんだ」

中腰で羊皮紙にメモを取っていたフランソワが、椅子に腰かける。解読作業に本腰を入れた証《あかし》だ。

しばらくの間カリカリとペンを走らせる音だけが部屋に響く。

「フランソワ」

「急かすな。古代語は現代語と違ってすべてが後置修飾《こうちしゅうしょく》だから、直感で読み解きづらいんだ」

エルムートのかけた声に、フランソワは顔を向けずに答え、ペンを走らせ続ける。

「そうじゃない。話したいことが……いや、謝りたいことがある」

「謝りたいこと……？」

その言葉にようやくフランソワは振り向く。

「ああ、結婚一ヶ月目の記念日のことだ」

その日のことは、フランソワもよく覚えていた。

エルムートは何を言うつもりなのかと思いつつ、彼を見つめる。

「あの日、オレは君に本を贈った。それはもちろん君を喜ばせるためではなかった。君の改心を促《うなが》すため……いや、違うな。オレは君と対話するのが怖かったんだ。自分が何を思っていて、君にどうしてほしいか、伝えようとすらしなかった。それをせずに物に頼ったんだ。あの本を贈れば、君がその意味に気づいて反省してくれることを祈っていた。そのことが、君を深く傷つけてしまった」

項垂《うなだ》れた彼は、あの日のことを本当に悔いているように見えた。

「取り返しのつかないことをしてしまった……！　本当にすまなかった！」

ぽたり、落ちた雫がエルムートの膝の上に染みを作る。

それを見たフランソワは静かに立ち上がると、エルムートにゆっくりと近づく。

「エルムート、俺はもう気にしてないよ」

「フランソワ……」

フランソワの言葉に、エルムートは目を見開いて顔を上げる。

二人の視線が合い――

「――なぁんて言うと思ったか、この野郎！」

フランソワはエルムートに飛びかかり、彼のほっぺたを勢いよくつねった。

「俺がどれだけ傷ついたと思っていやがる、気づくのが遅いんだよこのこの！」

フランソワは、エルムートのほっぺたをぐにぐにと伸ばしにかかる。

肌ケアをまったくしていないはずなのに、公爵家の次男坊様のほっぺたはすべすべで柔らかい。

「ふあんほわ、いひゃいんだが」

エルムートが涙目なのは、ほっぺたが痛いせいではないだろう。

「天下の騎士団長様がこれくらいで痛いって言うな！」

なおもフランソワはエルムートのほっぺたをつねり続ける。

エルムートが左手でフランソワの手を掴もうとした。

その時、支えを失った彼の身体が傾く。

「うわっ」

彼の身体が傾《かし》ぐのに巻き込まれて、フランソワまでバランスを崩す。

二人の身体がまとめてベッドに倒れ込んだ。エルムートとフランソワの二人は目をパチクリさせて、ベッドの上で見つめ合う。

それから——どちらからともなく、クスクスと笑い出した。

「ふふっ、あはははははっ」

「はははは」

なんだろう、この子供の喧嘩みたいなやり取りは。

エルムートとこんなやり取りができること自体が楽しくて仕方がなかった。

「フランソワ……許してくれるか？」

エルムートがフランソワの身体にそっと片手を回し、まっすぐに見上げる。

それに対してフランソワは答えた。

「いいや、許さない」

「え？」

にっこりと、フランソワは口角を上げて笑う。

「これくらいの謝罪で許したりなんかしない。本当に傷ついたんだからな。だから、これから誠意を行動で……いやお前の場合、言葉でだな。言葉で示し続けてくれなきゃ許したりしない。何かあったら、すぐに言葉に出して俺に伝えてくれよ。俺に不満がある時はどう不満なのか、言葉でちゃんと伝えてくれ。改善したりしなかったりするから」

フランソワの言葉に、エルムートは目をパチクリとさせる。

「そこは改善すると約束するところじゃないのか」

「だって、俺にとって譲れないことかもしれないだろ？　夫夫《ふうふ》っていうのはそういうことを話し合うものじゃないのか？」

ハッとエルムートは目を見開いた。

「そうか、君の言うとおりだ……何かあればすぐに君に相談することを誓おう」

「ああ、そうしてくれ」

エルムートが真摯に謝罪してくれたことで、もしかしたらそこまで嫌悪されていたわけじゃないのかもしれないとフランソワは思えた。

ちょっとしたボタンの掛け違いがあっただけなのだ。確信はできないが、きっと愛してもらえている。

いや、確信できないくらいの方が、健全なのかもしれない。結婚しているから幸せ、結婚しているから愛し合っているではなく。

愛とは二人で少しずつ確かめ合っていくものなのかもしれない。

◆

結局その日のうちに解読は終わらなかったので、エルムートは側仕えに包帯を巻き直してもらって眠りに就いた。

翌朝。

エルムートはもう部屋に籠《こも》ったりしていない。朝食をフランソワと一緒に取るために食卓についていた。側仕えに手伝ってもらいながら片手で食事する。

「安心しろエルムート、王城には有給休暇を申請しておいた」

フランソワは、朝食の目玉焼きにナイフを入れながら言った。一刻も早くエルムートの腕を治せるようにということだろう。

フランソワの言葉に、エルムートは目を丸くする。

「いや、しかし君の知識は今や対魔物災害には欠かせないはずだ。休暇なんて取っている暇はないだろ？」

「何を言ってるんだ。世界と伴侶、どっちの方が大切かなんて明白じゃないか」

「フランソワ……」

彼の言葉に、エルムートは鼻の奥がつんと痛くなるのを感じた。

一度でも彼の愛を疑った自分が信じられない。まさか世界よりも大事だとまで言ってもらえるとは。

「だから有給を三日間取った。今日一日あれば解読も治療も終わると思っているが、一応余裕をもって三日だ」

「三日……そうか、三日か」

どうやらフランソワが世界よりも自分の方を大事にしてくれる期間は、三日間だけらしい。いや、決してそういう意味でないとはわかっている。世界よりも伴侶の方が大事だとしても、現実的に考えると三日の有給が限度だろう。

それでも、エルムートはもっとたくさんの時間フランソワと一緒にいられると、期待してしまったのだ。少ししょんぼりしたエルムートの様子にフランソワは気がつかなかった。

朝食の後、「解読が終わったら部屋に行く」と言ってフランソワは書斎に向かった。

昨日のように自分の部屋で解読を進めてもらいたかったが、同じ部屋にいたらついつい話しかけて作業を邪魔してしまうだろう。エルムートは大人しく自室で待った。

「ふ……っ、ふ……っ」

エルムートが暇を潰すために、ベッドの上で腹筋に励んでいた時だった。

「エルムート、解読が終わったぞ！」

フランソワが輝くばかりの笑顔で部屋に入ってきた。

エルムートは身体を起こし、ベッドの縁に腰かけた。

「解呪はできそうなのか」

「もちろんだ！」

彼はエルムートの右隣に座る。

エルムートの右腕を治療するためだ。

（寝台の上に二人……）

彼がすんなりと隣に座ったことに、エルムートは動揺する。

ベッドの上に二人でいる状況を指摘したら、彼は顔を真っ赤にするだろうか。それとも「二人で並んで座っているだけじゃないか」とあっけらかんと言うだろうか。

エルムートは思わず、赤面するフランソワの姿を想像してしまう。

「エルムート、聞いてるか？」

「え、ああ。なんだ？」

エルムートは慌てて話に集中する。

「今から霊《たましい》の精霊を呼び出して呪いを解いてもらうからじっとしてろよ」

彼は白い指で丁寧に包帯を解いているところだった。

はらりと包帯が取れる。

「わかった」

白い指が、そっとエルムートの腕に触れる。

(フランソワの指が……!)

エルムートは思わず緊張する。彼に直接肌に触れられたことなど、数えるほどしかなかったから。

フランソワは静かに詠唱を開始した。

「Srajs《スレズ》 Åstraj《アストレ》, hajsïter《エジテル》 me《ミィ》 son《ソニー》 ærth《ルス》. Son《ソニー》 ærth《ルス》 fimajr《フィメル》 ma《メイ》 åfœt《アフトゥ》.」

詠唱と共にキラキラとした光が舞い踊る。

小人が飛んでいるようにも見えるが、しっかりと見ようとすればするほど、その輪郭は曖昧《あいまい》にぼやけていく。精霊がくるくるとエルムートの右腕を回る。すると真っ黒だった腕が、次第に元の色に戻っていく。

「う、動く……! 動くぞフランソワ!」

くるくると舞い踊っていた精霊が消え去ると、指先がピクリと動いた。

エルムートは歓喜し、手を握ったり開いたりを繰り返す。

動作は緩慢《かんまん》だが、確かに動く。動くのだ。喜びのあまり涙が零《こぼ》れそうになった。

「いつもみたいに動かせるようになるには、少しリハビリが必要そうだな」

ゆっくりと動く右手に、フランソワが触れる。

手足が痺れた時のように、フランソワの手が触れたところにビリビリと電流のようなものが走る。

状態を確認するためか、彼はエルムートの手の平を撫でたり、指を一本一本折らせたりした。

「フ、フランソワ……」

「ん？」

彼と手を握り合っているかのような状況に、変な気分になってしまう。

「あ……っ」

フランソワも今更そのことに気づいたのか、顔を赤くした。

ベッドの縁に二人並んで座り、手を触れ合わせているなんて、まるでこれから……

「な、治ったみたいで良かった！　えとその、俺の有給は三日で終わるけれど、エルムートは治ったからってすぐに仕事に戻ったりせず、きちんとリハビリするんだぞ！　わかったか？」

フランソワは照れ隠しのように早口で言うと、慌ててベッドから立ち上がる。

このまま彼を逃してしまうのは惜しい気がして、エルムートは声を上げた。

「ま、待ってくれ！」

「うん、どうした？」

フランソワは立ち止まってくれた。

エルムートはさらに言葉を続けようとし……なんと言えばいいか、わからなかった。

涙と共に拒絶された時の記憶がエルムートを躊躇《ちゅうちょ》させる。

「えっと、その……オレも精霊魔術を使えるようになりたいんだが」

結局口から出てきたのは、自分の気持ちと全然関係ない言葉だった。

「エルムートも？」

途端にフランソワが目をキラキラさせる。

「よし、なら有給の間、俺がつきっきりで教えてやろう！」

彼の目の輝きは、同志を見つけた人間のものだった。

得意げにニンマリ笑うその顔が可愛い。可愛いが……思い描いていたものと、展開が少し違う。

(何故オレはこうも口下手なのだろう……)

エルムートは内心で頭を抱えたのだった。

◆

フランソワは大はしゃぎだった。

なんとエルムートが精霊魔術を使いたいと言ってくれたのだ。

「そうだな、戦闘中に仲間の呪いを解くことができたら役に立つだろうしな！」

前世は曲がりなりにも大学の講師だったフランソワだ。言語を学ぶだけでなく、教えることも嫌いではなかった。

「よし、早速お前にプレゼントされた方の本を持ってこよう。あっちが入門編だからな」

「え……？　いや、オレは呪いを解く魔術だけ教えてもらえればそれでいいんだが？」

「ふっ」

エルムートの言葉に、フランソワは馬鹿にしたように鼻を鳴らした。「学生がまた馬鹿な質問をしてきたよ」という感じの見下した笑みである。

今のフランソワは、気分がかなり前世に近くなっていた。前世のフランソワは、それはそれは嫌な感じの大学講師であった。

「初歩を飛ばしていきなり治癒魔術だけ習得できるわけがないだろう」

「え、そうなのか？」

「学びたいと自分から言い出したんだ、入門編からみっちりやってもらうぞ」

フランソワはにんまりと笑う。

大体普段使われている属性魔術だって、魔力のコントロールの仕方とか属性に関する知識とか、呪文以外にも学ばなければならないことはたくさんあるはずだ。

なのに何故、精霊魔術だけ手順を飛ばせると思うのか。それは多分、フランソワが簡単にやっているように見えたからだろう。学ぶべきことや修練すべきことがたくさんあるだなんて、思ってもみなかったに違いない。

エルムートにとっては騙《だま》し討ちのように感じられるかもしれないが、彼自身が言い出したことなのだ。発言の責任をとってしっかり学んでもらうこととしよう。

「安心しろ、エルムート。時間がないから古代語を学ぶところから始めろとは言わない」

エルムートからのプレゼントである精霊魔術の入門本と、自分の手がけたその現代語版を二冊重ねて持ってきたフランソワはにこにこと笑う。

「俺が訳したところを学ぶだけでいい。すごい短縮だな！」

「ああ、そうだな……」

エルムートも一応笑みを浮かべていた。苦笑いに近いものだったが。

「まず、精霊魔術を行使できるようになるためには、精霊と仲良くならなければならない」

「精霊と仲良く？」

属性魔術ならば、体内の魔力を操れるようになるところから始める。それが精霊魔術では、精霊と仲良くなることから始めるのである。

「精霊魔術特有の魔力の動かし方とかはないのか？　それに精霊と仲良くなるだなんて、一体どうやって？」

属性魔術は、ある程度の年齢になれば貴族は誰でも習うものだ。

魔術の機序《きじょ》だけ習って、大人になっても使わないままさっさと忘れてしまうか、それとも極めて魔術師になるかはその人自身の向き不向きによるが。

「魔力は精霊が勝手に引き出してくれるから心配ない。仲良くなる方法だが、精霊を呼び出し、自分の存在と名前を教えるんだ」

「あれか」

エルムートは何かを思い出したように呟いた。

フランソワが最初にエルムートの前で見せた精霊魔術を覚えていたのだろう。あの時、フランソワは詠唱の最後に自分の名前を口にしていた。

「ああ、それだ。あの魔術自体に効果はないが、あれを繰り返すことで精霊に自分のことを覚えてもらうんだ」

フランソワは現代語版をエルムートに手渡し、ページを開かせる。

「これが精霊を呼び出す呪文だ」

示したところにはあの時詠唱した呪文が書かれている。

Q`ê tajto, ma Ȅssæd tajtejr.
Ma nàmï Srajs, el regssajr ma kœreu .
Ma um ê......

「この呪文の最後に自分の名前を言うんだな？」

「ああ、これが精霊を呼び出し、名前を教える呪文だ」

エルムートは顔をしかめながら、呪文に目を落とす。

「読めそうで読めないな。フランソワの訳がなければ、とても正しい発音はわからない」

現代語版には発音記号を使って、正しい発音を記している。

「とはいえ、正しく発音して唱えるだけじゃ駄目だぞ。精霊魔術で口にするのは、正確には呪文ではない。精霊に呼びかける言葉なんだ」

「これは知らせなり、我が存在を報せる。我が友精霊よ、我が呼びかけに応《こた》えよ。我が名は……」

呪文の現代語訳をエルムートが読み上げる。

「そうだ、それが呪文の大体の内容だ。精霊に呼びかける気持ちで詠唱するんだ。じゃあ、やってみろ」

「わかった」

エルムートは現代語版を片手に持ち、キリッと真剣な顔になる。

真剣な顔になったエルムートは男前だ。フランソワは密かにその表情に胸をときめかせた。

「Q'ê《ケ》 tajto《テト》, ma《メイ》 Èssæd《エシードゥ》 tajtejr《テタイル》. Ma《メイ》 nàmï《ナミ》 Śrajs《スレズ》, el《エル》 regssajr《レグセル》 ma《メイ》 kœreu《クリュー》. Ma《メイ》 um《アム》 ê《エ》——エルムート」

きらきらと、光の粉が降り注ぐ。

そして、彼の周りをくるくると回る光の玉が現れた。

精霊だ。精霊がきゃらきゃらと笑っているように感じられた。

エルムートは周囲をはしゃぎ回る光の玉を目で追っている。

「成功、したのか？」

精霊が消えると、エルムートは恐る恐る尋ねた。

精霊が踊っている間、彼はずっと息を詰めていたのだ。

「ああ、成功だな。しかも笑ってた。エルムートは精霊に好かれてるんじゃないか？」

「オレが精霊に……？」

エルムートは戸惑いながらも嬉しそうにはにかむ。詠唱する前とは打って変わって少年っぽい顔つきになる。彼のそんな表情もフランソワは嫌いではなかった。

「よし、エルムートは今の魔術を繰り返して精霊魔術に馴染んでおくんだ。俺は図書館から借りた本の写本を作る――というか、現代語訳を完成させておかなきゃいけないからな」

「えっ？」

「精霊魔術の治癒魔術を使えるようになりたいんだろう？　あの本は図書館に返さなきゃいけないから、解呪の呪文の部分だけでも書き留めておかないとな」

エルムートが精霊魔術を使えるようになりたいと言ったから、やらなければならないことが増えたのだ。残念ながら彼につきっきりではいられなくなった。

「エルムートはリハビリを進めながら精霊を呼び出し、あと、ここのページの精霊の名前一覧を暗記しておくこと。いいな？」

「こんなはずでは……」

エルムートは何故だかしょぼくれていた。彼はそんなに勉強が苦手だったろうか。

◆

フランソワの有給三日目の朝。

思うようにフランソワと一緒の時間を取ることができないでいたエルムートは、あることを心に決めていた。

朝食の席でエルムートは意を決して口を開いた。

「フランソワ。その、翻訳作業は終わったと聞いたが」

「ああ、余裕だ」

聞くところによると、呪いを解く魔術について記された部分の現代語訳はすぐに終わり、その他にも有用そうな部分の訳をしていたのだという。我が伴侶の優秀さを思い知らされる。

「とするとつまり、今日は一日時間があるのだな」

「そういうことになるな」

彼は牛乳の注がれたコップを手にしながら答えた。

「じゃあその……しないか？」

「え、なんだって？」

エルムートの震えた声は彼には届かなかったようだ。

フランソワはきょとんと首を傾《かし》げる。

「だから……その、デートだ」

もう少し大きな声で口にしたエルムートは、顔が熱くなっていた。

それを耳にしたフランソワの顔も、ゆっくりと赤く染まっていく。

「デ、デート？」

婚約時代、二人が幼い頃は親同伴でデートもちょくちょくしていた。だがそれは親の思惑があっておこなっていたものだ。

フランソワの生家であるデュソー伯爵家は、フィルブリッヒ公爵家と仲良くなることで三男や四男にもいい縁談が来てほしいという思惑があった。

だが、親の同伴が必要ない年頃、だいたい十代になる頃には二人でどこかへ出かけることはほとんどなかった。

つまり――エルムートの方からデートをしようと誘うのはこれが初めてなのだ。

「で、デートか……それは、えっと」

どう答えたらいいかわからないかのように、耳を真っ赤にさせてフランソワは俯《うつむ》き、食卓の目玉焼きにじっと視線を注いでいる。

「君が嫌でなければ、だが。答えを聞かせてもらえないだろうか」

エルムートは勇気を振り絞り、彼の顔を見つめる。

やがてフランソワは顔を上げ……

「……うん。行きたいな、デート」

はにかみながら答えてくれたのだった。

薔薇《ばら》の花が咲いたかのような、鮮やかな笑みだった。


馬車が揺れる。

向かう先は、貴族御用達の高級店が立ち並ぶショッピング街だ。

「右腕は大丈夫なのか？」

「剣筋にはまだ違和感が残るが、日常生活を送る分にはなんの問題もない」

エルムートはフランソワに見えるように、右手を開いて閉じる。なんの問題もなく動いていることが見て取れただろう。

「良かった。三日でそんなに回復するんだな」

「職に復帰できるのもそんなに遠くなさそうだ」

フランソワはそれを聞いて、嬉しそうに顔を綻《ほころ》ばせる。

今日のフランソワは綺麗に化粧をし、着飾っている。

朝食の時には化粧をしていなかったから、デートをすることになってそうしたのだ。つまりエルムートとの逢引のための化粧というわけだ。自分のためにしてくれたのだと思うと、彼の唇に引かれた桃色の口紅が愛おしかった。

他愛のない話をしているうちに、馬車は目的地に着いた。

エルムートは先に馬車を降り、フランソワに向かって手を差し出す。彼ははにかみながらエルムートの手を取り、馬車を降りた。

二人が降り立った通りには、服飾店や装飾品店などが並んでいる。

デートに際して、フランソワが喜ぶような場所がそれぐらいしか思いつかなかったのだ。

本屋があれば彼も喜んだかもしれないが、服や装飾品よりもさらに値の張る本が普通の店に並べられて売られているわけがない。

「いろいろ、見て回ろう」

エルムートはフランソワの手を握ったまま、提案する。

「ああ」

二人は手近な店に入る。

最初に入った店は食器の骨董品《こっとうひん》を扱う店であった。

「わあ、綺麗な模様だな」

フランソワは匙《さじ》の持ち手に彫られた繊細な紋様を見て、目を輝かせている。

だが何も買わずにその店を出た。まあ銀食器なら家に一通り揃っているからなとエルムートも思った。

だがその次も、その次の次の店でもフランソワは何も買わなかった。

興味がないわけではない。

これ可愛い、あれ綺麗などといちいち目を輝かせてはいるのだ。以前のフランソワならばその後に「買ってほしい」とねだっていたことだろう。

「フランソワ……買いたいものはないのか？」

何軒目かの店で、美しいブレスレットに視線を注ぐフランソワにそっと尋ねた。

「うん……可愛いものはなんでも欲しいけど、全部買っていたらキリがないからな。前とは違って、お金を稼ぐ苦労を知っているから」

「フランソワ……」

彼は今、王立図書館に勤務して給金を得ている。その経験を通じて、装飾品一つ買う金を得るのにどれほどの労力が必要か痛感したのだろう。

彼の成長に胸を打たれるのと同時に、彼の遠慮がちな微笑みにいくらでも彼の好きなものを買ってやりたくなってしまう。

だが、せっかくの彼の変化を尊重したい気持ちもあった。『全部』あげるのは駄目なのだ。選ばなければ。

「ふふっ」

まだ何も買っていないが、エルムートと共に店を回るだけで彼は楽しそうにしていた。きらきらした宝飾品に目を輝かせ、フランソワは店のあちこちをウロウロする。

エルムートは少し遠くからそれを見守っていた。

「ん……？」

その時、エルムートは視界の隅に気になるものを捉えた。

「これは……」

エルムートはそれと少し遠くのフランソワとを交互に見る。

エルムートは悩んだ。そして悩んだ末に……

「フランソワ、その」

フランソワに声をかけた。

彼は振り向く。

「うん？」

「こういうのはもしかしたら黙って用意した方がいいのかもしれないが、なんでもフランソワに相談するとオレは誓ったからな。だから先に相談しておこうと思う」

「え？」

ことり、と彼は小首を傾《かし》げ、この上なく可愛らしい顔で見上げてくる。

「その……このイヤリングを君にプレゼントしたいと思うのだが、君はどう感じるだろうか」

「これって……」

エルムートが示したのは、赤い宝石をあしらったイヤリングだった。

涙型の真っ赤なルビーが金に縁取られて光っている。

「……前に欲しいって言ってたの、覚えてくれてたんだ」

あれは結婚一ヶ月目の記念すべき日の数日前だったたか。

フランソワは、あの頃随分としつこく「瞳と同じ色の宝石のイヤリングが欲しい」と口にしていた。エルムートはそれを思い出したのだ。

「贈りものにしても問題ないか？」

尋ねると、フランソワの眦《まなじり》から透明な雫がほろりと零《こぼ》れた。

「なっ⁉　泣くほど嫌なのか⁉」

エルムートが慌てると、フランソワは涙をぬぐいながらくすりと笑った。

「ふふっ。そうじゃなくて、泣くほど嬉しかったんだ」

涙で輪郭が滲《にじ》んだ赤い瞳は、どんな宝石よりも美しかった――

彼の唇がそっと「ありがとう」と礼の言葉を紡ぐ。

（オレからのプレゼントでフランソワがこんなに喜んでくれるとは思わなかった……）

彼の中での自分の存在の大きさをエルムートは実感した。

イヤリングを購入すると、フランソワはその場で着けてくれた。その時の彼の笑顔を、エルムートは一生忘れないだろう。

第五章

三日間の休暇が終わると、フランソワは図書館に出勤した。

いつもエルムートと一緒に馬車に乗って城に出勤していたせいか、一人で乗る馬車はなんだか変な感じだった。

エルムートはまだ万全には剣を振れないと言って、リハビリを続けている。今日も朝から庭で剣を振っていた。

久々に図書館に入ると、エリクがにこりと微笑みかけてくれた。

「おや、綺麗なイヤリングでございますね。御夫君《ごふくん》からの贈りものですか？」

「ふふっ、実はそうなんだ」

はにかみながらエリクの問いに答える。

フランソワの両耳には、赤いイヤリングが光っていた。そのイヤリングに見劣りしない程度に化粧もしており、控えめながらもいつもよりは華やかだった。髪も緩やかに捩《よじ》ってある。

だって、せっかくエルムートからもらった初めての贈りものだ。イヤリングに合わせてコーディネートをキメなければ。

フランソワのそんな様子を見て、伴侶の呪いが解けたとエリクも察したのだろう。心配そうな顔はしなかった。

「あの、すみません」

さて作業を始めるかというタイミングで、図書館を訪れる者があった。

黒い騎士服の十代の少年である。

その騎士服にフランソワは見覚えがあった。夫も騎士として働く時に纏《まと》っているもの——第一騎士団の証《あかし》だ。

エルムートのものは騎士団長の証《あかし》として金糸で刺繍《ししゅう》が多くされているが、少年のものは無地だ。平団員なのだろう。

「団長がどうなったか、聞きたくて。呪いを解くのには成功したんですか?」

少年は緊張した面持ちで尋ねてきた。

王に直談判してまで治癒魔術の載った本を借りたのだ、きっと噂になっていたのだろう。もしかしたら騎士団長の呪いが解けるかもしれないと。

だからフランソワの休暇が終わった途端に、聞きに来たというわけだ。

「エルムートからも城に手紙で報告をしたそうだが、無事に呪いは解けた。今はリハビリ中だ」

「良かった……!」

フランソワの言葉に、少年はほっと胸を撫で下ろした。エルムートのことを心配してくれていたのだろう。

「僕、団長を尊敬していて……団長が引退することにならなくて、本当に良かったです! 団長はすごい人なんです。いつも寡黙《かもく》でクールでかっこよくて、それでいていざという時には的確な指示と判断を下してくれるんです！　凶悪犯を取り調べる時もすごい迫力なんですよ！」

そういえば第一騎士団というのは日本でいうところの警察のような役目を負った組織だったな、とフランソワは思い出す。魔物の急増によって王都周辺の魔物討伐に駆り出されることもあるが、それは本来の役割ではないのだ。

この国でも『怖い刑事と優しい刑事』戦法は存在するのだろうか。厳しい顔をしている時のエルムートは、それはそれは怖い刑事として適任だろうなと思う。

「呪いを受けたのも、団長のせいじゃないんです。僕の同期の子を庇《かば》ったからなんです。団長一人なら決して魔物から傷を受けたりなんかしなかったんですよ！」

少年は力説した。

どうやらエルムートは随分と部下たちに慕われているようだ。伴侶としては言葉足らずなところもあるが、上司としては理想的な男らしい。

フランソワはそれを知ってなんだか嬉しくなった。

「今まで解除不能とされてきた呪いをあっという間に解いてしまうなんて、やっぱりフランソワ様が聖女様の再来だっていう噂は本当だったんですね！」

「は？」

もう一度お尋ねしてもよろしいでしょうかパードゥン、とフランソワは思わず聞き返したくなった。誰が聖女だって？

「大昔に聖女様っていうすごい人がいたんですよね？　フランソワ様は聖女様だって城のみんなが言ってますよ！」

「いや聖女って、俺は男なんだが……って女というものが何かわからないのか」

何がどうしたのかよくわからないが、城の中では、聖女というのは『なんかすごい人の称号』と認識されてしまったらしい。少年が褒め言葉のつもりで言っていることは、フランソワにも理解できた。

「ありがとうございました！」

少年は丁寧に礼をして図書館を去っていった。

「呪いを解く方法を見つけられたのは、フランソワ様が思っている以上の偉業なんですよ」

司書のエリクがにこにこしつつ少年の背を見送る。

それから、フランソワに向き直った。

「上からも指令が来ました。至急呪いを解く方法を示したページを現代語に訳するように、とのことです。今まで呪いを受けるというのは永久的な障害を負うということと同義でした。しかし、フランソワ様のおかげで職場に復帰できる騎士が大勢いるのです」

エリクの言葉にフランソワは目を丸くする。

どうやら結果的に、有給の間も休まず国のために働いていた形になってしまったらしい。エルムートのために頑張って訳していただけだったのに。

「その部分の現代語訳だけでいいのであればもうできているが……問題なのは、上の人間が呪文を唱えるだけで精霊魔術を使えると思っていそうなところだな」

エルムートと同じく、属性魔術と同じ要領で行使できると思っている気配を感じる。

おそらく命令に唯々諾々《いいだくだく》と従うだけでは、錯誤《さくご》が発生するだろう。

「上の人間と、一度解呪の魔術について話し合いをおこないたい。エリク、悪いが……」

「もちろん大丈夫です、伝えて参ります」

頼む前にエリクが自ら引き受けてくれた。

こうしてフランソワは仕事を始める前にまず、上の人間と話し合いをすることになった。

それにしても図書館付き学者の上司に当たるのは誰なのだろう。まさか国王なわけないし。

フランソワは考えてみたが、わからなかった。


待たされていた会議室に現れたのは、栗色の髪をした三十代ぐらいのモノクルをかけた男だった。目の下のクマが目立つから、ともすれば四十代くらいにも見えるが、おそらくは三十代だろう。文官だろうか。もっと上の年齢の人間が出てくると思っていたので意外だった。

「フランソワ・フィルブリッヒ様。お初にお目にかかります、この国の宰相を務めておりますエドモン・コルリアーヴと申します」

(宰相だと……⁉)

前世の記憶に目覚める前のフランソワは、政治にも無関心だったようだ。このような若い男が宰相を務めているだなんて、まったく知らなかった。

（なんで宰相が応対するんだよ、オイ）

フランソワは内心、焦っていた。

第一王子が不意にふらりと図書館を訪れた時のような焦りだ。ただの報連相《ほうれんそう》に、何故宰相が出張ってくるのか。何か思惑があるのか。前みたいにただの考えすぎなのか。

笑顔を返しながらも頭の中は高速で回転しているが、答えは出ない。

「こちらこそ宰相殿とお目見えが叶って光栄に存じます」

「光栄なのはこちらの方です。聖女の再来と噂されるフランソワ様とお話しできる機会を得られるとは」

宰相はフランソワに向かってにこりと笑む。

その愛想のよさに、フランソワは内心で警戒する。

「さて、時間が惜しいので本題に入りましょう。まずは他国と連携しておこなった、魔王に関する調査の結果報告から。極秘事項なので書面での報告はできません、ご了承ください」

口頭での説明のみということらしい。

むしろ自分にまで報告が下りてくるとは思っていなかったので、説明してもらえるだけありがたい。

「他国では焚書《ふんしょ》などがなかったようで、知識の隔絶がなく、聖女伝説が一般に普及しているようでした……ただし『聖女は魔王を討伐し相討ちになった』という内容で」

宰相は心なしか声を潜《ひそ》めながら、話し出した。

「討伐したのではなく封印しただけだった、という内容は我が国からの情報を受け取った他国が、古文書を散々に漁り、ついには王族だけが入れる書庫の中を探ってようやく見つけ出したそうです。聖女の封印に関する知識は国を越えた禁忌《タブー》となっていたようですね。思うに、我が国では知識の断絶があったからこそ、無造作に図書館に真相を記した書物が放り込まれていたのかもしれません。怪我の功名と言うべきか否か」

千年前は各国の首脳が犠牲にする『世界の半分』の内容を話し合って決めたらしい。当時の王らにとっては、永遠にしまっておきたい事実だったのだろう。

「それで今、他国はやっと魔王の存在を真剣に受け止め始めた段階といったところです」

「要はほとんど進展がなかったということですか」

「お恥ずかしながら」

まあ仕方ない。

フランソワだって、魔王が実在することを証明しろといきなり言われても何をすればいいのかわからない。

そもそも魔王とは何なのか。魔物を率いている存在ということしかわからないのだ。

その詳しい情報を古文書の中から探してくるのが、フランソワの仕事だ。

「それでは今度はそちらの報告をお聞きしましょう。なんでももう解呪の魔術に関わる箇所の翻訳が済んでいるとか？」

「はい、こちらがその翻訳と懸念事項を簡単にまとめたものです」

「なんと、仕事が早い。拝見いたします」

宰相は目を丸くし、フランソワの差し出した紙を手に取り目を通していく。

「懸念事項とは、なるほど、精霊魔術を使用するのには練度が必要ということでございますか」

さして間を置かず宰相は口にする。かなり読むスピードが速い。

「そしてフランソワ様ならば今すぐ解呪の魔術を使えるのですね？」

「……はい」

宰相が何を言おうとしているのか、フランソワは察した。

「お願いです、騎士団の要人だけでもいいので、呪いを受けた者の解呪をしてもらえないでしょうか」

「それは考え直した方が良いでしょう、宰相殿」

フランソワは静かに首を横に振った。

「精霊魔術は習得するのに時間がかかる……とはいっても、魔力量に自信のある者が睡眠時間を少々、いえかなり犠牲にすれば、一週間もあれば治癒魔術を使えるくらいに精霊との交流を重ねられるでしょう」

フランソワはさらに続ける。

「それに、数日で呪いを解いたエルムートですら、まだ剣筋に違和感があると言っています。呪いを受けてから日にちが経ってしまっている者がまた元のように手足を動かせるようになるまで、どれほど時間がかかるでしょうか」

耳を傾ける宰相はなるほど、と呟きを漏らす。

「なにより、精霊魔術を使うのは時間をかければ他の者でも可能になりますが、古代語の解読は俺にしかできません。どちらにせよ復帰に時間がかかるならば、解呪よりも優先すべきことがあると思います」

「確かに。フランソワ様に頼るよりも、精霊魔術を使える者を育てておいた方が良さそうですね」

よし、フランソワは内心でガッツポーズした。

フランソワが言葉を重ねて宰相を説得したのは他でもない、本を読んで翻訳するだけの至福の仕事時間を守るためだ。

解呪の仕事なんて請け負ったら、たとえ短い間でも挨拶したりなんだりコミュニケーションを取って……と面倒くさいじゃないか。しかも騎士団の要人だなんて、エルムートの知人である可能性が高い。失言とかをしてエルムートの仕事に悪影響があったりしたら嫌だ。

だから他人に丸投げするのだ。

こうしてフランソワは密かに勝利を収めたのだった。

「それじゃあ、話し合うべきことはこれで以上ですかね」

報告されることも、報告することもこれですべてだろう。

フランソワは確認をして立ち上がろうとする。

「お待ちください。まあ少しくらい雑談でもいかがですか」

宰相ににこやかに微笑まれ、フランソワはその場を辞するわけにはいかなくなった。

（早く図書館に戻って本を読みたいのに……）

宰相との雑談になど一ミリも興味はない。

不快な表情を表に出さないように気をつけながら、座り直す。

「若くして宰相などやっているといろいろと苦労がありましてね」

何故だか彼の苦労話が始まってしまった。

俺はお前の話を黙って聞く飲み屋の姉ちゃんじゃねえぞ、とフランソワは内心で文句を垂れる。

「へえ、例えばどのような？」

一応宰相殿が望んでいるであろう相槌を打った。

「例えば第一王子アレクサンドル殿下のことでしょうかね。あの方はほうぼうで問題を起こし、そのたびに我々は尻ぬぐいに奔走《ほんそう》させられているのです」

なるほど、宰相は身内には言えない愚痴を吐きたかったようだ。

権力のしがらみとかいろいろあるだろうから、第一王子に関する愚痴なんてどこでも口にできることではない。

「貴方もアレクサンドル殿下にちょっかいをかけられたとか。本当に申し訳ないことです」

「いえいえ、陛下にもう謝罪してもらったことですので」

頭を下げようとする宰相を止めた。

「それにしても第一王子が次期王位継承者で大丈夫なのですか？」

フランソワは以前に抱いた質問をぶつけてみることにした。

途端に宰相のモノクルの向こうの瞳が、キラリと光った気がした。

「それが、大丈夫ではありません」

王族に聞かれたら不敬罪間違いなしの言葉が、宰相の口から出たことにフランソワはびっくりする。思わずそっと周囲を見回してしまう。

「ハッキリ言ってアレクサンドル殿下の振る舞いは、他国であればとうの昔に王位継承者の座から引きずり下ろされているくらい酷《ひど》いものです」

「では何故アレクサンドル殿下は、その……」

「王位継承権を失わないか、でしょう。理由があるのです」

宰相はことさらに声を潜《ひそ》めた。

「ズバリ、国王陛下に溺愛されているのです。アレクサンドル殿下は今は亡き元第一王妃様の唯一の忘れ形見。陛下は初めて迎えた伴侶である元第一王妃様を心の底から愛しておりました。成長なされたアレクサンドル殿下は、その元第一王妃様にそっくりなのだそうです。だから陛下は殿下が何をなさっても庇《かば》ってしまわれるのです」

王妃という言葉から騙《だま》されそうになるが、男しかいないこの世界では当然王妃も男だ。きっとよほどアレクサンドルと母親はそっくりなのだろう。

「そんな事情があったとは存じませんでした」

さもありなんと宰相は頷く。

「私としては、第二王妃から第一王妃に繰り上がったサナデラール様のお子である第二王子シメオストル殿下の方が、よほど次期王に相応《ふさわ》しいと思っております」

「そのシメオストル殿下はどのような方なのですか？」

宰相が聞いてほしそうにしているので、深掘りする。

それにしても王城の中にはいろいろな事情があるものだ。

「シメオストル殿下は青に近い銀髪を持っていて、とても聡明な方です。アレクサンドル殿下よりもずっと落ち着いた性格で、浮ついたこととは無縁です」

そう聞くと確かに王様に向いているように聞こえる。

「実を言うと、私や部下らはなんとかシメオストル殿下に次期王になっていただこうと動いているのでございます」

「はあ、それは大変ですね」

おそらくは貴族の中でいろいろと派閥ができているのだろうなあ、とフランソワは他人事のように思う。

「そこで、聖女様の再来と言われる貴方に応援してもらえれば、第二王子が大きく有利になると思うのですが……」

「はい、それは……ぁ……」

宰相の顔を見ると、彼はこの上なくにこにこと人のいい顔を向けていた。

しまった——

宰相はこれが目当てでわざわざ自分の報告を直接受けたのだ。

フランソワは宰相の目的に気づき、瞠目《どうもく》する。

「貴方は城の皆に随分と支持されているのですよ。その影響力は無視できるものではありません。どうでしょう、第二王子のために……あるいは第一王子を国王にしないために貴方のお力をお貸し願えませんか？」

（迂闊《うかつ》な返事はできないな……）

政治に無関心な前のフランソワは、フィルブリッヒ公爵家が第一王子派閥なのか第二王子派閥なのか、それとも中立派なのかすら知らなかった。古代語翻訳にだけ邁進《まいしん》している今のフランソワも知らない。

ここでフランソワが勝手に返事をして、もしフィルブリッヒ家の方針と食い違っていたら大変なことになる。

「ああー、その……家で夫と相談してみます」

「もちろん、ぜひ御夫君《ごふくん》と話題になさってください！」

宰相の目が輝く。

第一王子に伴侶を口説かれるという被害を負ったエルムートならば、当然第二王子派閥につくように言ってくれると思っているのだろう。

フランソワは冷や汗だらだらになりながら、会議室を辞したのだった。

家に帰ってから宰相との会話をエルムートに報告すると、「それは両親や兄上にも相談せねばならない事項だな」と返ってきた。

エルムートなら考えなしに「ぜひ第二王子に味方しよう！」と言い出しそうだと思っていたので安心した。

こうして、フィルブリッヒ家全員集合会議が急遽《きゅうきょ》開かれることになり、エルムートとフランソワは、フィルブリッヒ家の本館で夕食を取ることになった。

普段、エルムートとフランソワは離れで生活している。本館にはフィルブリッヒ公爵と公爵夫人が、フランソワたちが暮らしているのと別の離れには、公爵家の跡取りであるエルムートの兄とその伴侶が生活している。

それが本館に集合して、夕食を取りながら宰相から直接受けた勧誘について話し合うことになったのだ。

実を言うと人見知りなところのあるフランソワは、義父や義母、そして義理の兄夫夫《ふうふ》と顔を合わせなければならないことが少し憂鬱《ゆううつ》だった。

そんな思いを抱えながらエルムートと共に本館に向かう。

食卓には既に他のメンバーが集まっていた。

グレーの髪と同じ色の口髭《くちひげ》を蓄《たくわ》えた視線の鋭いナイスミドルは、フィルブリッヒ公爵だ。エルムートも年をとれば、ああいうイケオジになるのだろうか。

その隣にいる男が公爵夫人だ。魔術によって染めたのか、白髪一つない綺麗な亜麻色の髪を結い上げている。顔には年相応に皺《しわ》が見て取れる、品のあるノンノワールだ。

そして、エルムートを草食系にしたような細身の男が、その向かいに座っている。エルムートと同じ黒髪蒼目の彼は、エルムートの兄だ。彼はたった一人で席についている。

「あれ、お義兄様《にいさま》の伴侶は……？」

小声で疑問の声を上げると、エルムートが隣から囁く。

「忘れたのか、一週間ほど前に第一子を出産したばかりで、床上《とこあ》げもまだだ」

「そういえばそうだった」

一週間前にエルムートの甥っ子が生まれたという話を聞いたような気がする。エルムートが呪いを受けたりとかいろいろなことがあって、すっかり忘れていた。

エルムートは三人兄弟だが、エルムートの弟はノンノワールでもう他家に嫁いでいるのでこの場にはいない。

男しかいないこの世界では、姉や妹といった言葉は消え失せている。ノンノワールであっても兄、弟と呼ぶ。姪という言葉もない。兄弟の子供はすべて甥っ子だ。

だが母という単語だけは何故か残っている。言語学的に非常に興味深い現象だ。性別は消えても出産という概念は残ったから、「二人の親のうち出産をおこなった方」という意味合いで母という言葉を使っているのだろうか。

そういえば前世を生きていた世界でも、父と母を区別する言葉がほとんどの言語に存在した。おそらくその方が便利なのだろう。

エルムートとフランソワは並んで席につく。

全員が揃ったことで夕食開始となった。側仕えたちがグラスに真っ赤な葡萄酒を注ぎ、前菜の皿を並べていく。

「それで、なんでもフランソワくんがコルリアーヴ宰相殿に妙なことを言われたのだとか？」

エルムートの兄の伴侶の体調や赤ちゃんの様子などを話題にしながら食を進め、次の皿が運ばれてきた頃、フィルブリッヒ公爵が口火を切った。

「はい」

フランソワは頷き、宰相に言われたことを詳細に話した。

「ふむ……その場で迂闊《うかつ》に返事をしなかったのは正解だ」

公爵は重々しく頷いた。

「第一王子派と第二王子派が作られつつあるのは知っていたが、フィルブリッヒ家としては中立を貫いてきた。そこに今回のこの勧誘……さて、どう動くべきか」

公爵は眉間に皺《しわ》を寄せて考え込む。

「宰相が派閥を作っているからといって、第二王子が王になれるとは思えない。あくまでも国王が次期王に据えているのは第一王子なのだから。第一王子が国王になった時の待遇を考えれば、第一王子派につくべきでしょう」

知性を感じる涼やかな声を響かせるのは、義兄だ。

公爵家の跡取りとして将来を見据えているのがよくわかる。

「第一王子が国王になった時に国がどんなに酷《ひど》いことになるかと考えると、第二王子派につきたくなるがな……」

　エルムートが苦い顔でワイングラスを傾ける。

「そもそも」

　公爵夫人が静かに口を開く。

「魔物災害に国が一丸となって立ち向かわなければならないこの時期に、わざわざ国を分裂させるようなことをする宰相は信用できませぬ。ここは中立派を貫き、厄介ごとに近づかぬようにすべきと思われます」

　その声からは、公爵の伴侶として家を取り仕切ってきた強《したた》かさが感じられた。

　公爵夫夫《ふうふ》が恋愛結婚だったから、エルムートの一目惚れによる縁談が許可されたと聞いたが……落ち着き払った公爵夫人はとても恋愛結婚しそうには見えない。公爵との間に一体どのようなラブロマンスがあったのだろうか。

　その後二言三言意見を交わしたが、公爵夫人の鶴の一言でほぼ方針は決し、フィルブリッヒ公爵家としては中立を貫くということになった。

「父上と母上の決定に全面的に従います。問題は宰相が今後もフランソワに接触を図ってきそうなことです」

　議題は方針の決定から対策へと移る。

「か弱いノンノワールを一人にしておけば、どんな強引な手段を取られるかわかったものではありませんね」

公爵夫人が頷く。

そんなに自分の身は危険なのか、とフランソワは内心で驚く。

「オレが直接フランソワを守ってやればいいのだが……」

エルムートが口惜しそうに零《こぼ》す。

その気持ちだけでフランソワは嬉しくなる。

「直接守ればいいではないですか」

「え？」

公爵夫人の言葉に、エルムートが目を丸くする。

「右腕は大体元どおりに動かせるようになったと聞きましたが、城には少しの間そのことを黙っていなさい。その代わり図書館にフランソワと共に赴《おもむ》き、直接護衛するのです」

公爵夫人の提案に、フランソワは思わず「お義母様！」と歓喜の声を上げたくなった。

エルムートと図書館で二人きり（注・司書のエリクがいるので二人きりではない）だなんて、想像するだけで胸がときめいてしまう。

「しかし、エルムートは騎士団長だ。この魔物災害下で我が弟の戦力を遊ばせておくのは……」

義兄が反論しようとする。

「世界などよりも、フランソワの方が大事に決まっている」

それを遮《さえぎ》るようにしてエルムートが答えた。

（世界よりも、大事……？）

信じられないほど嬉しい言葉に、フランソワはこの場で気絶するという失態を演じそうだった。

彼の好意を肌に感じられる初めての言葉だった。嬉しさで心臓が弾け飛んでしまいそうだ。

「よくぞ言いました、それでこそ我が息子です」

公爵夫人が満足げに頷く。公爵もうんうんと頷いている。

ところでさっきから公爵は夫人の言葉に追従《ついじゅう》しているだけに見えるが、もしかして公爵は夫人の尻に敷かれているのだろうか。

「しかしオレが図書館に赴《おもむ》く口実はどうすればいいのか……」

難しい顔をするエルムートに、夫人がすぐに答える。

「そんなもの、『この間みたいに悪い虫が寄ってこないように見張る』とでも言っておけばよいのです。多少外聞は悪いかもしれませんが——『鋼鉄のエルムート』の二つ名が『嫉妬《しっと》のエルムート』や『執着のエルムート』に変わる程度の代償、貴方の伴侶のためならば払えますね？」

公爵夫人の問いに、エルムートはしっかりと頷いた。

「もちろんです」

かくして、翌日からフランソワは執着の騎士団長様ことエルムートに守られながら働くことになったのだった。


「その……フランソワ」

城へと向かう馬車の中、エルムートが静かに口を開いた。

フランソワは顔を上げた。

「似合っている」

「え？」

唐突な言葉にフランソワは目をパチクリとさせる。

「イヤリングだ。似合っている」

「あっ、え……」

エルムートは、フランソワをまっすぐに見据えて言った。

フランソワの耳には、今日も彼が贈ってくれた赤いイヤリングが光っている。

いきなりの言葉にどうしていいかわからず、頬が熱くなるのを感じた。

だって急に褒められたのだ。頭の中が茹《ゆ》だって、言葉が思い浮かばなくなっても無理はないとフランソワは思った。

「あ、ありがとう……」

フランソワは語尾が消えゆくようにぼそぼそとお礼を言った。

そんな自分の顔に、エルムートはじっと視線を注いでいた。


「おや、騎士団長様は今日から復職ですか」

図書館に着くと、エリクが声をかけてくる。

エリクはフランソワの後ろにいるエルムートを見て、いつもの送り迎えが再開したのだと勘違いしたようだ。

「いや、フランソワに悪い虫が付かないように見張るのだ」

あらかじめ決められたエルムートの答えに、エリクは心配そうな視線をフランソワに寄越した。

フランソワはくすりと笑う。

「エルムート、エリククらいには事情を説明して味方になってもらおう」

「む、そうか」

フランソワたちはエリクに事情を説明した。宰相の干渉から守るために、エルムートが図書室にいることになったのだと。

事情を聞いたエリクはエルムートを疑いの眼差しで見たことを謝った。

そんな会話を経て、フランソワは図書館での作業を開始した。エルムートはその横で直立している。

「あの本はもう返却したのか？」

エルムートがそっと質問する。

あの本とは、呪いの解き方が載っていた治癒魔術の本のことだろう。

「ああ、エリクに渡したよ。呪いを解く術のところは現代語に訳して書き写してあるから安心しろ」

「そうか」

「…………」

「…………」

エルムートはじっと直立した状態でフランソワを見下ろしている。

伴侶に護衛されるなんてロマンチック、と思ったものの、実際やられるとエルムートがあまりにもまっすぐ注視してくるので少し息が詰まる。

護衛とはこういうものだったろうか。どこから敵が現れてもいいように部屋全体に視線を巡らせているものじゃないだろうか、視線の方向を気取《けど》られないようにサングラスでもかけて。

サングラスをかけているＳＰエルムートの姿をフランソワは思い浮かべた。

「エルムート」

沈黙に耐え切れなくなり、フランソワはエルムートに話しかけた。

「せっかくだから、精霊の名前一覧を覚えたかテストしてやろう」

「いや、しかしオレはフランソワのことを守らなければ……」

いきなりの提案にエルムートは狼狽《うろた》える。

「見えない敵がいきなり攻撃を仕掛けてくるかもしれないという話じゃなくて、宰相の圧力に負けないように傍にいてほしいだけなんだ。ずっと気を張って突っ立ってなくてもいいだろう」

「それもそうだな」

フランソワの向かいの席に座ったエルムートに、フランソワは図書館の備品である携帯黒板とチョークを手渡す。

「俺の作業が一区切りするまでの間に精霊の名前を全部書け」

「全部……⁉」

「覚える時間は何日もあったんだから、もう覚えてるだろう？」

「フランソワにとっては、あれが数日で覚えられる量なのか……⁉」

もちろん、覚えられるに決まっている。精霊なんて全部で二十六種類しかいないのだ。前世では百五十一匹いるポケットなモンスターたちの名前も、一瞬で覚えたものだ。

「く……っ」

しばらく自分の作業をしてから彼の黒板を見ると、半分ほどしか書けていなかった。

まったく情けないな——だが、そんなところも愛おしくて、フランソワは苦笑する。

「それにしても一つ気づいたことがあるのだが、精霊の数が二十六種類というのは、文字の数と同じだな」

「いいことに気がついたな」

流石《さすが》我が伴侶、とフランソワはニヤリとする。

「現在使われている文字の元にもなっている古代文字は、別名、精霊文字と呼ばれている。というのも、精霊文字の一つ一つは実際の精霊の姿を元にしているらしいからだ。例えばÉstraj《エストレ》の頭文字であるÉはÉstraj《火》の精霊の姿を文字にしたものらしい。我々が使っている文字は、実は象形文《しょうけいも》字《じ》だったのだよ」

フランソワは大学講師気分で講釈を垂れた。

「象形文字《しょうけいもじ》？」

「象形文字《しょうけいもじ》というのはだな……」

いきいきと説明するフランソワと、ハテナ顔で聞くエルムート。

そんな二人の様子をエリクが微笑ましげに眺めている。

そんな風にして今日という一日は過ぎ去っていった。

「宰相からのアプローチはなかったな」

勤務終了の時間になり、何事もなかったことにエルムートが胸を撫で下ろしている。

「接触を図るにしても、建前が必要になるだろう。きっとなんらかのアプローチをしてくるのは、来週になるんじゃないか？」

「なるほどな」

来週は気合を入れなければ、と考えていそうなエルムートのキリッとした顔が、フランソワには可愛くてたまらず、密かにくすりと笑みを零《こぼ》したのだった。


翌週の出勤日。

フランソワの予想どおり、コルリアーヴ宰相から報告会を開きたいという連絡があった。

「却下しよう」

使いからの知らせに、エルムートは反射的に主張する。

「いや、一度はっきりとこちらの意見を伝えておきたい。エルムートが隣にいてくれるうちに」

エルムートはこの先ずっと傍にいてくれるわけではない。

今はまだ腕が戦えるレベルまで動かないという言い訳で、傍にいてくれているが、いくらなんでもずっとその言い訳は通用しないし、エルムートも騎士団長としての職に復帰しなければならない。だからエルムートがいてくれるうちに、宰相に一度はっきりと意見を伝えておきたいのだ。

宰相も案外しつこくないかもしれないし。

「えっ、フィルブリッヒ騎士団長も同席されるのですか？」

宰相との報告会にエルムートも同席することを宰相からの使いに伝えると、戸惑ったように返された。

「ええ、魔王に関する情報について報告したいことがあるのですが、実際に魔物を討伐したことのあるエルムートからの所見があるとわかりやすいと思いまして」

「なるほど、かしこまりました」

使いの者は納得したようである。

こうしてエルムートの同行が許可された。

宰相も「ぜひ御夫君《ごふくん》と話題になさってください！」と目を輝かせていたくらいだ、エルムートが同席することを嫌がったりしないだろう。

二人は報告会をおこなう部屋へと案内された。

「これはこれはフィルブリッヒ騎士団長。きちんとご挨拶するのはこれが初めてでしたね。エドモン・コルリアーヴと申します」

「エルムート・フィルブリッヒです」

エルムートの姿を目にするなりにこやかになった宰相に、彼は簡潔に挨拶を返した。

「まずはこちらのご報告から」

宰相が口を開く。

「何名か精霊魔術の習得に取り組んでくれる者を見繕《みつくろ》うことができました。フランソワ様の翻訳した『精霊魔術の基礎』を渡して精霊魔術を学ばせているところです。『精霊魔術の基礎』が足りないので、文官たちに写本させています」

話し合ったとおり、精霊魔術の習得を他の者に任せるらしい。

「ですが……正直言ってまったく文官たちの手が足りていません。文官たちは魔物災害の影響で業務量が大幅に増加しているので」

さもありなん。文官たちも忙しいだろう。

宰相は眉間に皺《しわ》を寄せて溜息を吐いた。何か対策を考えるべきだろうかとフランソワが思っていると、宰相は気を取り直したように、話を進める。

「それで、フランソワ様の方からはなんでも魔王に関する新情報があるとか？」

「はい。まず、宰相殿は魔物と普通の動物はどう違うかご存知ですか」

「それは……普通の動物より強いのが魔物ですよね？」

宰相はきょとんとした顔で答える。

現場に出たことのない彼はやはり知らなかったようだ。

「エルムート」

「ああ」

エルムートに目配せをする。彼はこくりと頷き、口を開いた。

「宰相殿。実際に魔物討伐に何回か赴《おもむ》いた経験からお話ししますと……魔物というのは、一目見ただけで通常の生物の理《ことわり》から外れているとわかります」

「ほう。というのは？」

宰相は身を乗り出すようにして耳を傾ける。

「魔物たちは闇を塗り固めたような姿をしているのです。まるで影がひとりでに立ち上がって動き出し、瞳だけを妖しく光らせているかのような。明らかに通常の生物とは違います」

「なるほど。あえて魔物の外見を報告してもらおうと思ったことがなかったので、今まで存じませんでした。魔物とはそんな奇妙な存在なのですね」

宰相は頷く。

「魔物が理外《りがい》の存在であるならば、魔王もまた理外《りがい》の存在であるようです。魔王の存在に迫る古文書の記述をほんのわずかではありますが、見つけることができました」

「ほう」

フランソワは該当の箇所を翻訳してまとめたものを提出する。

「聖女伝説ではほんの一言、『魔物を率いる存在』としか書かれていませんでしたが、どうやら魔王が魔物を生み出しているようなのです。魔物災害が起こる前に出没していた魔物は、千年前の魔王が生み出した魔物の残党かもしれません」

宰相はこくこくと頷きながら、報告書に目を通している。

「魔王自身はどのようにして発生したのでしょうね」

「まさしく、それが今回報告したい内容でございます。『概念魔術史』と銘打たれた古文書に載っておりました」

フランソワは報告書の該当箇所を示す。

「どうやら魔王は概念魔術によって造られた存在のようです。なんでもある時、一人の概念魔術師が実験したのだとか。この世の人間から、すべての悪性を消すことはできないかと。どのような実験をしたのかはわかりませんが……その結果として人間から悪性を消すこともできず、悪性の象徴としての魔王が誕生してしまったそうです」

「それはなんとも……概念魔術というのは人の手に余るものだったようですね」

宰相の言葉に心から同意した。

概念魔術が現代に受け継がれていないのも納得だ。前世にあった核兵器よりヤバいのではないだろうか。

「概念魔術とやらについては、フランソワ様に引き続き調査を進めてもらった方が良さそうですね。関連する古文書を優先的にお願いします」

「かしこまりました」

フランソワは宰相からの指令に恭《うやうや》しく礼をする。

「……それで」

宰相はもったいぶって紅茶のカップを傾け、それをティーソーサーに置いてから口を開く。

「例の件、考えてもらえましたか？」

来た。

第二王子の派閥に入るかどうかの確認だろう。

「ええと、その」

答えようとしたフランソワを庇《かば》うように、エルムートの腕が伸びる。

そして、代わりに彼が口を開いた。

「フィルブリッヒ家としては・・・・・・・・・」

エルムートは、フィルブリッヒ家の名を出す。

これから口にすることは二人だけの意見ではなく、フィルブリッヒ家全体の方針であると示すためだ。

「第二王子シメオストル殿下が国王に就任したとして、どのような統治をなさっていくおつもりなのかなど、様々なことを今しばし見定めていきたいと思っている所存です」

遠回しな表現で中立を貫くことを表明する。

「ですので……フランソワが個人的にシメオストル殿下に味方することはありません。もし味方することがあれば、それはフィルブリッヒ家全体としてシメオストル殿下を応援すると決めた時だけです」

フランソワに圧力をかけたところで、フィルブリッヒ家の方針が変わらない限り無駄だと暗に伝える。

「――なるほど、かしこまりました。有意義な話し合いになりました」

宰相は表情の読めない笑みを浮かべると、席を立った。

そして、そのまま会議室を去っていったのだ。

「……ふう、ひとまずのところは切り抜けられたようだな」

エルムートがほうっと息を吐く。

「ああ、そうだな！」

フランソワは彼に笑顔を見せる。

「ありがとな、エルムート。お前がいてくれて助かったよ」

「これくらいのこと、なんでもない」

「エルムート……」

エルムートは毅然《きぜん》とした態度で自分を守ってくれた。

彼が格好良く見えて、フランソワはぽうっと伴侶を見上げる。

「フランソワ……？」

二人の視線が絡み合う。

エルムートの青い瞳にフランソワの赤い瞳が映る。

エルムートがそっとフランソワに手を伸ばし、二人の間の距離は縮まり――

「フランソワ様、フィルブリッヒ様！」

突如として響いた声に、二人はハッと身を引いた。

声の主は司書のエリクであった。わざわざ会議室まで迎えに来るなんて尋常ではない。

「何かあったのか？」

フランソワは立ち上がり、エリクに尋ねる。

「それが――」


「聖女をこちらに寄越せ、だと……!?」

エルムートは図書館までの道を戻りながら憤慨《ふんがい》している。

エリクの報告によると、なんと「聖女を寄越せ」と主張する人々が図書館に押し寄せてきたというのだ。聖女というのはフランソワのことであろう。

(「寄越せ」ってどういう意味だ……？　一体どうしてそんなことになった？)

フランソワの頭の中はハテナマークでいっぱいだったが、とにかく急ぎ図書館へと戻った。

図書館に戻ると、押し寄せてきた人々だろう、見覚えのない者たちが居座っていた。誰も彼も魔術師じみたローブを身に纏《まと》っている。

集団の中で一番年嵩《としかさ》と見られる白髭《しろひげ》の男が、フランソワの姿を目にして立ち上がる。

「やっと来ましたか」

値踏みするように、フランソワの上から下までを睨《ね》め付ける。

嫌な感じの男だと一瞬で思った。

「聖女様がいらっしゃったので、こちらの主張を改めてお伝えしましょうか——聖女様は、このようなカビの生えた図書館などではなく、我が魔術塔《タワー》にこそ相応《ふさわ》しい。聖女様をこちらに寄越していただきましょうか」

白髭《しろひげ》の老人は完全に見下すような視線でエリクに命じた。

そんなことを言われたって、エリクも困るだろう。

「えっと……まず一つ確認したいのですが、聖女様というのは俺のことで合っていますか？　そもそも魔術塔《タワー》ってなんですか？」

「なんとおいたわしい！」

フランソワが質問をすると、何故だか悲鳴が降ってきた。

ローブ集団の中の一人が叫んだのだ。

「魔術塔《タワー》のことをご存知ないなんて、やはり聖女様は王城に捕らわれているのですね⁉　情報を制限されているに違いない！　そうでなければ、王都の中で嫌でも目につく我らが白亜の塔を知らないはずがない！」

（白亜の塔……？　ああ、あれか……）

そういえば家と王城の行き帰りの時、街中に巨大な白い塔が見えるなあと思っていたのだ。前世にあったビッグベンみたいな観光名所かなと気にも留めていなかった。

情報統制もされてないのに知らなくてすみませんね、ケッ、とフランソワは唾を吐きたくなった。

「魔術塔《タワー》は、多くの優秀な魔術師が魔術の研究をする機関。こんなところよりもよっぽど聖女様に相応《ふさわ》しいところです！」

ローブ集団の一人が主張する。

それに対して、リーダー格と思われる白髭《しろひげ》の老人が重々しく頷く。

「左様《さよう》。精霊魔術やそれによる治癒魔術……数々の魔術を現代に復活させた聖女様の再来たるフランソワ様は、魔術塔《タワー》に来るべきなのです」

どうやら自分のしてきたことは思いのほか影響が大きかったようだ、とフランソワは目を丸くする。

フランソワが聖女と呼ばれているのは、城の中だけのことではなかったらしい。こんな風に魔術塔《タワー》とやらの連中がフランソワのことを欲するくらいには、フランソワの名は世間一般に知れ渡っているようだった。

『呪いを解く方法を見つけられたのは、フランソワ様が思っている以上の偉業なんですよ』

いつかのエリクの言葉の意味を、やっと実感した気がした。こんな事態になるとは思ってもみなかった。

「魔術師にとっての栄光とは、魔術の探求。魔術師にとっての生き甲斐とは、新しい魔術を創り出すこと。聖女様が魔術塔《タワー》に加われば我々の力はさらに増し、聖女様自身も心行くまで魔術の深奥に浸ることができましょうぞ」

こう言えば飛びついてくるだろう、という感じの自信満々の笑みを浮かべて白髭《しろひげ》は言い放った。

彼らは何かを誤解しているようだ。

「まず」

場に絶対零度の声が響いた。エルムートである。

彼は鬼のような憤怒の形相を浮かべていた。

「『寄越せ』だの『相応《ふさわ》しい』だの、オレの伴侶を物扱いするかのような言い方はやめてもらおうか」

「ひ……ッ！」

第一騎士団団長の睨《にら》みに、ローブ集団の中の何人かが小さく悲鳴を上げた。リーダー格の白髭《しろひげ》も震え上がっている。塔に籠《こも》って研究ばかりしている彼らは逞《たくま》しい騎士に睨《にら》まれた経験などないのだろう、一発で竦《すく》み上がった。

唯一フランソワだけが『オレの伴侶』という言葉にぽっと頬を赤らめている。

「も、も、も、申し訳ありませんでしたァ……ッ！」

土下座する勢いで白髭《しろひげ》は頭を下げた。

「その上で伴侶が職場を変えたいと希望するのであれば、オレがそれを止めることはない。フランソワ、どうなんだ？」

エルムートがフランソワに視線を投げかける。

「ああ、魔術塔《タワー》勤務だけどな――」

ローブ集団はごくりと唾を呑む。

「まっっっっったくもって興味を引かれない」

「な、何故ぇ……ッ⁉」

フランソワの答えに、白髭《しろひげ》は顎《あご》が外れそうなほどあんぐりと口を開けた。

「お前ら、何か勘違いしているみたいだがな。俺は魔術の研究なんかこれっぽっちもしたいとは思わないんだよ。ただひたすらに本を読んで翻訳をしていたいだけなんだ。だって俺は——ただの言語オタクなんだからな！」

敬語を投げ捨てたあけすけなフランソワの言葉に、ローブ集団たちはざわついた。

「げ、言語オタ、ク……？」

「『オタク』とは何だ」

「聞いたことのない言葉だ。古代語であろうか」

「文脈からすると『言語を愛する者』という意味か……？」

ローブ集団たちはコソコソと囁きを交わし合う。

未知の単語を聞いて一発でさほど遠くない意味を導き出せるあたり、流石《さすが》インテリ集団。言語的センスは及第点レベルだ。

その時、フランソワは閃《ひらめ》いた。こいつら……使えるかもしれない。

「まあ、お前らが俺の下につくのであれば話は別だがな」

「な……？」

何を言い出すのかと、白髭《しろひげ》以下ローブ集団たちは目を見開く。

「ハッキリ言おう、魔術の深奥とは古文書の中にこそ存在するのだ！」

フランソワは心の中で語尾に「知らんけど」と付け加える。

完全なるハッタリである。

「そうなのか……？」

「いや、実際にいくつもの魔術を復活させた聖女様の言うことならばあるいは……」

ローブ集団たちはざわざわと揺れる。

「かつて存在した数々の魔術を自分の手で復活させてみたいとは思わないのか！」

「そ、それは……！」

ローブ集団たちの目がギラギラと光り出す。

正直フランソワは魔術を復活させることのすごさなんて何もわかっていなかったが、自分が聖女の再来だなんだと担ぎ上げられるくらいなのだ、きっとこいつらもやってみたいだろうと思ったのだ。

実際効果覿面《こうかてきめん》らしく、騒《ざわ》めきは大きくなる。

「お前らが俺の指示に従い翻訳業務を手伝うのならば、それを指示する俺は魔術塔《タワー》所属なのだということにしてやってもいい」

「おおおおお……！」

最後の言葉に彼らは沸いた。

「これで研究費用が勝ち取れる！」

「研究を続けられるぞ！」

彼らの快哉《かいさい》の叫びに、自分が魔術塔《タワー》所属になるかどうかに何かがかかっていたことをフランソワは知る。

「まずその一環として、俺の書いた『精霊魔術の基礎』の写本を量産することを命ずる！」

「ははー！　我ら一同、誠心誠意『言語オタク』を目指します！」

ローブ集団たちはその場で平伏し、声を合わせて誓った。

こうしてフランソワは、自分の思いどおりに動く手足を手に入れた。これで文官たちの手が足りない問題も解決だ。

「様子を見に時折魔術塔《タワー》に足を運ぼうとは思うが、俺は基本的にこの王立図書館で翻訳作業を進めるつもりだ。問題ないな？」

「問題ございませんとも！」

どうやら彼らにとって重要だったのは、フランソワがどこで働くかではなく、魔術塔《タワー》に所属してくれるかどうかだったらしい。

「よくわからんが、フランソワはすごいな」

エルムートが微笑みかける。

彼の爽やかな笑みに、フランソワは頬が熱くなる。

「えっ、そ、そうかな」

「ああ、フランソワはオレの自慢の伴侶だ」

「じ、自慢の……」

嬉しさのあまり、フランソワはその場で失神してしまいそうだった。

両手で頬を押さえ、そっと俯《うつむ》く。

そんなフランソワが可愛すぎて、人目さえなければこの場でキスをするのに、とエルムートが考えているとは夢にも思わずに。

◆

エルムートは最近、ある一つの発見をしていた。

それすなわち、「自分が褒め言葉を口にすると、フランソワは照れて喜んでくれる」ということであった!

なんたる素晴らしい発見であろうか。自分が少し勇気を出して褒め言葉を発すれば、いつでも彼のとびきり可愛い顔が見られるのだ。

素晴らしい発見をしたエルムートはすぐに行動を起こした。

そう——褒め言葉の指南書を探したのである。

フランソワの主な業務は古文書の翻訳であるが、別に王立図書館には古文書しか収蔵されていないわけではない。現代語の本もある。

こんなにたくさんの本に囲まれる機会は、フランソワの護衛をしている今しかない。好機とばかりにエルムートは書棚の間を歩いて目当てのものを探した。作業に集中しているフランソワは、エルムートの動きを不審に思う様子もない。

「むう……褒め言葉、褒め言葉」

しかし、そうそう都合よく目当ての内容が載っている本が見つかるわけもなかった。

王立図書館というだけあって、蔵書数はとんでもない。

これまであまり図書館に立ち寄った経験もないエルムートは、まずどのように本を探せばいいのかすら知らなかった。

「もし、何かお探しですかな?」

そこへ声をかけてきたのはエリクだった。

「ああ、ええと……」

エルムートは迷った。

伴侶の可愛い顔を見るためにもっと上手く褒め言葉が言えるようになりたい、なんて願望を赤裸々に口にするのは躊躇《ためら》われたためだ。

だがしかしエリクはここの司書だ。

彼に尋ねなければ、目当ての書物をここから見つけ出すのは一生涯不可能なのではないかと思えた。

「実は……」

エルムートは恥を忍んで事情を話した。

「おやおやまあ、お二人は随分と仲がよろしいのですね。羨《うらや》ましいことです」

エリクがくすりと微笑む理由がわからなかったが、ともかく探してもらえることになった。

「フィルブリッヒ様にぴったりの本がございます、こちらにどうぞ」

エリクに先導され、図書館の二階へと向かう。

図書館は吹き抜けになっており、一階で作業に勤しんでいるフランソワの姿を見下ろすことができた。

「そうですね……こちらやこちらの本などがぴったりかと存じます」

エリクは迷いなく書棚から本を取り出す。

手渡されたそれらは、普段フランソワが格闘している古文書に比べれば薄い。

どうやら通俗小説のようであった。

「これらを読めば褒め言葉が身につくのか？」

「もちろんでございます。貸し出しはよほどの事態を除いて許可されておりませんので、図書館内でご覧ください」

「恩に着る」

エリクにすすめられた本を手に、フランソワの向かいの席へと戻った。

そして書物に目を通し始める。

フランソワの退勤の時間まで、エルムートは黙々と読書に勤しんでいた。

「さて、帰ろう」

時間になり、フランソワが帰り支度を始める。

エルムートもハッとして、読んでいた本をエリクに返却した。

「随分熱心に読んでいたな。なんの本だ？　兵法書とか？」

すっかり作業に集中していたフランソワは、エルムートが読んでいた本の背表紙すら見ていなかったようだ。

「その、とてもためになる本だ」

「なるほど」

フランソワは聞いただけでさほど興味がなかったのか、それだけで会話は終わった。

二人は並んで図書館を後にし、王城の廊下を行く。

あたりに人気《ひとけ》はない。

エルムートは思った。よし、今こそ本で読んだことを試すチャンスだと。

「フランソワ……少し、壁の方へ寄ってくれないか」

「え？」

唐突な頼みに、フランソワは小首を傾《かし》げながらも壁側に寄り、エルムートを見上げる。

エルムートが、そっと壁に片手をつく。フランソワは壁とエルムートとの間に閉じ込められる形になる。

エルムートはまっすぐにフランソワを見つめると、口を開く。

「フランソワ――今日の君はいちだんと可愛いな」

「ふぇっ⁉」

エルムートは小説の中で読んだ褒め言葉を一つ、囁いてみる。

するとどうだろう。フランソワはあっという間に真っ赤になった。

「エ、エルムート、どうしたんだ……？」

「思ったことをそのまま口にしているだけだ」

台詞《せりふ》こそ小説から引用したものだが、本当にフランソワのことを可愛いと思いながら言った。フランソワはいつでも可愛い。

エルムートはもう片方の手をフランソワの顎《あご》にゆっくりと添える。ゆっくりと、と言えば聞こえはいいが、要はぎこちない手つきだった。フランソワの素肌に触れることに緊張したのだ。

そのぎこちない手つきで、フランソワの顎《あご》をくいっと上に向かせる。

「可愛すぎて、このまま食べてしまいたい……」

「え、あ、ぇ……っ」

真っ赤に染まった耳朶《じだ》が愛らしい。

さて小説の中ではこの次どうしていたっけ、と思い出しながらエルムートはフランソワを見つめる。『食べてしまいたい』とは一体なんの比喩《ひゆ》なのだろうか。

だがエルムートの思案は長くは続かなかった。

「きゅう……っ」

「え、フランソワ……!?」

フランソワがその場にずるずると崩れ落ちてしまったのだ。彼は顔を真っ赤にしたまま、気絶した。

「フ、フランソワーッ⁉」

どうやら、小説の言葉は安易に引用しない方がいいらしいとエルムートが学んだ日だった。

◆

エルムートに甘い言葉を囁かれながら壁ドンされた気がするが、おそらくは夢だろう。

気がつけば、フランソワは帰りの馬車の中でうたた寝をしていた。

意識が覚醒し、目を開けると馬車の中でエルムートがまっすぐにこちらを見つめていた。先ほどの夢を思い出してしまい、頬が赤らむ。

夢の中で「食べてしまいたい」だとかなんとか言われた気がするが……その言葉が意味することを想像して、頭が沸騰しそうになる。そんな言葉を囁かれる夢を見てしまうだなんて、相当欲求不満だったようだ。

まだ一度もエルムートと閨《ねや》を共にしたことがない。一度誘われたが、あの時は拒絶してしまった。

だが、今では……あの時のエルムートは本当に子孫を残すためだけに嫌々自分を抱こうとしたのだろうかと疑問に思う。もしかしたら真剣に愛そうとしてくれていた可能性も……

ともかく。

今の彼に抱かれるのであれば、嫌ではない。こうして夢にまで見て期待してしまうほどなのだ。

もしかしたら自分から誘えば案外——

そこまで考え、フランソワはふるふると首を横に振る。

そんな大胆なことはできない。きっと誘うための言葉を口から出し切る前に羞恥《しゅうち》で気絶してしまうことだろう。

それでも、それでも。

少しだけ期待するくらい、いいのではないだろうか。

「エルムート」

馬車の中、向かいの席に座っている彼の名を呼ぶ。

「今晩、一緒にお茶したいな……」

そして、小首を傾《かし》げてお願いした。上目遣いに彼を見つめる。

「お茶か、久々にそれもいいかもな」

にっこりと笑って答えるエルムート。

以前一緒にお茶したのは、エルムートに閨《ねや》に誘われた時だった。しかし今の彼の表情から察するに、こちらが誘っているとはまるで気がついてなさそうだった。

それにしても、エルムートも朗らかに笑うようになったものだ。婚約時代は彼に表情筋は存在しないのだろうかと思ったこともあったのだが。

まあ、普通にお茶するだけでも楽しいだろう。

フランソワは気分を切り替えて、夜のお茶会を楽しむことにしたのだった。

寝る前。

エルムートが部屋を訪ねてきてくれた。

側仕えたちがナイトティーのセットをして、そそくさと部屋を後にする。フランソワは何も言っていないのだが、側仕えたちはフランソワたちを二人きりにする必要があると思っているらしい。

エルムートがフランソワの向かいの席に座り、二人のティータイムが始まった。

フランソワはカップを持ち上げ、軽く香りを楽しんでから傾けた。側仕えが夜に用意してくれるのは、心を落ち着かせるハーブティーだ。この世界にカフェインの概念があるかは定かではないが、おそらくノンカフェインのものだろう。

「ここ数日、君の仕事ぶりを傍で見ていて、驚いた」

世間話のつもりだろうか、エルムートが口を開く。

「君がこんなに働き者だとは知らなかった」

「働き者？」

身に覚えのない評価に、フランソワは首を傾《かし》げる。

「勤務時間中、いつもすごい集中力じゃないか」

「ああ……」

フランソワとしてはいつも至福の時間に浸っているだけで、働いているという感覚はない。それを褒められてもピンとこなかった。

「エルムートは、腕はもう大丈夫なのか？」

「ああ、もうすっかり元どおりだ」

彼はにこりと微笑み、右腕を折り曲げる。

問題なく動いているようだ。

「良かった」

「だが、これ以上誤魔化せない。来週からは仕事に復帰することになるだろう。そうなるとフランソワのことを直接守ってやれなくなる……大丈夫か？」

エルムートが心配そうに見つめてくる。

フランソワは少し考えた後、口を開いた。

「魔術塔《タワー》の連中を配下にしたから、あいつらのうち数人を図書館に常駐させてこき使おう。エルムートに比べれば頼りないが、いないよりはマシだろう」

どんな理由で図書館に来させようか、図書館ではどんな作業をさせようかとフランソワはカップを傾けながら考える。気分は独裁者だ。

「そうか、何かあったらすぐにオレを呼ぶんだぞ。霊鳥《れいちょう》を飛ばせ」

霊鳥《れいちょう》とは魔術で作られた鳥のことだ。

以前図書館内で、突如エルムートの肩に止まった鷹《たか》が、それだ。

足に手紙を括《くく》り付けておけるわけでもないので、伝達できるのはせいぜいが「何かがあった」ぐらいだ。情報量では前世の電報にも劣る。

しかし本物の鳥と同じくらいの速度で飛行するので、即時性はあるのだ。

霊鳥《れいちょう》がエルムートの肩に止まったら、それがフランソワの身に何かがあった印になる。

「そうしたら、エルムートは任務を放り出して助けに来てくれるのか？」

「当たり前だ。オレの伴侶の危機なのだから」

「……っ」

まっすぐすぎる言葉に頬が熱くなる。とくん、とくんと胸が高鳴る。

こんな格好良すぎる伴侶に見つめられたら、『好き』という想いが無限に高まっていってしまう。

「あ、あ、あの、エルムート」

上擦《うわず》る声で名を呼ぶ。

「どうした？」

「一応、エルムートの腕がどうなったか、触って確かめたいな……？」

少しでも夫夫《ふうふ》らしいイチャつきがしたいフランソワの、精一杯の誘いだった。

雰囲気が出るように上目遣いで見つめるが、彼には通じなかったようだ。その場でワイシャツを脱いで腕を見せてくれようとする。

流石《さすが》に「ベッドの上で見たい」などと口に出して誘う勇気はフランソワにはない。

彼がとびきりの朴念仁《ぼくねんじん》であることを再確認し、フランソワは今晩のところは諦めることにした。

きっといつか、いい雰囲気になるチャンスがあるだろう。

ワイシャツを脱ぎ、腕を剥《む》き出しにしたエルムートの隣に立つ。

すっかり元どおりに戻ったように見える彼の腕に、ぺとりと指を添わせる。

「うわ……っ、すごい筋肉」

思わず関係ない感想が零《こぼ》れてしまう。

フランソワの前世はもやしだったし、今世ではほっそりとした美しい体型を維持できるように努力してきたので、彼の腕のような筋肉とは無縁だったのだ。

「そ、そうか？」

エルムートは照れたように頬を赤らめる。

「うわー……！」

フランソワはすっかり筋肉に触れることに夢中になっていた。感嘆の息を零《こぼ》しながら腕を撫でる。エルムートが力を入れるとカチカチになる腕が新鮮で、目を輝かせる。

「フランソワ……そんなに触れると……」

「あっ、ごめん。恥ずかしいよな」

「いや、その……そうではなく、妙な気分になる」

気がつくとエルムートの顔は耳まで真っ赤になっていた。それを見てようやくフランソワはハッとする。

エルムートがゆっくりとフランソワに視線を合わせる。

蒼《あお》い瞳には熱い炎が灯っているように見えた。

「良ければオレもフランソワに触れたいのだが……ダメか？」

「ひょえっ」

急な申し出に、フランソワは自分の頭がやかんになってしまったのではないかと思った。湯を沸かせそうなほどに熱い。咄嗟《とっさ》に口から奇妙な叫びが漏れ出てしまったのも恥ずかしかった。

「え、ええと……」

「ダメか？」

まっすぐに見つめられれば嫌だなどと答えられるはずもない。

フランソワは油を差していないロボットのように、ギギギギと音がしそうなほどゆっくり首を横に振った。

「う、ううん……ダメじゃ、ない」

そう答えた途端だった。

ぐいっと引き寄せられ、唇と唇が触れ合っていた。エルムートの言っていた「触れる」というのがキスするという意味だったなんて。

だが、驚きはそれだけでは終わらなかった。

ぬるりと湿った何かが唇の間から入ってきたのだ。

ディープキスだ、と一拍遅れて理解する。深い接吻《くちづけ》など初めてのことだった。

フランソワが屈み込んでエルムートに顔を寄せる体勢になっていたのだが、エルムートがキスを続けたままゆっくりと立ち上がって楽な姿勢に移行してくれる。

そして身体に腕を回された。

熱く抱擁されたまま、舌で口内を愛撫される。

「……っ！」

呼吸が続かない。

耐え切れなくなり、フランソワは彼の胸板を叩いて訴える。

「つぷはぁ！」

口が離されると、フランソワは大きく息を吸った。

湿った柔らかいものが口内を巡る感触で頭がいっぱいになり、鼻呼吸の仕方などとても思い出す余裕がなかった。

「すまん、大丈夫かフランソワ？」

「だ、大丈夫……息が続かなかっただけだから」

素直に吐露すると、何故だか愛おしそうにぎゅっと腕に力がこめられた。

「可愛いな、フランソワは」

くすり。

微笑みながらそんな言葉を囁くのだ——心臓が高鳴りすぎて、くらりと眩暈《めまい》がした。

「おっと」

力が抜けたフランソワの身体を、彼が軽々と抱き上げる。

そしてベッドまで運び、フランソワを横たわらせた。

ベッドの上に横になったフランソワは、彼を見つめながら口を開く。

「エルムート……コルセットを、脱がせてくれ」

呼吸を楽にしたくて、ブラウスの上から腰を締め付けているコルセットを脱がしてくれるように頼み込んだ。

「な……っ⁉」

コルセットの紐を解いてもらうように背中を向けると、彼の驚いた声が降ってくる。

何を驚いているのだろう。側仕えがこの場にいないから、彼に頼んでいるだけなのだが。

「ほ、本当に脱がしてしまってもいいのか……？」

「だからそう言っているだろう」

震える指がコルセットに触れる。

何を緊張しているのだろうと思いながら、彼がぎこちなく紐を解いてコルセットを緩めていくのを待った。

「ふう」

やがてコルセットが外れ、解放感に大きく息を吐いた。

何も言わずに彼がフランソワの身体を仰向けにさせる。

「ボタンも外してくれるのか……？」

息を楽にするためにブラウスも緩めてくれるのかと思ったら、彼はそのままボタンをすべて外してしまう。

「エルムート？」

フランソワを見つめる蒼《あお》い瞳には、まだ火が灯ったままだった。情欲の炎が。

「ひゃっ！」

肌着の下に彼が手を差し入れ、フランソワの肌に直接触れる。

彼の大きな手に肌を撫でられ、ゾクゾクとした感覚が背筋を奔《はし》る。

彼は肌を撫で上げながら肌着を捲《めく》り、フランソワの上半身を露《あら》わにした。まだ彼に見せたことのなかった胸の尖りが空気に晒《さら》されてしまう。彼の視線がそこに注がれる。

フランソワは勘違いが生まれていることにやっと気がついた。

さっき、フランソワはコルセットを脱がしてくれるように頼んだ。フランソワとしては息を楽にしたかっただけなのだが、彼には続きの行為を催促するおねだりに聞こえたらしい。

「あ……っ！」

エルムートが屈み込んで、胸の尖りに接吻《くちづけ》を落とす。それだけでビクリと身体が震えた。初めての性的な接触に身体は敏感に反応した。

「可愛い……フランソワは可愛いな」

熱い息遣いにまで身体が震える。

エルムートはにこりと笑うと、舌で尖りを舐《な》め上げた。

「ひあっ！」

自分のものとは思えない、弱々しい悲鳴が漏れ出る。

それが彼を興奮させたのか、何度も何度も尖りを舐《ねぶ》る。そのたびに下腹の奥がじんじんとするような、甘い感覚が身体を駆け抜ける。

「フランソワ……フランソワのすべてをオレのモノにしたい」

熱い吐息を漏らしながら、彼はフランソワの下肢に手を伸ばした。一番敏感な場所へと。

フランソワは——

「だ、駄目ーーっ!!」

思わず彼の身体を蹴り上げてしまった。

「ぐおっ!?」

蹴りをまともに胸元に喰らい、エルムートはのけぞった。

フランソワは自分が咄嗟《とっさ》にしてしまったことに青くなった。

「エルムート!」

「な、何故だ……やはりオレとはしたくないのか、フランソワ?」

彼は打ちひしがれている。

「違うんだ、エルムート!　実を言うと今日、俺も……その、シたくてお茶に誘ったんだ。でも、実際にキスされて甘い言葉を囁かれたら、なんだかその……」

「不快だったか?」

「違う!　そうじゃなくて……お、思いのほか恥ずかしくて」

照れで顔が真っ赤になる。

「心臓がバクバクしすぎて、心の準備ができないんだ」

「な、なんだって……！」

エルムートは雷に打たれたかのように目を見開く。

「し、しかし……フランソワはどうやったらその『心の準備』ができるようになるんだ⁉」

なんだか自分よりも動転している彼の様子が微笑ましくなり、フランソワはくすりと顔を綻《ほころ》ばせる。

そんなにも続きを望んでくれているのかと思うと、可愛らしくて仕方がない。

「……エルムートが毎日愛を囁いてキスしてくれたら、慣れるかも」

ちらり、と零《こぼ》す。

フランソワの小声はしっかりエルムートに届いたようで、彼はフランソワをまっすぐに見つめてくる。

「わかった、努力しよう」

真剣な声で彼は誓った。

「え、本当に……⁉」

彼を揶揄《からか》うために言ってみただけだったのに。

こうして、フランソワは毎日彼に愛を囁かれることになってしまったのだった。

これから一体どうなってしまうのだろうか。

◆

「フランソワ……その、今日の君も愛らしいと思う」

「ひゃっ！」

翌日、朝食の席でエルムートが早速フランソワに愛の言葉を囁きかけ頬にキスをすると、彼は随分と可愛らしい声を上げて赤くなった。

なんて愛らしいのだろう。エルムートはすぐさまその場で、フランソワを抱き締めたくなった。

だが駄目だ。か弱い彼の心臓が爆発してしまう。

「本当に毎日やるつもりなのか……」

「もちろんだ」

エルムートが頷くと、フランソワは恥じらいを誤魔化すかのように俯《うつむ》いて、ひたすらにパンをちぎっては口に運ぶ。小鳥のような愛らしさだ。

今日はフランソワと共に魔術塔《タワー》に行くことになっている。図書館に魔術塔《タワー》の人間を常駐させるためだ。

フランソワのことだ、今回も上手いこと口実を考えてあるのだろう。

朝食を終え、外出の支度を整えると、エルムートとフランソワは馬車に乗り込んだ。魔術塔《タワー》に向けて馬車が走り出す。

遠くに見える巨大な白い塔がどんどん大きくなっていく。

やがてその白い塔の足元で馬車は停止したのだった。

「うわあ……超高層マンションみたいだな」

フランソワが白い塔を見上げて呟く。

「ちょう……こうそう……？」

「いや、なんでもない」

フランソワと並んで入口から塔の中に入っていく。

途端に瞠目《どうもく》することになった。

「こ、これは……！」

塔の中央は吹き抜けになっており、遥か高みの天井まで塔の内部を見上げることができる。

その高さと広さに眩暈《めまい》がしそうになっていると、バサリと翼の音がし、頭上に影が落ちた。

翼馬《ペガサス》だ。

翼の生えた馬が、力強く羽をはばたかせている。

翼馬《ペガサス》に乗って、上の階からさらに上の階へと移動している者がいるのだ。

「いくら階段で移動したら途方もない段数を上り下りすることになるとはいえ、建物内で翼馬《ペガサス》に乗るなど……」

思い切りがいいのかなんなのかよくわからない魔術塔《タワー》のシステムに、エルムートは口をあんぐりと開けてしまう。

「本当だな。エレベーターでも作ればいいのに」

隣のフランソワも、呆気に取られたように頭上を見ている。

「えれべーたー？」

「ええと、上下に移動する箱を作ってその中に人が乗れば、わざわざ翼馬《ペガサス》なんかに乗らなくても済むと思うんだよ」

フランソワの思いつきに、エルムートは思わず顔を引きつらせた。

「フランソワ、こんなことを言うのはなんだが……箱などに乗ってこのような高さを移動するのは翼馬《ペガサス》に乗るよりももっとどうかと思うぞ……」

どのように箱を上下させるつもりかは知らないが、箱の中で人があちこちに身体をぶつけて怪我だらけになる光景しかエルムートには想像できなかった。

同時に、フランソワもこんな頓珍漢《とんちんかん》なことを言うことがあるのだなと可愛らしく思う。

「エレベーターはエルムートが想像しているようなものじゃないんだが……まあ、ともかく受付を済ませよう」

フランソワは躊躇《ちゅうちょ》なく受付へ向かう。

「フランソワ・フィルブリッヒが来た……と言えば通じるか？」

彼は受付の者に尋ねた。

「フランソワ・フィルブリッヒ様でございますね。いらっしゃったらいつでもご案内するように、ソラーエ・ナロゲシヒから言われております。そこの翼馬《ペガサス》に乗り、二十一階へ上がってくださいませ」

どうやらここでの移動に翼馬《ペガサス》は必須らしい。

フランソワはエルムートを振り返る。

フランソワは乗馬ができないのだ。

「オレの前に乗ればいい。オレが後ろから手綱《たづな》を引こう」

エルムートが力強く頷いてそう言うと、彼は嬉しそうに頬を赤らめた。まったくフランソワは可愛らしくてかなわない。

彼を前にして一緒に翼馬《ペガサス》に乗り込む。必然的に彼を腕の中に閉じ込める形になる。

彼の表情は見えないが、耳がほのかに赤く染まっているように見えた。

悪戯心《いたずらごころ》が湧き、エルムートは彼の耳朶《じだ》に軽い接吻《くちづけ》を落とした。

「ひゃっ！」

彼の可愛らしい悲鳴が上がるのと同時に、足で翼馬《ペガサス》の腹を軽く蹴り、羽ばたかせた。フランソワが浮遊感に驚いたかのように身を竦《すく》める。

愛おしい彼を腕の間に閉じ込め、上を目指す。

ほんのわずかの間の、二人での空の旅だ。

吹き抜けから見えるそれぞれのフロアには、わかりやすく数字が掲げられている。

二十一の数字を目指して翼馬《ペガサス》を飛ばした。

やがて見つけた二十一階に、エルムートたちはふわりと降り立った。

ドーナツ型の二十一階は、まるごと研究室になっているようだった。

「これはこれは、フランソワ様！」

降り立った翼馬《ペガサス》にすぐさま研究室の面々が気づく。どうやらあの日図書館に押し寄せてきた魔術師たちらしい。首領と見られるあの白い髭《ひげ》の老人が真っ先に声をかけてきた。

この老人の名がソラーエ・ナロゲシヒなのだろう。

エルムートは先に翼馬《ペガサス》から降りると、フランソワを抱き下ろした。フランソワは嬉しそうにはにかむ。

まったくそんな可愛い顔をして。これが人前でなければキスをしているところだ。

「早速おいでくださるとは！」

揉み手をしながら、老人が駆け寄ってくる。

「様子を見に来ると言ったからな」

フランソワも堂に入《い》った態度で研究室を見回す。

「ご覧のとおり、総出で写本をおこなっております」

老人が示す先には、いくつものデスクを並べてローブ姿の魔術師たちがペンを走らせている光景が広がっていた。

「結構。どれくらいのペースでできそうだ？」

「分担してそれぞれのページを書き写させていますので、ほどなく一冊目が完成するでしょう。慣れればさらにペースは上がると思います」

「なるほど、なかなか速いペースだな。どれくらい写本すれば充分なのか、後で宰相に問い合わせておこう。出来上がった写本は城に納品してくれ」

「かしこまりました」

オレの伴侶はなんとかっこいいのだろう。

よどみなくやり取りをするフランソワの様子に、エルムートは胸を熱くした。

「それでこれが本題なのだが、見込みのある奴を数名、早速翻訳作業に携《たずさ》わらせたいと思う。お前から見て言語センスに優れている者は誰だ？」

「言語センス、ですか……そういう観点で魔術師を評価したことはなかったのでちと難しいですねぇ」

少し考えた末、ソラーエは数名の魔術師の名を挙げた。

フランソワはそれらの魔術師たちを王立図書館で翻訳作業に携《たずさ》わらせることを提案した。彼らのうち何人かは写本をしながら魔術塔《タワー》で続けたい研究があるらしく、そういう者は隔日で図書館に来るという条件で同意を得られた。

こうして王立図書館に魔術塔《タワー》の者が常に二、三名常駐することになった。

◆

翌日から早速魔術塔《タワー》の者たちが、王立図書館に出勤することになった。

ちなみにエルムートは今朝も、彼なりに考え抜いたのであろう愛の言葉を口にし、頬へのキスを送ってきた。これから毎日続くのだと思うと、恥ずかしいやら嬉しいやらである。

自分から「エルムートが毎日愛を囁いてキスしてくれたら、慣れるかも」と言ったのだ。今思うとなんて恥ずかしいことを口にしたのだとしか思えないが、発言の責任は取らねばならない。

図書館へ向かう馬車の中でフランソワは思う。

エルムートが図書館にいてくれるのは今日が最終日になる。来週からはエルムートは騎士団長に戻る。

わずかな期間だったけれど、彼と一緒の時間はとても楽しかった。ほとんどの時間は自分が黙って作業に勤しみ、それを彼が眺めているだけだったけれど。

フランソワたちが図書館に入ると、魔術塔《タワー》の者たちはもう来ていた。

「エリク。事後報告になってすまないが、この者たちに翻訳作業を手伝ってもらうことになっている」

フランソワはまずエリクに事情を説明した。

「かしこまりました」

エリクはにこにこと答えた。

それからフランソワは魔術塔《タワー》の者たちを振り返る。

ローブ姿の魔術師たちは一斉に椅子から立ち上がり、姿勢を正す。

「さて、君たちには早速翻訳を手伝ってもらう、と言いたいところだが、その前にまず必要な知識をつけてもらわねばどうにもならない。最初の数日間は暗記、そして暗記だ。それが終わったら俺が実際に訳したことのある部分を訳してもらってテストする。そのテストに合格した者だけが本当の翻訳作業に関わることができる。いいな？」

「はいっ！」

ローブの魔術師たちは声を合わせて答えた。


フランソワができたばかりの部下たちのために単語帳を作り、魔術師たちが頑張ってそれを書き写していた時のことだった。

「宰相殿の使者がいらっしゃいました」

エリクからの知らせに、フランソワとエルムートが顔を見合わせた。

それから、同時にこくりと頷く。

また宰相からアプローチがきた。何かの策があるのか、それともとにかく直接顔を合わせ続けていれば第二王子派閥に転んでくれるかもしれないとでも思っているのか。

フランソワは直接宰相からの使者と顔を合わせて、やり取りをする。

「ここ数日の経過をコルリアーヴ宰相も報告したいそうですし、魔術塔《タワー》の者たちに作らせている写本のこともフランソワ様から直接詳しくお聞きしたいそうです」

「宰相殿からのご報告を聞きたいのは山々ですが、こちらには直接お会いして報告するほどのことはございません。宰相殿のお手を煩《わずら》わせるのもなんなので、報告内容をあなたが宰相殿に伝えてくださいませんか？」

フランソワはこれ以上宰相と会うつもりはなかった。

末端の報連相《ほうれんそう》なんて、ヒラの文官がやるのが当たり前である。宰相も、上がってきた報告をただ聞いていればそれでいいのだ。

「え、あ……それでいいかどうか、確認してまいります」

予想外の提案だったのか、宰相からの使者はとんぼ返りしていった。自身の判断で是非を決められる権限がないのだろう。

やがて戻ってきた使者が、「私が報告を担当させていただきます」と口にした。

どうやら宰相は直接顔を合わせることを諦めてくれたようだ。

案外、圧力をかけるつもりもなかったのかもしれない。駄目元だったのかな、とフランソワは思った。

それから会議室にエルムートと使者の三人で移動し、そこでフランソワは魔術塔《タワー》の者たちに写本を作らせることになった経緯などを話した。

「どのくらい写本があれば充分か、ですか……聞いておきます」

使者の文官は生真面目にメモを取っている。

「それでは続きまして、こちらの報告事項を。……魔王に関する報告です」

文官は心なしか声を潜《ひそ》める。

「これはもうすぐ公式発表になることなのですが……」

彼の語ったところによると、魔王はどうやら本当に存在しているらしい。

魔王が復活したかもしれないという情報を得られるまでは、どこもかしこも無秩序に魔物が多くなっているように見えた。だが発生源がどこかにあるかもしれないという目で見てみたところ、明らかにある一方向から魔物が流れてきていることがわかった。

「その先に魔王がいるということですか」

「はい、おそらくは」

エルムートは難しい顔で腕を組む。

「……王国は大混乱に陥《おちい》るだろうな」

エルムートの呟きは、ほどなくして本当のことになったのだった。


魔王がいる。その公式発表に王国は震撼《しんかん》した。

フランソワが城の入口から図書館までのわずかな距離を歩くだけでも、城中がざわついているのがわかった。

フランソワは足を速めて図書館へと急ぐ。

「いずれ王都に避難民が押し寄せてくるのでしょうね……」

翻訳メンバーである魔術塔《タワー》の魔術師の一人が、暗記を進めながら呟く。

図書館にも暗い空気が満ちていた。

「そう悲観することもありませんよ。国王陛下が他国と協力して魔王討伐連合軍を編成しているそうですから」

場を和ませるかのように、エリクがことさらにニコニコと穏やかな微笑みを浮かべる。

「そうだ。その時のために、千年前に魔王を封印したという概念魔術について最優先で調べるように言われている」

今、フランソワのデスクには、概念魔術に関するものと思われる古文書が山と積まれている。内容を見ては役に立ちそうなものは右に、関係なさそうなものは左へと積み直す。フランソワの左に積まれた書物はエリクが定期的に回収して本棚に戻している。

「……あの」

ローブ姿の一人がおずおずと口を開く。

化粧っ気がないからわかりづらいが、ノンノワールの者である。

「概念魔術を解き明かしてしまって大丈夫なんですかね」

魔術塔《タワー》の者らしからぬ一言であった。

「どういう意味だ？」

「だって、魔王を封印した概念魔術を復活させて、王国は何をするつもりなんですか？　……また、世界の半分を生贄《いけにえ》に世界を千年間だけ延命させるつもりなんですかね」

彼の懸念はもっともであった。

それに対してフランソワは、ただ肩を竦《すく》める。

「さあな、俺は俺のするべきことをするだけだ」

フランソワは難しいことを考えるのは、上の人間のすることだと思っていた。ただひたすら翻訳だけできればそれで幸せだと思っているからだ。

「フランソワ様は利用されないように、よくよく気をつけられた方がいいと思いますよ」

「ああ、気をつけよう」

魔術塔《タワー》の者の忠告を、フランソワは話半分に聞き流した。


数日後、エルムートとの夕食の席にて。

「Tjr《ティル》 tjr《ティル》 tjr《ティル》 an《エイン》 sjssre《シスリィ》 dén《デン》 ösasstjr《オザスティル》……!」

フランソワの手の中で一枚の紙片が発光しながら形を変える。

光が収まると、そこには木彫りの羊の像があった。

「な……っ!」

エルムートが瞠目《どうもく》する。

「よし、概念魔術成功!」

フランソワは解読した概念魔術を使えるようになっていた。

成功させたのはほんの初歩的な概念魔術だったが、現代では革新的であった。

「一体何が起きたんだ?」

エルムートが質問する。

以前はテーブルの両端のお誕生日席に向かい合って腰かけていたエルムートとフランソワだったが、今は隣同士の席に座るようになっている。

「小さな羊皮紙の欠片《かけら》は小さな羊と同じだから小さな羊を作ることができる、という理屈で木彫りの羊を作ってみた」

フランソワの言葉に、エルムートは思い切り不思議そうな顔をする。

「そもそも、何故紙が木製の羊になる？　紙でできた羊になるべきではないか？」

「エルムート、概念魔術は錬金術じゃない。材質は関係ないんだ」

「れん……きん……？」

「小さな作り物の羊といえば、木彫りの置物が多くの人間にとって一般的だろう。ぬいぐるみはこの世界にはまだないしな」

「ぬい……？」

「そんな風に『多くの人間が思う一般的な概念』を利用するのが、概念魔術なんだ」

「むう……相変わらず概念魔術の理屈はオレには理解しがたいな」

エルムートはふうと息を吐いて首を横に振った。眩暈《めまい》がしたかのように軽く瞼《まぶた》を揉む。

概念魔術は屁理屈の魔術だから、真面目な彼の肌には合わないのだろう。

「とにかく、これで俺の翻訳は正しいと立証されたから、後は他の奴に翻訳を見せて習得させるだけだ。精霊魔術の時のようにな」

そうして初歩的な概念魔術を使えるようになれば、いずれは聖女が使ったという大魔術も使えるようになるだろう。

説明しながらフランソワは葡萄酒のグラスを傾ける。

「これで魔王討伐に希望が見えたな。それもこれもすべてオレの自慢の伴侶のおかげだ」

エルムートはにっこり笑いながら夕食の鶏肉にナイフを入れた。

彼の言葉が嬉しくて、フランソワははにかんでしまう。

「エルムートの方は、仕事はどうなんだ？」

照れ隠しに話題を変える。

「魔物討伐に赴《おもむ》く頻度はだんだんと上がってきている。だが、まだ王都周辺は第一騎士団だけで手が足りている。魔物討伐のために傭兵や冒険者を雇うようになれば、治安が一気に悪くなるからな……なるべくそのような状況にはしたくないものだ」

何故傭兵や冒険者を雇ったら治安が悪くなるのかフランソワにはわからなかったが、エルムートが言うならばそうなのだろうと頷いた。

「そっか、魔王が討伐されるまで厳しい状況が続くだろうし、なるべく早く討伐軍が編成されるといいな」

「ああ、そう願うよ」

ワイングラスに口をつけながら、二人で微笑み合ったのだった。

これからも変わらない日々が続くと信じて。

第六章

大会議室には錚々《そうそう》たる面々が一堂に会していた。

国王を筆頭として第一王子に第二王子、宰相にそれぞれの部門の大臣、そしてすべての騎士団を統括している大将軍だ。

宰相はゆっくりと面々を見回した。

誰も彼もが緊張した顔をしている。無理もない、魔王に関する秘密の会議なのだ。

だが、こういう場にこそ出世のチャンスがあるものだ。

これは内密の会議であり、一同にまだ議題は知らされていない。国王だけが知っている……ということになっているが、宰相は知っていた。

情報を得られるかどうかから勝負は始まっているのだ。なんの会議なのかすら知らずにこの場に集《つど》った者は、その時点で敗北したも同然だ——この年で宰相にまで成り上がったエドモン・コルリアーヴには、こうした情報戦は朝飯前であった。

「……っ」

宰相の隣に座る第二王子シメオストルが、緊張に震えている。シメオストルは青みがかった銀髪を持つ十五歳の少年である。

机の下で、宰相はそっとシメオストルの手を握った。

「大丈夫です、殿下。殿下は私の言うことに追随《ついずい》していれば、それですべてが上手くいきます。何も難しいことはないですよ」

囁くと、第二王子の震えは収まったように見えた。

第二王子シメオストルは理知的で落ち着いた人物である……別の言い方をすれば、気が弱く操《あやつ》りやすいということだ。第二王子は宰相にとって、限りなく都合のいい性格の少年だった。

ゆえに宰相は第二王子を擁立《ようりつ》しているのだ。彼が国王に就任した暁には陰から操《あやつ》り、自分が実質この国の支配者となるために。

(国王も第一王子も他の大臣どもも、誰も彼も馬鹿しかいない。私が支配した方がこの国はもっといい国になる……!)

宰相が常に抱いている思いであった。

(そのために苦労して頭を働かせて、この惰弱な第二王子を一生懸命それらしく見せてやってるのだ。誰か労《ねぎら》ってほしいものだ)

何故自分ばかりが苦労しているのだろう。

宰相は苛立たしさすら感じながら、今日も奸計《かんけい》を巡らせていた。

「今日、皆に集まってもらったのは――」

国王がゆっくりと口を開いた。

居並ぶ者たちの喉仏が、一斉にごくりと動いたような気がした。

「おそらくこの先あるであろう国際会議に先駆けて、我が国の意見を固めておくためだ」

「国際会議、でございますか……？」

一人の大臣の呟きに国王は重々しく頷く。

「左様。魔王の討伐方法について話し合うことになるであろう。もっと具体的に言えば……魔王を封印する際に生贄《いけにえ》とする『世界の半分』を何にするかで話し合いを持つことになるであろう」

国王のこの言葉に声を抑えた騒《ざわ》めきが起こる。

だが宰相は動揺しなかった。国王の口にした会議の内容は、事前の調査どおりだったからだ。

「千年前も各国の王が集まって話し合ったそうだ。今回もおそらくはそうなるだろうと目《もく》されている」

騒《ざわ》めきは少しずつ収まっていく。そして一同の目がギラついていく。

何を生贄《いけにえ》にすることで自分の利益を最大限に引き出せるか、考え始めたのだ。

（せいぜい短い時間で、足りない知恵を振り絞るがいい……）

宰相は余裕の表情で出方を窺《うかが》う。

「いきなり世界の半分を何にするかと聞かれましてもねえ」

「単純に領土を半分にする、は絶対に選んではならない手でしょうな」

大臣の一人が言わずもがなのことをもっともらしく言う。

「こういうのはどうです、長年の宿敵である隣国が世界の半分であるということにするのは！」

「そなたは相変わらず考えなしだな。隣国を世界の半分であるとするにはいくら理屈をこねても足らぬし、国際会議の場でそんな案が採決されるはずもない。我が国の品位が疑われるぞ」

大将軍の能無し発言を、年嵩《としかさ》の大臣が冷徹な声で窘《たしな》めた。

喧々囂々《けんけんごうごう》と意見が交わされるが、誰も彼も大した意見を出せないようだ。

宰相はにっこりと微笑みながら口を開いた。

「皆様、私に良い案があります！」

視線が一斉に宰相に集まる。

「犠牲を限りなく小さくする案です」

「限りなく小さくするだと？　そんなことができるのか？」

中には若い宰相を侮《あなど》る視線もチラホラと見られる。

宰相は構わず笑顔で話を続けた。

「ええ、小さな犠牲を拡大解釈して『世界の半分』だということにすればよいのです。それができるのが概念魔術というものなのでしょう？」

「小さな犠牲だと？　本当に国一つの犠牲で済むとかか？」

「いえいえ、国一つどころか――一人の犠牲だけで済みます」

宰相の言葉に場は騒然とした。

「なっ……そんな方法があるはずがない！」

ガヤガヤと言葉が好き勝手に飛び交う。とても宰相の声が通るような状況ではない。

その場を一喝するように咳払いが響いた。国王のものである。

一瞬で場が静まり返った。

「各々意見はあろうが、まずは宰相の案を聞いてみようではないか」

国王の言葉に、声を上げる者はいなくなった。

宰相は自信に満ちた笑みを浮かべ、口を開く。

「ありがとうございます、では私の案を述べさせていただきます」

宰相は一呼吸置き、一同を見回す。

侮《あなど》るような視線を向けていた者も含めて、全員が黙って自分の言葉を聞かなければならないこの状況が愉快でたまらなかった。

「私がまず考えましたのは、世界を『現在』と『過去』の半分に分ければいいのではないかということです」

口を差し挟む者はいない。

皆、宰相の一挙手一投足を窺《うかが》っている。

「そして『現在』と『過去』のうち、犠牲にしてもいいのは、もちろん『過去』の方でございましょう。そこで私は思いついたのです——まるで一人で『過去』を体現しているかのごとく、千年前の知識や魔術を次々と蘇《よみがえ》らせている者がいるではないか、と」

聞いていた者のうち何人かが、思い至ったかのようにハッと息を呑む。

「そうです、フランソワ・フィルブリッヒ……あの者を生贄《いけにえ》に捧げれば、それは世界の半分を生贄《いけにえ》に捧げたも同然なのです！」

◆

「おお……なんという素晴らしい案だ！」

「それが可能ならば、犠牲になるのは本当に一人だけで済む！」

宰相の案を大臣たちが称賛する。

大会議室で一斉に沸き起こった拍手が、第一王子アレクサンドルには信じがたかった。

アレクサンドルは、気がつけば思い切り机を叩いていた。

「そなたらは本気なのか⁉」

静まり返った場に、アレクサンドルの叫びが響く。

「私は普段、手癖が悪いだのなんだの言われている愚かな王太子だ……だが、それでも人としてやってはいけないことだけはわかっている！　それは、なんの罪もない命を絶つことだ！」

アレクサンドルの言葉に大臣たちはバツが悪い顔をする。

宰相の案はなかったことになるかと思われた時、宰相がニヤリと笑った。

次の瞬間、宰相は大仰に悲しげな顔を作った。

「おお、アレクサンドル殿下がそこまで醜《みにく》い方だとは思いませんでした……！」

「私が、みにく、い……？」

宰相が何を言うつもりなのか想像もつかず、アレクサンドルは目を見張る。

「なんでもアレクサンドル殿下は最近、異母弟であられるシメオストル殿下に次期王位を脅かされるのではないかと、危惧されているようで……それでなんでもいいから私の案に言いがかりをつけたいのでしょう。皆様がご存知のとおり、私はシメオストル殿下の叔父ですから！」

非常に珍しいことではあるが、宰相の家では兄の方がノンノワールであった。

そしてその宰相の兄がシメオストルの母であることは、アレクサンドルも知っている。

「な……ッ⁉」

だがアレクサンドルは決して、異母弟の派閥にイチャモンをつけるために発言したわけではないのだ。なのに、宰相の一言によって、この場にいる者たちに色眼鏡がかけられてしまった。

「第一、『なんの罪もない命を絶つことは悪いことだ』なんて子供のような論法、いかにも他にイチャモンのつけようがないから考えた、その場しのぎの発言ではございませんか！　もちろん大人であられる皆様は、大のために小を犠牲にしなければならないことがあることは重々ご承知かと思われます！」

宰相の言葉に小さな笑いが起こる。

アレクサンドルには、誰もが自分を嘲笑《あざわら》っているかのように感じられた。

「ああ、それとも……もしかしてアレクサンドル殿下はフランソワ様に本気で横恋慕《よこれんぼ》されているのでしょうか？」

「……ッ！」

宰相の言葉を聞いたアレクサンドルの頭に血が上ったその時。

「宰相、言葉が過ぎるぞ」

父が口を開く。

途端に宰相が表情を強張《こわば》らせる。アレクサンドルは期待を込めて父を見つめた。

父ならば誰か一人に犠牲を押し付けるなんて案は、非道だと言ってくれるのではないかと。

「しかし、もっとはるかに大きな犠牲を想定していたのだ。それが一人に収まるならば僥倖《ぎょうこう》と言えよう。国際会議ではその案を我が国の意見とすることとしよう」

だが、その期待は裏切られた。

父は銀色の顎髭《あごひげ》を撫でながら、宰相の意見に賛同を示したのだ。

宰相はニヤリと勝利の笑みを浮かべる。

アレクサンドルは絶望した。

「くッ、こんな馬鹿げた会議に参加していられるか……！」

乱暴に立ち上がると、アレクサンドルは大会議室を後にした。

父が自分の態度を周りに謝っている声が聞こえたが、そんなことを気にしている場合ではない――なにせ、彼らの気が早ければこの会議が終わった途端に、フランソワ・フィルブリッヒが捕らえられてしまうかもしれないのだ。

会議がまだ終わっていない今のうちに、彼にこのことを知らせなければならない。

だが自分は図書館に入ることを禁じられている。

ならば向かう先は一つだ。

アレクサンドルは第一騎士団本部へと向かった。

運が悪ければ魔物の討伐に赴《おもむ》いている可能性もあったが、果たして目的の人物はそこにいた。

鋼鉄の騎士団長、エルムート・フィルブリッヒ。彼は本部を訪ねてきたアレクサンドルの姿を目にするなり、顔を険しくした。

「これはアレクサンドル殿下、なんの御用ですか」

執務机から立ち上がり、アレクサンドルの目の前に立つ。

ただならぬ雰囲気を感じ取ったのか、彼の部下らは固唾を呑んで様子を見守っている。

「内密の話がある、二人きりで話したい」

「……？」

エルムートは怪訝《けげん》そうに眉をひそめたが、それでも必死さは感じ取ったのだろう。頷くと部屋を用意してくれた。

狭苦しい、じめりと湿った部屋で、アレクサンドルは必死に話した。大会議室で話された内容を。

「そなたの伴侶を連れて、国の外へ逃げてくれ……！　誰もそなたらの顔を知らない場所で暮らすのだ。そうでないと、そなたの伴侶は殺されてしまう！」

アレクサンドルの訴えに、エルムートは顔色を変える。

「会議の間に簡単に思いついた案だ。そなたの伴侶が姿を消せば、父たちは代案を探すだろう。だからとにかく、今は逃げてはくれまいか」

「何故、そんなことを教えてくださるのですか？」

エルムートは、アレクサンドルの態度に驚いた様子で尋ねる。

「何故って……命を救うためだ！　父たちの案は間違っている、そうであろう？」

エルムートはその答えに目を見開き……そしてふっと微笑んだ。

「恩に着ます。貴方のような王子がいてくださって助かった」

エルムートは立ち上がると、素早く部屋を後にする。

「おいおい、エルムート！　どこに行くんだよ⁉」

「ダミアン」

アレクサンドルがエルムートの後を追うと、副団長と思しき騎士に止められているところだった。

エルムートは胸元の騎士団長の証《あかし》である記章をむしり取り、副団長に手渡した。

「今から君が団長だ」

「え？　ええっ⁉」

戸惑う副団長を振り返ることもなく、エルムートは第一騎士団本部を後にしたのだった。

アレクサンドルは心の中で彼の背中にそっと声援を送った。

◆

「フランソワ、逃げよう」

まだ夕方にもなっていないというのに図書館に突然現れたエルムートの言葉に、フランソワは仰天した。

「え……!?」

呆気に取られているフランソワに、エルムートはアレクサンドルから聞いたことを説明した。城のお偉いどもがフランソワを生贄《いけにえ》に選ぼうとしていると。

「やっぱり……」

エルムートの話に反応したのは、一緒に図書館で作業していた魔術塔《タワー》の者だった。

「聖女伝説の内容を耳にした時から、悪い予感がしていたんです。英雄であるにもかかわらず自ら施《ほどこ》した封印によって犠牲になった聖女様のように、フランソワ様にも犠牲が押し付けられるのではないかと……」

フランソワは先日、彼の言葉を聞き流してしまったが、結果的に彼の予感が正しかったのだ。

フランソワは楽観的だった自分を反省した。

ただただ知識を発掘していけば、後は偉い人がその知識を適切に使ってくれる。そんな風に思って盲目的に翻訳を進めてしまった。最初の警戒心はどこに行ってしまったのだろう。

「フランソワ。以前にも言ったが、オレは世界などよりも君のことの方が大事だ。その気持ちは今も変わらない」

エルムートが真剣な顔つきでフランソワを見下ろす。

「だから、一緒に逃げよう」

フランソワはいきなりの話に戸惑う。

急に逃げようなんて言われたって、どうすればいいのだろう。逃げたらどうなるのだろう。どんな生活をすることになるのだろうか。自分が逃げ出しても世界は崩壊したりしないのだろうか。指名手配されたりするのだろうか。

様々な不安が去来《きょらい》する。

「フランソワ様、どうかお逃げください」

聞いていた司書のエリクが口を開く。

「フランソワ様が犠牲になる必要はございません」

「そのとおりです」

「私たちのことはお気になさらないでください、なんとかします」

エリクの言葉に、魔術塔《タワー》の者たちも口々に同意する。

「フランソワ、オレは君のことが大切なんだ。このままここにいれば、君は生贄《いけにえ》として捧げられてしまう！　それより悪いことなどない」

エルムートの蒼《あお》い瞳から真摯な想いが伝わってくる。

自分を大事に思ってくれていることが伝わり、フランソワの気持ちが固まった。

「……わかった。エルムート、一緒に逃げよう」

エルムートとフランソワは図書館を抜け出し、自分たちの屋敷へと馬車を走らせた。

屋敷に着くと、側仕えたちに手短に事情を説明し、長旅の支度を大急ぎで整える。

「追手が来るかもしれない可能性を考えると馬車では遅い。馬に直接乗るから、大荷物は持てない」

「わかった」

荷支度を整えながら、本当にこれから逃亡生活が始まるのだなと少しずつ実感が湧いてくる。

それでも、エルムートと二人ならばなんとかなると思えた。二人ならばきっとどんな困難も乗り越えられるだろう。

少ない荷物を馬に括《くく》り付け、エルムートに抱え上げてもらって馬の上に乗る。エルムートも後ろから馬に乗る。フランソワは一人で馬に乗れないので二人乗りだ。

エルムートが馬の腹を軽く蹴り、馬が走り出す。

二人の逃亡生活が始まった。

「どこへ行くんだ？」

流れる風に嬲《なぶ》られながら、フランソワが不安げに尋ねる。

「とりあえず、この国から出ることを目指す。この国の端に行く」

「……わかった」

国の端へと、二人は走る。

◆

「おや、王都から来なすったんですか？」

夜遅くに隣街の宿屋に到着するなりかけられた言葉に、エルムートとフランソワは顔を見合わせた。

「主人、何故オレたちが王都から来たと？」

「ああ、立派な格好をしているから、てっきり王都のお貴族様かと。もしかして違いました？」

「…………」

どうやら服装を変える必要があるようだと、二人は認識した。

主人の問いにエルムートは曖昧《あいまい》に返事をして、部屋の鍵を受け取る。

「フランソワ……明日は服を買いに行こう。庶民の服を」

「うん、そうだな」

明日の予定を決めると、二人は宿のベッドに潜り込んだ。

疲れのためか、二人はあっという間に寝入った。


「エルムート、お前にぴったりの庶民コーデを俺が組んでやるからな！」

翌朝になると、フランソワがはしゃいだ笑顔を見せた。

昨日はずっと不安そうな顔をしていたが、服のこととなると庶民の服でも機嫌が良くなるらしい。

エルムートはそのことにほっと胸を撫で下ろした。理由が何にせよ、フランソワの気分が前向きになって良かった。

「フランソワ」

エルムートは、そんなフランソワの身体をぎゅっと抱き締めた。

「うわっ、な、なんだ……っ⁉」

フランソワの顔があっという間に熟《う》れた果実のように赤くなる。

「その……急に愛おしさが込み上げてきて」

「い、愛おしい……？」

自分を見上げるフランソワの唇が蠱惑的《こわくてき》に光っているように見えた。

エルムートはその唇に軽い接吻《くちづけ》を落とす。

「ひゃっ、エ、エルムートっ！」

驚いた彼の声は裏返っていた。

どこまで可愛いのだろう。

「あ、朝からこんな……っ！」

「すまない。でも今日の分をまだしていないと思って」

毎日愛の言葉と共にキスをするという、あの約束だ。

「えっ、な……っ⁉　逃亡生活中も続けるつもりなのか⁉」

「もちろんだ。どんな生活の最中であろうと、フランソワのことが愛しい気持ちは変わらない」

「い、愛しい……っ⁉」

エルムートの言葉に、フランソワの紅玉のように美しい瞳が潤《うる》む。

何故だろうと思ったが、そういえば彼への愛をはっきりと言葉にしたのはこれが初めてかもしれない。

赤く染まった彼の美しい顔を見つめていると、フランソワがエルムートの胸板にしなだれかかってきた。

そして、呟く。

「俺も……エルムートのことが、好きだ」

ドクリ。心臓が大きく鼓動した。

フランソワに愛されていることはとっくの昔に確信していたが、それでもこうしてはっきりと言葉で聞くと受ける衝撃が違った。フランソワが何度だって自分からの言葉に頬を赤らめるわけだ。

状況さえ許されるならば、エルムートは今すぐフランソワをベッドに押し倒したかった。だが今は逃亡中の身。そんな時間はない。

エルムートは理性を総動員させてフランソワの身体から手を離した。

「服屋に行こう」

「ああ」

◆

「エルムート、こんなコーデでどうだ！」

自分のすすめた服に着替えたエルムートを見て、フランソワは思った。我ながら完璧な庶民コーデが組めたと――

ごわごわの麻布のシャツに、その上から革のベスト。ズボンも布製で、最後に地味なネズミ色の腰布を巻いて完成である。かなり質素な格好ながら、エルムートは体格がいいので様《さま》になっている。

格好良すぎてただの庶民に見えないが、まあ仕方ない。

フランソワ自身も似たようなコーデに着替えた。

一見してノンノワールだとわからない格好をした方がいいと思ったのだ。長い金髪は結んで帽子の中に隠した。日の光を受けてキラキラと輝く金髪が、庶民らしくないからだ。

「そんな格好でもフランソワは可愛いな」

急な褒め言葉にフランソワは照れてはにかむ。

だが俯《うつむ》かず、しっかりとエルムートの目を見ることができた。少し慣れてきたかもしれない。

「フランソワのおかげで庶民らしい格好になれた。これならば貴族だとはバレないだろう」

新しく着替えた庶民コーデで二人の旅は再開された。

逃亡生活が始まって数日。

エルムートとフランソワは順調に国境の街へと近づいていた。

「食料を買い込んでくるから、フランソワは宿で休んでいてくれ」

外に出る時は、なるべく二人一緒に行動しないようにしていた。

追手が来ているかどうかは未だわからないが、追手が来ているとすれば二人組として捜されているだろう。街から街への移動中はともかく、買い物に行く時ぐらいは一人で行動しなければ、すぐに見つかってしまうに違いない。

「いってらっしゃい」

道中野宿することもあって、フランソワは疲れが溜まっていた。そのため、ありがたく仮眠を取らせてもらうことにした。


「……ん？」

しばらくして意識が覚醒したのは、宿屋の外の喧噪《けんそう》を耳にしたからだった。

ただならぬ剣幕だった。

不安に思ってフランソワは窓際に駆け寄り、宿屋の入口を見下ろす。なんとエルムートが四、五人の男と対峙していた。男たちは黒い騎士服を身に纏《まと》っている。

第一騎士団だ。第一騎士団の者たちが追手として追ってきたのだ、と悟った。

見下ろしている今まさにこの瞬間に、エルムートは腰に帯びた剣を抜いた。それを目にしたフランソワは身を翻《ひるがえ》した。エルムートのもとへと赴《おもむ》くために。

「エルムート！」

外に出ると、エルムートが宿屋を背に第一騎士団の面々と対峙していた。

ちょうど宿屋に戻ってきた時に見つかったのだろう。あるいは他の場所で見つかって、宿屋に戻るまで泳がされていたのか。彼らが狙っているのはエルムートではなく、フランソワだから。

第一騎士団の面々ならば、当然エルムートの顔を知っている。そのうち何人かはフランソワの顔も見たことがある。追手にはうってつけというわけだ。

応援を呼んだのか、騎士たちは後から後から集まってくる。

「フランソワ、宿屋の中に戻っていろ！」

エルムートは振り向かずに叫ぶ。

迫力のある声にビクリと震える。

「でも……」

フランソワは狼狽《うろた》える。

「エルムート、わかるだろ？　オレだってお前と切り結びたくはないんだ、さっさとお前のお姫様をこっちに渡してくれないか」

騎士たちの一人に見覚えがあった。

あれは確か副団長のダミアンだ。エルムートの友人ということで会ったことがある。

そのダミアンがエルムートに剣を向けている。

「ダミアン、何故だ……！　何故オレたちを追ってくる！」

「聖女様を生贄《いけにえ》に捧げなければ、世界が滅ぶからだよ。エルムート、お前が伴侶を守りたい気持ちはわかる。だがな、オレだって伴侶と生まれたばかりの子のために世界を滅ぼさせるわけにはいかないんだ……ッ！」

ダミアンは苦渋に満ちた顔で零《こぼ》す。

「さあ、聖女を渡せ！」

「断る！」

エルムートは即答する。

気が変わる様子がないと見るや否や、騎士たちは彼に向かって斬りかかっていった。

「はぁッ！」

エルムートは巧みな動きで剣を受けるが、多勢に無勢。

すぐにジリ貧になり……

「あぁ……ッ！」

団員の剣の一本がエルムートの腕を掠め、血が噴き出す。

フランソワはそれを見て悲鳴を上げた。

「フィルブリッヒ夫人、あんたが今投降すればエルムートの命は助かる！　さあ、どうする！」

ダミアンが今度はフランソワに声をかけてくる。

「フランソワ、逃げろッ！」

エルムートは鋭く叫ぶ。耳を貸すなとばかりに。

「あ、ああ……っ」

目の前の光景に、時の流れが酷《ひど》くゆっくりになった気がした。

その間にも、また剣がエルムートの身体を切り刻もうと襲いかかる。

フランソワは今まで剣術を習ったことなどない。彼に加勢したくともできない。か弱くて守られるだけの自分が急に憎くなった。

フランソワは思った。どうしてこんなことに、と。

逃げることを選んでしまったからだろうか。あの時逃げ出すことを選ばなければ、エルムートがこんな目にあうこともなかったかもしれない。

あるいは古代語を解き明かそうと思ったのが悪かったのか。考えなしに古代の知識を紐解いた罰が下ったのかもしれない。あれは禁忌の知識だったのだ。

そもそも何故、魔王なんていうものが存在する世界に生まれてしまったのか。

魔王さえいなければ今頃エルムートと家で幸せな生活を……魔王さえいなければ？

その時、フランソワの頭にある閃《ひらめ》きが走った。

そうだ、何故今までこんな簡単なことを思いつかなかったのだろう――

「待ってくれッ！」

フランソワの大声に、騎士たちが一斉に動きを止める。

エルムートもフランソワを振り返る。彼は服のあちこちが切り裂かれ、切り傷だらけの痛々しい姿になっていた。

「投降する気になったのか？」

ダミアンが問いかけてくる。

「そうじゃない、聞いてくれ――誰も犠牲にならなくて済む方法を思いついた」

フランソワは騎士たちに自分の閃《ひらめ》きの内容を話した。

それを聞いた騎士たちに激震が走る。

「な……っ！　そんなことが可能なら誰も犠牲にならなくて済むどころか、世界は永遠に魔王から解放されるってことじゃないか……！」

「だろう、だからこの案を国王陛下に上奏したい」

フランソワの言葉に第一騎士団の面々は顔を見合わせると、その場に跪《ひざまず》いた。

黒い騎士服を纏《まと》った騎士たちが一斉に跪《ひざまず》く様《さま》は壮観だった。

「貴方はまさしく現代に蘇《よみがえ》りし聖女様です。我ら第一騎士団が、必ずや国王陛下のもとまで安全に送り届けてみせます」

追手だった騎士たちが一転して味方になってくれた。

彼らから敵意がなくなったことを認めたエルムートは、気が抜けたようにその場に座り込んだ。

「は……ははは、オレの伴侶は最高だ！　剣などなくとも言葉だけで状況を逆転させてしまった！」

そして、怪我を負っているにもかかわらず、朗らかに笑う。こんなに大きく笑う彼を見るのは初めてだった。

それは第一騎士団の面々も同じだったのだろう、皆して目を丸くしていた。

「団長殿、いま治癒いたします！」

治癒魔術を使えるのであろう団員がエルムートに駆け寄り、傷を癒《いや》す。

「フィルブリッヒ夫人……いや、聖女様」

ダミアンが改まった調子で、フランソワと向かい合う。

「我々は、貴方のおかげで自分たちの手で団長を切り殺すという大きな間違いを犯さずに済みました。……御礼を申し上げます」

ダミアンはフランソワに向かって、頭を下げた。この男のこんなにも丁寧な言葉を耳にするのは、初めてだった。

彼らも躊躇《ためら》っていたのだろう、エルムートと対峙することを。一対多数だったにもかかわらずエルムートが致命的な怪我を負わなかったのがその証《あかし》だ。

こうしてエルムートは助かり、二人は逃亡の旅とは逆の道順を辿ることになった。

すなわち王都へと。

数日かけて王都に舞い戻り、そのまま王城へ向かった。

謁見のために王の間に通されると、玉座には国王が、その横には宰相が嫌な笑みを浮かべて待ち構えていた。

「第一騎士団の皆様、御苦労様です。見事逃亡した聖女を捕まえたそうで」

宰相はニヤニヤしながら、歓迎するように両手を広げる。

誰も彼も自分のことを聖女と呼ぶが、もしや正式名称として定着してしまったのだろうか。束の間、関係のないことをフランソワは考えてしまう。

「宰相殿、お言葉ですが」

副団長が王の前に跪《ひざまず》いたまま発言する。

「我々は聖女様を捕らえたのではありません。ここまで護衛してきたのです」

「……それは、どういう意味で？」

笑顔のまま宰相の眉間にヒクリと皺《しわ》が寄る。

「聖女様は誰も犠牲にしない案を考え出しました。それを陛下に聞いていただきたく、我ら第一騎士団が責任をもってここまで送り届けたのです」

「誰も犠牲にしない案ですと……!?　まさか魔王の封印に際しての案だとは言わないでしょうね、そんなこと不可能だ！」

宰相がヒステリックに叫ぶ。

一体どうしてこんなにも感情的になるのだろうと、フランソワは疑問に思った。もしかすると、フランソワを生贄《いけにえ》にすることは、宰相の発案だったのかもしれない。ふとそんな気がした。宰相の案が採用されれば、第二王子が大きく玉座に近づく予定だったのだろうか。

「陛下、どうか聖女様のお話をお聞きください」

「……よかろう」

国王は銀の髭《ひげ》を撫でながら、重々しく頷いた。

「陛下!?　口から出まかせに決まっています、耳を貸さないでくださいませ！」

「出まかせかどうかは聞いて判断する」

国王は宰相の意見を撥《は》ね除《の》ける。

「フランソワ・フィルブリッヒ、面《おもて》を上げよ。発言を許可する」

跪《ひざまず》き俯《うつむ》いていたフランソワは、国王の言葉にゆっくりと顔を上げた。

「かしこまりました。それでは俺の案をお話しします」

フランソワは一呼吸置くと、話し出した。

「前提としてまず、魔王の成り立ちはご存知でしょうか」

「ああ、宰相から報告を聞いた」

国王は頷いて答える。

「古代の概念魔術師が全人類から悪性を取り除こうとして、失敗してできたのが魔王。悪性を取り除いた端から人類の中に新たな悪意が生まれていってしまったのか、それとも悪意を持って悪事をなしている人間は最初からおらず、仕方なく悪事をなしている人間しかいないのか……。失敗の原因はわかりませんが、とにかく魔王がこの世のすべての悪意を凝縮させて生まれたものであるのは確かです」

途中宰相が口を挟もうとしたが、国王が視線で黙らせた。

「それで？」

「千年前の聖女様は世界を男と女の半分に分けて、女の方を生贄《いけにえ》にしました。そして国王陛下は世界を現在と過去の二つに分けて過去の方を生贄《いけにえ》にしようと考えたそうですね。俺はそれと同じように世界を『善』と『悪』の二つに分けようと考えました」

「まさか……！」

フランソワの考えていることに先に気がついたのか、宰相が驚きの声を上げる。

「そして悪の方を生贄《いけにえ》にすれば……それは魔王自身を生贄《いけにえ》に捧げたことになります。そうすれば魔王は自己矛盾を起こし崩壊する——と思われます」

「なんと……！」

そう、フランソワが口にしたのはただ犠牲をゼロにするだけの案ではない。封印の術を逆手に取って魔王を倒してしまおうという案であった。

国王がその後どういう判断を下したか言うまでもない。

フランソワは晴れて自由の身となり、本当の意味での魔王〝討伐〟軍が結成されることとなった。

第七章

魔王討伐軍は、魔王のいる果ての地へと行軍する。

魔王討伐軍には同盟を組んでいる国だけでなく、なんと長年の宿敵であった隣国まで加わってくれた。それだけ魔王は全世界共通の敵なのだ。

魔王討伐軍に、フランソワは筆頭概念魔術師として加わることになった。

他にもフランソワの翻訳内容を読んで概念魔術を使えるようになった者は数名いたが、魔王の封印という大がかりな概念魔術を行使できるかは不安がある。実質、フランソワ一人の肩に世界の命運がかかっていた。

そんな大事な筆頭概念魔術師だから、通常軍はテントを張って野営するが、村や街に立ち寄った時はフランソワだけは一人の護衛をつけて宿に泊まることを許されていた。

その一人の護衛とはもちろん、フランソワの伴侶である第一騎士団団長エルムートである。

「フランソワ、疲れが溜まってはいないか」

フランソワにとっては慣れぬ長旅だ。部屋に荷物を置くなりエルムートは、フランソワを気遣った。

「大丈夫だ。こうしてベッドで寝られるしな」

本番である魔王との戦いはこれから。まだまだこんなところで疲れてなんかいられないと、フランソワは笑顔を見せる。

「体調が優れないと感じたらすぐに言うんだぞ」

「わかってるって」

耳にタコができるくらい、彼はフランソワの体調を気遣っていた。確かに鍛え上げられた騎士ほど体力はないだろうが、別に虚弱体質というわけではないのに。きっと運動神経がないからって、体力もないと勘違いしているのだろう。

「……魔王のいる果ての地までもうすぐだな」

エルムートはベッドに腰を下ろすと、静かに呟いた。

魔王の棲《す》む果ての地が近づくにつれ、聖水を使用しているにもかかわらず魔物に襲われることが増えてきた。魔王討伐軍も緊張に包まれている。

「そうだな。エルムートは怪我とかないか？」

「無論だ」

フランソワも筆頭概念魔術師兼精霊魔術師として、軍の中で魔物の呪いを受けた者が出れば解呪をおこなっている。呪いを受けてからすぐに解けば、数十分ほど痺れが出る程度ですぐに元どおりに動かせるようになることが今回の行軍で判明した。

それにしても、とフランソワは部屋に備え付けられているベッドを見下ろした。今日の部屋に備え付けられたベッドは一つだけだった。

果ての地は見渡す限りの荒野だと聞いている。辺境に足を踏み入れるのだから、果ての地に近づくほど人は少なくなっていく。

今日立ち寄ったのはとても小さな村で、宿屋があるだけ奇跡というレベルだった。だから通されたのも、ベッドが部屋のほとんどの面積を占めている狭苦しい部屋だった。一人用のベッドではなくダブルベッドなだけ良かったと感謝すべきか。

この狭苦しい部屋には当然長椅子などもない。

つまり……エルムートとこのベッドで一緒に寝ることになる。フランソワはごくりと生唾を呑んだ。

宿の者がお湯と清潔な布を持ってきてくれたので、二人は身体を拭くと明かりを消し、薄着の状態でベッドに潜り込んだ。

少し手を伸ばせば届く距離にエルムートが寝ている。その事実にフランソワはドギマギとしてしまう。一生懸命に瞼《まぶた》を閉じて寝付こうとした。

「……フランソワ」

その時、とっくに寝入ったと思っていたエルムートが声をかけてきた。

「まだ起きているか？」

「う、うん」

フランソワは心臓をバクバクとさせながら答える。

すると、エルムートはゆっくりと手を伸ばしてきた。フランソワの身体を彼の腕が緩く抱き締める。

「魔王に近づくにつれて、ある考えが頭を占めるようになっていった」

彼は静かな声で呟く。

「魔王のもとに辿り着けば、後はフランソワが封印を施《ほどこ》すだけ……とはいえ、何が起こるかわからない。もしかすればオレが死ぬこともあるかもしれない」

「そんな縁起の悪い……」

フランソワは思わず彼の言葉を否定しようとした。

だが、耳に届いた次の一言に、フランソワは口を噤《つぐ》む。

「だから、その時のために君を抱かせてくれないか」

「え……っ」

ドキリと心臓が高鳴る。

「そうすれば、君に忘れ形見だけでも残してあげることができるんじゃないかと……」

エルムートの発した言葉に、暗闇の向こうで自分を見つめているであろう彼の瞳と目を合わせようとする。

そして——

「そんな理由じゃ、嫌だ」

「なんだって？」

「そんな死亡フラグ臭い理由じゃ、絶対に抱かれてやらないからなっ！」

キッと鋭く彼を睨《にら》み付けて、言い放った。

「シ、シボウフラグ……？」

「俺と子供だけ遺してどうするつもりなんだよ！　男なら絶対に生き残ってみせるぐらい言えよ！」

フランソワはエルムートを叱咤《しった》する。

「それに、俺だって……は、初めてなんだよ。そんな悲しい理由で抱かれるより、もっとロマンチックに……抱かれたい」

暗闇の中、フランソワはエルムートの胸元に縋《すが》り付いて零《こぼ》した。

顔から火が出そうなくらい恥ずかしかったが、勇気を出して自分の正直な気持ちを吐露した。そうすることができたのは、彼に愛されているという確信が持てたからだ。

「フランソワ……！　すまない、オレが間違っていた！」

縋《すが》り付くフランソワを、彼は強く抱擁する。

今度は間違えずに済んだ。

今では、かつて彼に閨《ねや》に誘われた時のあれこれが勘違いだったのだとわかっていた。あの時のようにならなくて済んだのは、二人でちゃんと気持ちを言葉にして話し合うことを学んだからだろう。

「だから魔王を無事に討伐できた後、また誘ってくれ。……その時は俺、頷くから」

「わかった」

ベッドの中でエルムートはこくりと頷き、誓った。

◆

後世の歴史書にはこう記されている。


魔王討伐軍を魔王のもとに辿り着かせぬために、無数の魔物が押し寄せた。

暗雲めいた無数の魔物の群れに、討伐軍は絶望した。

その時、一人の英雄が剣を抜き、討伐軍に向き直る。

その英雄の名は鋼鉄のエルムート。

彼は口を開いた。

『皆の者、絶望することはない。此処《ここ》には聖女がいる。聖女さえ魔王のもとに辿り着けば、すべては終わる。すべてが元どおりになる。我々がすべきことはただ一つ——聖女のために道を切り開くことだ』

彼の鼓舞に、討伐軍は沸く。

平穏な世界を取り戻すために、我が血を捧げて魔王までの道を切り開いてみせる——

その一心で討伐軍の勇士たちは魔物たちに突撃した。

鋼鉄のエルムートがその先頭をひた走る。

鋼鉄のエルムートは百の魔物を視線で射殺し、千の魔物を切り裂いた。

聖女フランソワは奇跡の術で百の勇士を癒《いや》し、千の勇士を生き返らせた。

討伐軍は何度も絶望に見舞われたが、そのたびに二人の英傑《えいけつ》が絶望を消し飛ばした。

奮闘の末、魔物の屍山血河《しざんけつが》が築かれた時だった。

魔王討伐軍の目の前の山が鳴動した。

否、山ではない。

それは魔なるモノの王であった。

名状しがたき黒き巨大な影が、悍《おぞ》ましく聳《そび》え立っている。見上げるほどの巨大さに討伐軍の勇敢なる勇士たちさえ震え上がる。その途方もない巨大さは、存在しているだけで見る者に恐怖を生じさせる。無限の闇を思わせる漆黒の影が勇士たちの前に立ちはだかった。

影が腕を一振りする。千の勇士が吹き飛ぶ。

影が腕をもう一振りする。万の勇士が吹き飛んだ。

聖女フランソワさえ魔王のもとに辿り着けば魔王を倒せるのに、その道が見えない。

万事休すか。誰もがそう思ったその時。

『フランソワ、オレを信じてくれるか』

鋼鉄のエルムートが聖女フランソワを見つめる。聖女はしっかりと頷いた。

英雄エルムートは聖女を抱え上げると、跳んだ。

英雄はまるで空を駆けるかのように、高く跳ぶ。

山の如き魔王の懐《ふところ》に飛び込んだ瞬間、聖女は天高く手を掲げ、呪文を唱えた。

すると魔王は光に包まれ消え去った。

見上げるほどの恐怖の根源はこの世から消え失せ、跡形もなくなった。

かくして、新たな聖女は世界に永遠に平和をもたらしたのである――

◆

「いやー、余裕だったな」

フランソワは久しぶりのベッドに倒れ込んだ。

魔王を倒し、無人の荒野を戻って、エルムートと誓いを交わし合ったあの寒村《かんそん》の小さな宿屋まで戻ってきたのだ。

「まさか、あんなにあっさりと魔王を倒せるとはな」

エルムートが答える。

魔王の討伐は存外あっさり終わったのだった。

この宿屋での誓いは何だったのかと思うくらい、簡単にエルムートは生き残った。軍全体で見ても死傷者は驚くほど少なかった。

「魔王自体はデカかったけど、動かなかったしな。ぱぱーっと概念魔術使ったら、ぱぱーっと消えたな」

魔王討伐の瞬間は拍子抜けしてしまった。

魔王は巨大だったが、樹木か山か何かのようにまったく動かなかったのだ。そういう生態だったのか、それとも封印が解けたばかりだから動けなかったのかはわからない。

ともかく、動かない魔王に向かって『魔王を生贄《いけにえ》にする』と概念魔術を使ったら、すんなりと消え去ったのだ。

むしろ魔王のもとに辿り着くまでの間に、襲いかかってきた魔物の群れを蹴散らすことの方に苦戦した。軍隊で来ていなければ、とても魔王のもとまで辿り着けなかっただろう。

そう考えると千年前、勇者パーティを組んでわずか数人で魔王の封印をなしとげた聖女はすごかったのだ。

「それでも、あんなに大きなもの怖かっただろう？」

「いや、東京タワーよりは小さかったし」

大きいだけで動かないならば、さして怖くはなかった。

「トウ……キョウ……？　よくわからないが、フランソワはすごいな。フランソワの活躍は後世の歴史書にも記されるだろう」

「はは、何を書くんだよ。ただ討伐軍についてきて、ごにょごにょっと呪文唱えただけだぞ」

「それでも、フランソワのしたことはすごいことだ」

エルムートは輝くような笑みを見せる。彼も最近では、すっかりまっすぐな言葉を口にするのが得意になったものだ。悪い気はしない。

それにしても本当に歴史書に今回のことを記すことになったら、書くことがなさすぎて著者は困ってしまうのではないだろうか。

あまりにも書くことがなくて、討伐シーンが盛りに盛られたりして。

盛りに盛られた歴史書を想像してみて、フランソワはおかしくなった。ありもしない台詞《せりふ》が足されているかもしれない。それはちょっと読んでみたい。

「ふう、とはいえ正直疲れた」

後世の歴史書に関する想像を放り出して、フランソワはベッドの上でゴロゴロする。

「フランソワ、流石《さすが》に外套は脱がないと」

エルムートが苦笑する。

「エルムートが脱がしてくれ、俺はもうくたびれた」

「なっ、オレが脱がしていいのか⁉」

フランソワの言葉に、彼は何故だか動揺を見せる。一体何をびっくりしているのだろう。

今にも眠りに落ちそうになりながらうとうとしていると、やがてエルムートがおずおずとフランソワの外套に手をかけた。彼はぎこちない手つきでフランソワの身体を動かし、外套を脱がせた。

勝手に身体が揺れるのが心地好くて、さらに眠気が強くなる。エルムートはフランソワを肌着だけにさせ、最後に恭《うやうや》しい手つきで靴下を脱がせた。

いつでも眠りに落ちてもいい格好になった。この眠りの中に意識を手放してしまおうと思った時だった。

「フランソワ……」

ギシリとベッドが軋《きし》み、声の近さから彼がすぐ傍から自分を見下ろしていることがわかる。

不思議に思ってフランソワが薄目を開けると、エルムートの顔が赤く染まっていた。

「その、君はこの宿で『魔王を倒した後に誘ってくれれば頷く』と言ったな」

彼が何を言おうとしているのか察して、フランソワの目はハッと開いた。あっという間に眠気がどこかに消え失せる。

フランソワはドキドキとしながらエルムートを見つめる。彼の誘いに頷く心の準備はできている。

「フランソワ……今晩どうかオレに君を抱かせてく……いや、待てよ」

彼の言葉は急に何かを思い出したかのように中断してしまった。

「そういえば、君は『ロマンチックに抱かれたい』とも言っていたな。こんな田舎《いなか》の木賃宿《きちんやど》で初めてを迎えるのでは、風情も何もあったものではないな。すまない、またオレの考えなしのせいで君に不快な思いをさせてしまうところだった。オレたちの家まで帰り着いたらまた改めて……」

エルムートの言葉は最後まで続かなかった。

フランソワが彼の胸倉を掴んだからだ。

エルムートの顔を引き寄せ、唇を重ねた。二人の呼吸が直接混じり合う。

エルムートは目を大きく見開いた。

「あのなぁ、お前が『愛してる』って言いながら抱いてくれたら、それだけで充分ロマンチックなんだよ、どんな場所であろうと！　こ、こんな恥ずかしいことわざわざ言わせるな！」

唇を離したフランソワは、顔を真っ赤にして彼を叱った。まさかこんなこっぱずかしい説教をする日が来ようとは。

でもハッキリ言っておかなければ、エルムートは察してくれない。

「えっ、そう……なのか……？」

「そうだよ！」

フランソワは大きな声で肯定する。もう半ばヤケクソだった。

「えっと、それはつまり……」

「こ、今夜……エルムートと、初めてを迎えたい……ってことだよ」

誤解も齟齬《そご》も何もないように、ハッキリと口にした。フランソワが恥じらいながら口にした言葉に、エルムートはやっと理解したようであった。

「……わかった。フランソワ、オレに抱かれてくれるか？」

確認の言葉に、フランソワはこくんと頷く。

それを見たエルムートは再び唇を合わせると、フランソワの肌着へと手を伸ばした——

深い接吻《くちづけ》を交わしながら、エルムートはフランソワの肌着を脱がしていく。

「……っ」

二人の唇が離れた頃には、フランソワは一糸まとわぬ姿になっていた。

フランソワは頬を赤らめ、恥ずかしげに俯《うつむ》いた。エルムートに裸を見せるのはこれが初めてだった。

この世界の人間はすべて粉ミルクか何かで育てられているようで、胸からはお乳は出ない。つまりノンノワールの乳首も陰茎も、すべて男に弄《いじ》られて善《よ》がるためにあるものなのだ。

彼の視線が恥ずかしくて、フランソワは思わず恥部を手で隠したくなった。

「フランソワ……綺麗だ。想像していたよりずっと」

エルムートの漏らした言葉にドキリと心臓が跳ねる。

想像していたよりずっと、とはどういう意味だろうか。まさか裸を頭の中に思い描いたことがあるというのか。生真面目な彼に限ってそんなまさか、言葉の綾に違いない。フランソワはそう思うことにした。

「肌に触れても？」

「うん」

頷くと、彼は驚くほど慎重な手つきでそっとフランソワの白皙《はくせき》に触れた。彼の指がうなじの曲線をなぞり、優しく撫でる。それから鎖骨のあたりに接吻《くちづけ》が降ってきた。柔らかい唇が窪《くぼ》みを食《は》む。

「ん……っ」

くすぐったさに吐息が零《こぼ》れる。

身体の線に沿って彼の手は這《は》い、だんだんと下へとおりていく。その指先がついに胸の尖りに触れる。

「あっ」

敏感な場所に触れられた驚きに、声が出た。

「桃色ですごく綺麗だ」

彼の漏らした言葉に、頬がかっと熱くなる。

もしかしていちいち褒め言葉を口にするつもりなのだろうか。今夜エルムートに褒め殺されてしまうかもしれない、とフランソワは思った。

「んん……っ」

彼の舌先が遠慮がちに乳首の先を舐《ねぶ》った。思わず甘い声が零《こぼ》れる。

陥没気味のそこを彼が唇で優しく食み、舌先でつつく。だんだんとそこから感じる刺激が強くなっていくような気がする。

「あっ、ん……っ」

濡れた乳首が屹立し、淫猥に光っている。

それを目にしたからか、もう片方の尖りにも彼の指が伸びる。尖りを優しく抓《つま》まれ、刺激される。

「うっ、ン……っ！　あぁ……っ！」

声が次第に大きくなっていく。

気づけば、胸への愛撫にしっかりと快感を覚えるようになっていた。中心も反応して濡れ始めている。

「可愛い。すごく可愛いなフランソワは」

低い声で彼が呟いている。囁いているというよりも、思ったことが口から零《こぼ》れてしまっているといった風である。

「ここも……可愛い」

「あっ！」

彼の手が下肢に伸びる。半ば頭を擡《もた》げているフランソワの中心に、彼の手が触れた。

「濡れてて、触るとくちゅくちゅ音がする。感じてくれたのか？」

「ひゃっ、あぅ……っ！」

自身を緩く扱かれ、痺れるような快感が走る。フランソワは身を捩《よじ》ってベッドのシーツを強く掴んだ。

ちょっと触れられただけなのに感じてしまう。

自分で弄《いじ》るよりもずっと刺激が強く感じられるのは、愛しい彼に触れられているからだろうか。

感じやすい自分が恥ずかしくて顔が熱くなってしまう。

「感じている声も可愛い。もっと聞かせてくれ」

「あぁ……っ！」

囁くと、エルムートはくちゅくちゅと水音が耳まで届くくらい扱き上げる。

いつも無口な癖に、今日のエルムートはしつこいくらいにいちいち思ったことを口にする。反対にフランソワは嬌声《きょうせい》しか口から迸《ほとばし》らせることができない。

「んっ、ああ……っ！　……っ！　だめぇ……！」

「その『だめ』というのは『もっと』という意味だな？　小説にそう書いてあった」

誰だ、エルムートにエロ本を読ませたのは。

自信を得たエルムートが激しく手を上下させる。

快感は加速度的に増して……彼の手の中で弾けた。

「あぁ……ッ‼」

透明な精が彼の手を汚してしまった。

ノンノワールの精は何故だか無色透明だ。精による生殖能力がないことの表れだろうか。

「イッてる顔もすごく可愛かった」

エルムートは嬉しそうな顔で呟く。

達している時の顔を彼に見られてしまったことに気づき、枕に顔を埋めたいほど恥ずかしくなった。

「その……フランソワの後ろに触れたいのだが、大丈夫か？」

「う、うん」

緊張に震えながら、頷いた。

彼の言う後ろとはつまり、尻の穴のことだ。ノンノワールはほとんどの爬虫類や鳥類、およびカモノハシなどと同じく総排泄腔を持つ。尻穴の奥に子宮が存在するのだ。

エルムートはこれから二人で交わる準備をしようと言っている。

トクトクと心臓の鼓動が速まる。

ノンノワールの後ろは交わるための器官であるため、男性器を受け入れるのに苦労はしないという。ただし、初交の場合を除いて。

初めての場合は念入りに解さなければ血を見ることになると、閨《ねや》での作法を座学で学んだ時に教わった。エルムートもおそらく閨《ねや》での作法を習っているだろう。

だから……習った作法のとおりならば、この後彼は交わるための場所に直接触れて拡げていくのだろう。想像するだけで恥ずかしすぎて頬が熱くなった。

習ったように、両足を自ら広げて彼が秘所に触れやすいようにする。それはつまり彼にすべてが丸見えになってしまうということだ。とても見ていられなくて、ぎゅっと目を瞑《つぶ》った。

「フランソワはお尻まですごく綺麗なんだな」

「っ！」

後ろの入口までしっかり見えているのだろうが、わざわざそんなこと口にしなくていい、と彼を叱り飛ばしたくなる。

だが、怒りの声が実際に口から飛び出さないのは、どんな褒め言葉でも嬉しくなってしまうからだろうか。それとも羞恥《しゅうち》が勝りすぎていて口を開くことすらかなわないのか。

くちゅり。彼の指が後ろの入口にそっと触れた。

「あっ」

かすかに声が出る。

透明の精で汚れた彼の指が入口を愛撫する。

「んぁ……っ」

入口を押し割るでもなく、ただ愛撫し続ける感触に、ヒクヒクとそこが反応する。

閨《ねや》の作法の授業でよほど丁寧に解すように習ったのだろうか。執拗《しつよう》に入口の皺《しわ》を指先で撫で続けた。木賃宿《きちんやど》の狭い部屋に水音が響く。

「ひゃうっ、んぅ……っ！」

どうしよう、撫でられているだけなのに感じてしまう。

達したばかりの自身も、与えられ続ける刺激に少しずつ硬さを取り戻してきている。

「すごく綺麗で……えっちだ」

ぽつりとした呟きと共に、指先が中に沈んだ。

「っ！」

人差し指の先を第一関節まで埋められただけだ、痛みはなかった。

ぐりぐりと掻き回すように、指先が中で動く。

「あ……っ、んッ」

自分の中で他人の指が動く感触は奇妙だった。その奇妙な感触にすら快感を覚えてしまう。

中を押し拡げるような動きと共に、少しずつ指は奥まで沈んでいく。

すっかり感じてしまったフランソワの自身は、先端から唾液がごとき蜜を垂らしながら腹に張り付いていた。中からも愛液が滴《したた》って、エルムートが指を動かすたびにグチュグチュと卑猥な音が響く。

「フランソワ、気持ちいいのか？」

反ったそれを見ればわかるだろうに、エルムートはわざわざ尋ねる。

「あっ、ぁ、エル……っ！　きもちいぃ……っ！」

こくこくと一生懸命に頷くと、彼は目を細めて中を探る指を一本増やした。

「良かった」

「あぁ……ッ！」

増えた圧迫感に、フランソワはベッドのシーツを握る。それでもなお痛みより快感の方が強い。

「幸せな〝初めて〟にしたいからな」

二本の指を互い違いに動かすようにして、内部を刺激する。

「あっ！　あぁ……ッ！　エルっ、それ……っ！」

頭のてっぺんまで快楽が電流のように奔《はし》り、あっという間に全身を満たされ嬌声《きょうせい》が迸《ほとばし》る。彼の手の動きは止まらず、やがて――

「………ッ!!」

頭の中が真っ白になる。

自身からだらだらと精が流れ出ているのがわかった。

「ひぅ……っ、ぇる……」

力なく彼の名を呼ぶと、異変に気づいたのだろう。

彼の手の動きが止まった。

「フランソワ、イッたのか？」

口を開く余裕もなく、こくこくと頷いて答える。

それを見た彼はゆっくりと中から指を引き抜いた。中から物が抜けていく感触に寂しさを覚える。

「なるほど、中だけでイくこともあるのか。可愛いな」

感心したように呟くと、それきり彼は黙った。

代わりに衣擦《きぬず》れの音が響く。身体にも触れてこないしどうしたのだろう、とフランソワはうっすら目を開ける。

「………っ」

エルムートは彼の衣服を寛《くつろ》げているところだった。

まっすぐフランソワを見下ろすその瞳には、炎が灯っていた。欲の炎が。

寛《くつろ》げた衣服の間から彼自身が姿を現す。彼の逞《たくま》しく精悍な身体付きに相応《ふさわ》しく、立派なそれにごくりと唾を呑む。本当にあんな大きなものが中に入るのだろうかと疑問に思うくらいだ。

「フランソワ……っ」

熱く脈動するそれが後ろに充《あ》てがわれる。中に挿入《はい》ってこようとしているのだ。

ドクリと大きく心臓が鼓動したのは、恐怖ではなく期待ゆえだった。

「エル……来て」

気がついたらそう呟いていた。

潤《うる》んだ瞳でまっすぐ彼を見上げる。その視線を彼の瞳が捉えた。

「フランソワ、愛してる」

低い囁きと共に、剛直が秘部を貫いた。

「……ッ！」

圧迫感に歯を食い縛った。眦《まなじり》から生理的な涙が零《こぼ》れ落ちる。

「大丈夫だフランソワ、痛くない」

先端を埋めたところで彼は一旦動きを止める。

フランソワの頭を手の平で優しく撫で、額にキスを落とす。

「息を吐くんだ」

彼の指が優しく涙を拭《ぬぐ》った。

緊張が解れてきて、止めていた息を吐き出す。

「はあ……っ」

「そうだ。その調子だ」

彼が優しく微笑む。

まるで甘やかされているようで、彼の砂糖のような言葉が無限に欲しくなってしまう。

「エル。もっと言って？」

フランソワは上目遣いにねだった。

「うん？　フランソワは可愛くて、肌が白くて、とても綺麗だ」

エルムートは優しい微笑を浮かべたまま、甘く甘く囁いてくれた。他人が聞けば拙《つたな》い言葉でも、フランソワにとってはどんな言葉よりも甘く感じた。幼い頃から恋して愛してきた彼が囁いてくれている言葉なのだから。

「ふふっ」

甘い言葉がくすぐったくて嬉しくて、フランソワは小さく笑みを零《こぼ》した。

そして、笑みを浮かべられるくらいに圧迫感が負担でなくなっていることに気がつく。

「もう大丈夫そうだな」

彼はまた頬に接吻《くちづけ》を落とすと、ゆっくりと腰を進めていった。

ゆっくりゆっくり、緩やかに彼のモノが中を進んでいく。彼の質量に内側が満たされていく。それがなんだか神秘的で、不思議な気分になっていく。

「……っ、ぜんぶ挿入《はい》った」

やがて彼の動きが止まると、二人の身体は完全に接合《つなが》っていた。

「ほら。フランソワのここまで挿入《はい》っているんだ」

エルムートは愛おしそうにフランソワの腹を撫でる。

撫でられたその場所の下に彼のモノがあるのだと思うと、奇妙な感じがした。

「エル……手、握って？」

なんだか少し心細くて、怖い。そんな心地になったフランソワは子供のような口調でねだる。

「ああ、いいぞ」

そんなフランソワに彼は優しく微笑み、指を絡ませ合うように両手を握った。

「これから動かす……大丈夫か？」

「うん」

こくりと頷く。

緩やかに腰が引かれ、中のモノが抜かれていく。ぎゅっと彼のモノを握っている肉壁が引っ張られる感覚にゾワゾワと腹の中が熱くなる。

それから、再び奥まで挿入《い》れられる。

「あっ」

腹の中の熱い感覚が、一瞬強くなった気がした。

乳首や陰茎といった性器を弄《いじ》られるのとはまた違う快感。下腹のあたりをじりじりと焦《こ》がすような快感を覚える。

「んっ……あっ。きもちい……かも……」

「そうか」

フランソワの言葉に少し律動が大胆になる。愛液を掻き混ぜ、水音が響く。

ぐちゅ……っ、ぐちゅ……っ。

微かな音なのが、むしろ淫らに聞こえる。

「んっ、ン……っ。あっ。あぁっ」

剛直の先端が当たると気持ちいい場所がある。モノがそこを掠めるたびに声を上げていたら、だんだんと彼のモノが的確にそこを突くようになった。

「ンっ、あ……っ！　あっ、あぁ……っ！　あぁっ！」

フランソワの喉から高い喘ぎ声が漏れ出る。

ぐちゅ、ぐちゅ。ぐちゅぐちゅぐちゅぐちゅ。

ピストンが激しくなっているのが、大きさを増す水音からわかる。

木賃宿《きちんやど》の古いベッドも軋《きし》み、ギシギシと音を漏らす。

「あぁっ、エルぅ……ッ！　いいっ、きもちい……ッ！　あッ、あぁ……ッ！」

握り合った両手が汗で滑り、何度も握り直す。

肉を打つ乾いた音が響き、ベッドが大きく揺れる。

何度も何度も、最奥めがけて剛直が穿《うが》たれる。腰を打ち付けながらエルムートはフランソワの白い肌に接吻《くちづけ》し、朱い痕をいくつも刻んでいった。

「エルっ、すき……っ！　エルッ！　エルッ！　エル……ッ！」

快楽の波に翻弄されながら、彼の名を叫び続けた。ただ本能のままに。

「フランソワ、愛してる……ッ！　好きだ……ッ！」

彼もまた愛を叫びながら最奥までを穿《うが》った。

互いに絶頂が近い。

律動を一際激しくさせ――フランソワが達した瞬間、エルムートは一番奥へと精を放った。

幸福感に包まれながら、身体の中に彼の熱がどくどくと満たされていくのを感じる。

「フランソワ。疲れたか？」

気がつくと身体が綺麗に拭かれていて、ベッドの上も清潔になっていた。

フランソワがうとうととしている間に、エルムートがすべて処理してくれたのだろう。

今はベッドの上で彼に抱擁されていた。

「すごくくたびれた」

くすりと笑いながらフランソワは答える。

「でも……すごく、幸せだった」

胸の内に満ちる幸福感に笑みを浮かべる。

こんなにも自分を幸せにしてくれるのはエルムートだけだ。彼と一緒にいればきっといつまでも幸せだろう。

結婚した当初よりも、ずっと確信を持ってそう信じることができた。

優しい手つきで金髪を梳《す》かれながら、フランソワは眠りに落ちたのだった。

エルムートが口にしたとおり、とても幸せな〝初めて〟だった。

終章

それぞれの国に凱旋《がいせん》した魔王討伐軍は、歓声と共に迎え入れられた。

一足先に各国に魔王討伐の知らせがもたらされていたからだ。

気持ちいいくらいの青空の下、王都でも祝いの声が討伐軍に対して降り注いだ。

市民たちが花びらを建物の上階などからしきりに降らせる中、フランソワは馬に乗せられて行進していた。一人で馬に乗れないフランソワの代わりに手綱《たづな》を操《あやつ》るのは、もちろん後ろに同乗しているエルムートだ。

頭上から白い花びらがひらひらと舞い落ちてくる。

この季節によく野原に咲いている花を、市民たちは摘んできたのだろう。

「……オレたちの結婚式を思い出すな」

ふと、後ろのエルムートがフランソワだけに聞こえる声で呟いた。

「結婚式？」

「ああ、冬のはじめのことだったろう。神官の祝福を受け、神殿の外に出た途端初雪が降ってきたんだ……まるで婚姻を司《つかさど》る季節の精霊に祝福されているかのように」

彼の言葉に、フランソワは結婚式の日のことを思い出した。

純白の正装に身を包んだエルムートとフランソワ――フランソワのタキシードには自ら施《ほどこ》した銀糸と金糸による刺繍《ししゅう》がこれでもかと煌《きら》びやかに光り、胸元も袖口もマシマシに盛ったフリルによりそれは豪勢で美しい花婿衣装に仕上がっていた。二人が神殿を一歩出ると、空からチラホラと淡く白いものが降ってきたのだ。

言葉では言い表せないほど美しい光景だった。

エルムートがその時のことに対して、「婚姻を司《つかさど》る季節の精霊に祝福されているかのように」なんて詩的な感想を抱いていたことを初めて知った。

どうやら彼に関してまだまだ知らないことがたくさんあるらしい。もっと彼と言葉を交わしたいなとフランソワは思う。いろいろなことを話せば、きっとそれだけ新たな発見があるに違いない。

「言われてみれば、少し似てるかもな」

降りしきる白い花びらは、確かにほんの少しだけ初雪を彷彿《ほうふつ》とさせるかもしれない。フランソワは頷く。

頭上を見上げた拍子にフランソワの髪にひとひらの花びらが舞い降り、張り付く。その花びらを彼の手がそっと取ってくれる。

「オレはあの日、精霊様の御前でフランソワを幸せにすると誓った」

神殿の中には精霊を象《かたど》った石像があり、結婚する夫夫《ふうふ》はその像の前で契《ちぎ》りを結ぶ。

「オレはあれからフランソワのことを幸せにできただろうか？　相応《ふさわ》しい伴侶になれただろうか？」

後ろのエルムートが不安そうに零《こぼ》す。

フランソワはそんな彼に振り向き、笑顔を見せた。

「もちろんだ――エルムートは俺の最高の伴侶だ」

微笑したフランソワは、それから顔を少し上に反らして、瞳を閉じる。

何を求めているかわかるように。

「……っ！」

彼が息を呑むのが聞こえた。

それから――優しい接吻《くちづけ》がそっと降ってきた。

精霊の御前で契《ちぎ》りを交わしたあの日のような接吻《くちづけ》が。

二人を大きな歓声が包み込んだ。

エルムートとフランソワのその後

今日もフランソワは美しい。

今日のフランソワは魔術で髪質を変化させているのか、下ろした髪がふわりとカーブしており、美しい金髪がいつもより一層豪奢《ごうしゃ》に見える。耳にはオレが贈ったルビーのイヤリングが揺れ、それに色を合わせたのか足元は真っ赤なハイヒールだ。細い腰を締め付けるコルセットも臙脂色《えんじいろ》で、全体の雰囲気にマッチしている。

これらすべて、自分とのデートのためになされた装《よそお》いなのだ。そう思うと、エルムートは愛おしさがさらに込み上げてくるのを感じた。

魔王を討伐してもすべての魔物が即座に消え去るわけではなく、第一騎士団の仕事はまだまだ忙しい。だが今日は貴重な休日を費やして、フランソワと一緒に観劇に来たのであった。

今は馬車で二人、劇場に向かっているところだ。

結婚当初は馬車の中で向かい合うように座っていた二人も、今では隣り合って座るようになっていた。

「エルムート?」

視線を注いでいると、隣の彼が不思議そうに首を傾《かし》げて、自分を見上げる。そうするとなお彼の愛らしさは増すのだった。

彼と初めて出会った五歳の時もまったく同じことを思ったが、彼はおとぎの国から迷い込んだ妖精のようだ。少しでも目を離したらおとぎの国へ帰っていってしまうかもしれない。

そうならないように、彼を捕まえていなければ。隣の彼の手を握る手に力を込める。

「すまない、フランソワがあまりにも可愛すぎて見惚《みと》れていた」

「……っ！」

彼は目を丸くすると、顔を赤らめて俯《うつむ》く。握る手まで熱くなったように感じられる。

「エ、エルムートがどんどん口が上手くなっていくから、全然慣れないじゃないか……」

ぼそり、そんな可愛いことを呟くのだ。この場で抱き締めたくなったのも無理はないだろう。

それにしても口が上手くなった自覚はない。強いて言えば、心の中で感じたことをなるべく口に出すように気をつけているくらいか。それを指して口が上手くなったと言うのであれば、確かにオレは口が上手くなったのかもしれない。エルムートはそのように自己評価した。

「フランソワ、愛している」

抱き締める代わりに、彼の頬に軽い接吻《くちづけ》を落とした。

「ひゃっ！」

彼は愛らしい声を上げて飛び跳ねる。頬へのキスなど毎朝しているのに、不意をつかれたからだろうか。

「エルムート！」

何が気に食わないのか、彼は頬を膨らませる。

彼の一挙手一投足、表情のすべてが愛おしい。胸の内から溢《あふ》れる彼への愛はとどまるところを知らない。

「おっと、劇場前に着いたぞ」

停止した馬車が、目的地に着いたことを知らせてくれる。

御者が開いたドアからまずエルムートが外に出る。そしてエルムートがフランソワに手を差し出した。

「フランソワ、手を」

「……」

不意打ちのキスがまだ腹に据えかねているのか、フランソワはエルムートの顔と手を見比べる。

やがて感情との折り合いがついたのだろう、彼は素直に手を取った。

エスコートされて馬車から降りたフランソワの耳朶《じだ》が、ほのかに赤く染まっているのに気がついた。もしかしたら、照れているのかもしれない。まったくどこまで可愛いのだろう。

「国王陛下、退位！　第一王子が新たな国王へ！」

赤くなった彼の耳朶《じだ》から何から何までじっと熱の籠《こも》った視線を注いでいると、張り上げた声が耳に届いた。

声がした方に顔を向けると、人だかりが見えた。

一人の男が声を張り上げ、紙を配っては金を受け取っている。

一体何をしているのだろう。

「お、もしやあれは瓦版《かわらばん》のようなものか！」

それを見てフランソワが喜びに満ちた声を上げた。

「カワラバン……？」

「一枚刷りの新聞のようなものだ。おっと、エルムートには新聞もわからないか。ともかく、印刷機がなくとも木版《もくはん》刷《ず》りはできるからな」

「シンブン？　インサツキ……？」

時折フランソワはわけのわからない言葉を口にする。きっと古代語なのだろう。

意味はわからないが、楽しそうなので微笑ましい。

「よし、記念に一枚買おう！」

「え、なんの記念だ!?」

「だって本物の瓦版《かわらばん》だぞ、どんなものか見ておきたいだろ！」

フランソワが目をキラキラと輝かせているのだ。宝飾品だろうとなんだろうと買ってやろうではないか。

「道をあけてくれないか」

エルムートが人だかりに向かって声をかけると、人々が左右に分かれる。カワラバンとやらを買い求めているのは、主に平民らしい。貴族の姿を見て自然に道をあけた。

「それを一つ」

カワラバンとやらを受け取り、銀貨一枚を手渡した。カワラバン売りの男は、畏《かしこ》まって釣りを渡そうとしてきたが断った。銅貨をジャラジャラと持ち歩く趣味はない。

「見せてくれ」

人だかりから離れると、フランソワがカワラバンを覗き込んできた。

「国王陛下が数年以内に退位することが決定された。それと同時に、第一王子アレクサンドル殿下が王位を継ぐことが正式に決定。婚約者との結婚式が近く執りおこなわれる予定……」

「なんだ、とっくのとうに知っていることではないか」

カワラバンには周知の事実が記されていた。

フランソワもガッカリしたのではないかと危惧したが、彼の瞳は輝きを失ってはいなかった。

「貴族なら知っていることだろうが、庶民にはこういうものがないと情報が伝わっていかないんだよ。なかなかよくできてるじゃないか」

「そういうものなのか」

カワラバンには挿絵まで付いていた。国王が第一王子アレクサンドル殿下に王冠を手渡そうとしている図だ。あまり似ていない。

魔王の討伐後、国王は数年後に退位することが決定された。表向きの理由は病気のためだ。退位後は海の見える田舎《いなか》領地で療養することになっている。

だが本当の理由は、国王への不信感が高まったためだ。フランソワを生贄《いけにえ》にする案を出したのはコルリアーヴ元宰相だが、決定したのは国王だ。それに反対を示した第一王子が今すぐ王になるべき、との声を受けて国王の早めの退位が決まった。

それに合わせて第一王子は身を固めることを決心し、婚約者との結婚式が執りおこなわれることになった。

隅の方には、小さくコルリアーヴ宰相が辞職したことが載っていた。紙面には理由までは書いていないが、エルムートは知っている。宰相はフランソワを生贄《いけにえ》にする案を出したことに対する、責任を取らされたのだ。彼はもう二度と国政に携《たずさ》わることはないだろう。

「面白いな、庶民はこんな風に捉えているのか」

フランソワはカワラバンをくるくると丸め、胸元に大事そうに抱える。本だけでなく、文字の書かれているものならばなんでも好きなのかもしれない。

彼の好きなものを買ってあげることができて良かったと、エルムートは顔を綻《ほころ》ばせた。

「フランソワ、劇場に入ろう。劇を見逃しても知らないぞ」

「おっと、そうだった」

フランソワの手を握り、歩き出す。

二人はくすくすと笑い合いながら劇場に入った。

「楽しい劇だったな」

帰りの馬車の中、エルムートはフランソワに笑いかけた。

「ああ、笑えたな」

芝居の内容を思い出しているのか、フランソワの顔は楽しそうだ。

今日見た芝居は喜劇だった。

二人の男が「俺たちの恋人は浮気などしない」と言っているが、そこへ三人目の男がやってきて「では賭けをしましょう」と言うのだ。

絶対の自信がある二人は変装してお互いの恋人を交換し口説く。彼らの恋人は浮気しないどころか簡単になびき、結婚の約束までしてしまう。最後は二組の恋人とも元鞘《もとさや》に収まり、ハッピーエンド。そんな内容の芝居だった。

「エルムート、どうする？　お前のいない間に俺が浮気したら」

フランソワはくすくす笑いながら、意地悪な質問をする。そんなことを聞く時点で、そんな気は毛頭ないのだとわかるのに。

「馬鹿な、フランソワがそんなことするはずがないだろう」

エルムートは微笑みながら彼を抱き寄せ、頬に軽くキスする。

軽い接吻《くちづけ》に彼も嬉しそうに微笑する。

「でも、『もしも』そんなことがあったら？」

架空の話だからこそ、楽しくできる会話を続けようとするフランソワ。

伴侶の悋気《りんき》という刺激が欲しいのだろうと察したエルムートは、執着心を剥《む》き出しにした返答をすることにした。

「『もしも』そんなことがあったら、オレは相手の男を切り捨てて、フランソワを二度と他の男に盗《と》られないように屋敷に閉じ込めてしまうだろうな。フランソワのすべてが、オレだけのモノになるようにするんだ」

彼の身体を抱き締めながら、耳元に囁く。

彼はくすぐったそうに首を竦《すく》め、はしゃいだ笑い声を上げた。

「ふふふ、エルムートは怖いな。せいぜい選択肢を間違えないようにしないとな」

「ああ、そうしてくれ」

二人は楽しそうに笑い合ったのだった。

「……なあ、エル」

ふと、フランソワがトーンを変えて甘えた声を出す。エルムートは彼が何を言おうとしているのか察した。

「その、今夜はあの、久しぶりにえっと、一緒に……ベッドに……」

俯《うつむ》きながらも一生懸命に夜のお誘いをしようとする彼がいじらしくて、今すぐ頷いてあげたくなる。なんなら馬車が家に着くなり彼を抱き上げて、ベッドまで横抱きで運んであげたい。

だが。

「いや……その、その頼みに応《こた》えることはできないんだ」

「え？」

彼は怪訝《けげん》そうに眉をひそめる。

「実を言うと、オレは今ある悩みを抱えている。その悩みを解決するまでは、君の期待には応《こた》えることはできないんだ」

エルムートには今、重大な悩みがあった。

そのことを正直にフランソワに吐露する。

「そう……なんだ。それなら、仕方ないな。エルムートの悩みが早く解決するといいな」

断ると彼はしゅんと顔色を曇らせた。

その様子が可哀想で、今すぐ撤回したくなってしまう。

だが駄目だ。

悩みが解決するまでは、彼と閨《ねや》を共にすることはできない。

実を言うとあの木賃宿《きちんやど》での一夜以来、エルムートは一度もフランソワと閨《ねや》を共にしていなかった。

このままではいけないとわかっている。一刻も早く『悩み』を解決しなければ――

◆

第一騎士団副団長ダミアンは、団長エルムートと同年代の男だ。

若くして団長になり『鋼鉄のエルムート』とその名を轟《とどろ》かせるエルムートに嫉妬心《しっとしん》を抱いたことがないと言えば嘘になるが、それよりも尊敬の念の方がずっと勝っていた。エルムートは自分よりもずっと勤勉で強く、いついかなる時も弱音を吐くことがなかった。

だが、エルムートはその真面目さゆえに不器用だ。だから彼の代わりに団内部を上手く回していくことが己の仕事だと、ダミアンは考えていた。もともと明るい性格ではあるが、部下が話しかけやすいようにあえてひょうきん者を演じているのもそのためだ。

エルムートが彼の伴侶と共に逃亡した時、第一騎士団は彼らを捕らえることを命じられた。逃亡した犯罪者を捕らえることは、第一騎士団の役目だからだ。

ダミアンの心に一抹の躊躇《ちゅうちょ》が生じた。

聖女を生贄《いけにえ》に捧げなければ、世界が崩壊してしまうと聞いた。

伴侶を生贄《いけにえ》にされないように、相手と共に逃げるエルムートの気持ちもわかる。だが自分にだって、愛しい伴侶と生まれたばかりの我が子がいる。

だからこそ、ダミアンは与えられた職務を全《まっと》うすることにした。世界が滅んでしまっては、己の伴侶も我が子も死んでしまうからだ。

だが、追い詰めたと思った聖女は、誰もが死なずに済み、もう二度と魔王に悩まされなくて済む起死回生の案を思いついた。

ダミアンは、お偉方が口にした以上の良い案など存在しないのだと最初から諦め、唯々諾々《いいだくだく》と従うことしか考えていなかった。本当はエルムートを斬りたくなどなかったのに。

「団長と対立しなくて済む方法が何かあるはずです」と言って食い下がってきた騎士団の新入りの少年たちの方が、よほど偉かった。彼らに「大人になれ」などと諭《さと》した自分が恥ずかしい。自分はただ思考を停止しただけだった。

自分は友を裏切ってしまった。聖女を王都まで送り届けた後、エルムートに絶交を言い渡されても仕方がないと思っていた。

だが、彼は自分を許してくれた。右腕として信頼しているとまで言ってくれたのだ。

ダミアンはもう絶対に友を裏切らないと誓った。


「ダミアン、君を信頼できる男だと見込んで内密の相談がある」

そんなある時、エルムートが真剣な顔で言ってきた。

もちろん相談に乗るに決まっている。

ダミアンは第一騎士団本部の誰も使っていない会議室を選び、そこで彼の相談に乗ることにした。

「それで、相談というのは一体なんだ？」

「相談の内容は、その……オレの伴侶に関することだ」

エルムートの言葉に、ダミアンはほっと胸を撫で下ろした。

あのエルムートが真剣な顔をして相談があると言うのだから、もっと深刻な内容かと思ったのだ。

それにしても家庭のことで悩むなんて、何があったのだろう。エルムートと彼の伴侶ほど仲睦《なかむつ》まじい夫夫《ふうふ》もいない、とダミアンは認識していた。

「お姫様と何かあったのか？」

エルムートにとって、彼の伴侶はお姫様だ。

お姫様という言葉は大昔は別の意味があったらしいが、現代では『運命の人』を表す言葉だ。

エルムートがまだ結婚していなかった頃、フィアンセのことを自分のお姫様だと漏らしたことがあった。以来、ダミアンは揶揄《からか》い半分にエルムートの伴侶をお姫様と呼んでいる。

「何かがあったというか……何もないというか……何もないようにしているというか……」

エルムートは奥歯に物が挟まったような言い方をする。

そして意を決したように言葉にする。

「実を言うと一度閨《ねや》を共にして以来、フランソワと閨《ねや》を共にしていないんだ」

「え……っ!?　は!?」

彼の告白にダミアンは目を剥《む》く。

頭の中で、彼が結婚したのがいつのことだったか思い出そうとする。彼が結婚したのは確か約一年前のことではなかっただろうか。

それが一度しか閨《ねや》を共にしていない？

ダミアンの頭の中にある一つの可能性が浮かぶ。

「まさか勃《た》たなくなっ」

「いやそういうわけではない」

彼は疑念を素早く否定した。

「では、一体どうして？」

「フランソワが……可愛すぎるんだ」

「は？」

一体何を言い出すんだ、とダミアンは思った。

「閨《ねや》を共にした時のフランソワが可愛すぎて、もう一度抱いたら無理をさせてしまう気しかしないんだ……！　フランソワを傷つけたくない、オレがどうしたらいいのか教えてくれ！」

「…………」

ダミアンは思わず渋面を作り、唇を真一文字に結んだ。

「な、何故黙っているんだ、ダミアン!?」

エルムートは狼狽して声を上げる。

このままでは可哀想なので、何か答えてあげることにする。

「えーと、その……そこは、その……理性で抑えるのが人間というものだろう」

「やはりそうなのか？　それしかないのか？」

「それよりも、こういうことはお姫様に直接相談すればいいんじゃないのか？」

約一年間で一度しか交渉がなかったなんて、酷《ひど》い勘違いが起こっていそうだと、ダミアンは真剣にエルムートの家庭を危惧した。

「しかし健気でいじらしいフランソワに相談などしたら、返ってくる答えは決まっている」

「それでもだ。なるべく早く、今晩にでも相談すべきだ」

「そ、そういうものなのか……ダミアンが言うならば信じよう」

得心した様子の彼に、ダミアンは安堵した。

それにしても、こんなに面白い思考をする人間だったとは。

まったくもって眺めていて飽きない友だ。

エルムートが会議室を去ると、ダミアンは堪えていた笑みをくすりと零《こぼ》したのだった。

◆

ダミアンからの助言どおり、エルムートは家に帰るなりフランソワを「夜にお茶をしよう」と誘った。夕食の席でもフランソワと顔を合わせるが、側仕えもいる場所でする話ではないと思ったのだ。

「夜にお茶をするのは久しぶりだな」

夕食後、エルムートの自室にやってきたフランソワは嬉しそうに微笑みを浮かべていた。自分との茶会を楽しみにしてくれているようだ。

彼はカップを優雅な手つきで取ると、お茶の香りを嗅ぐ。フランソワはこのお茶の香りが好きらしい。

目を伏せた長い睫毛《まつげ》が際立つ。そうしていると彼は溜息が零《こぼ》れるほど美しかった。思わず見惚《みと》れてしまう。

ふと、彼の腕に見慣れぬブレスレットがあるのに気づいた。糸で編んだような素朴なブレスレットに、金の装飾が一つだけついている。

「フランソワ、その腕輪はもしかして自分で作ったのか？」

「あ……っ」

問いかけると、彼は赤面して腕輪を片手で隠した。

「――？」

フランソワは恥ずかしがり屋だが、理由もないのに恥ずかしがったりしない。一体どうしたというのだろう。

「ちらりと見えたが、もしかして文字を象《かたど》った金具がついていなかったか？　古代語の……Sisrou《シスル》の頭文字に見えたが」

精霊の名前と古代語の文字はもうすっかり覚えたのだ。

その知識をもって文字が精霊シスルの頭文字であることを、エルムートは素早く導き出した。

「あ……うん、実はそうなんだ」

言葉を重ねると、彼はこくりと頷きながら真っ赤になる。

何に対して恥じらっているのか本気でわからない。最近では、随分彼と心を通わせられるようになったと思っていたのに。エルムートは内心戸惑った。

「シスルといえば、泉の精霊の名だったか。どうしてシスルの頭文字を象《かたど》った飾りを身に着けているんだ？」

「………」

何気なく質問をした瞬間だった。

フランソワは信じられないものでも見るような顔になった。

「……エルムート、もう少し勉強した方がいいんじゃないのか」

哀れむような視線と共に、彼は備え付けられているベルを手に取って鳴らした。

すぐさま側仕えのセバスが現れる。

「セバス、あれを」

「かしこまりました」

短いやり取りをして、セバスは何かを取りに行った。

セバスはすぐに戻ってきた。彼の手には分厚い一冊の本があった。彼はそれをエルムートに差し出してくる。

「『精霊図鑑』……？」

セバスに差し出された本のタイトルを読み上げて、首を傾《かし》げる。これが一体どうしたのだろう？

「エルムート、俺が言うのもなんだが少しは学を積んだ方が良いと思うぞ」

そう言ってフランソワは踵《きびす》を返すと、部屋から去っていった。

後にはポツンと本を手にしたエルムートが残された。

（もしかして、オレはフランソワを怒らせてしまったのか……？）

本をプレゼントされた。これは結婚一ヶ月目の記念日に、自分が彼にしたことの意趣返しとしか思えなかった。

彼を傷つけてしまったのだ。それでこんな意趣返しをしてきたのだろう。

しかし理由がまったくわからない。エルムートは途方に暮れた。

（そうだ、母上に相談しよう）

ノンノワールのことは、同じノンノワールに聞けばわかるに違いない。

エルムートの脳裏に浮かんだのは己の母親の顔だった。

離れに移り住めば、いくら親子といえどいつでも好きに会えるわけではなくなる。

次の休日に久方ぶりに母上とお茶がしたいですと側仕えを介して連絡し、エルムートは面会の約束を取り付けた。

「それで、何か話があるのでしょう？」

休日。

お茶の用意が整えられた席に着いた母は、エルムートの目を見据えて言った。

母は今日も髪を魔術で綺麗に染め上げて身綺麗にしている。いつもきちんとした身なりをしている人だと思っていたが、もしかして母も父のために日々身を飾っていたのだろうか。ふと、そんなことを思った。

「貴方がなんの用もなくただ顔を見たいだけで、お茶の約束をするはずがありませんからね」

見抜かれていることに内心冷や冷やする。

「いえ、そんなことは……。オレだって母上に会いたくなることくらいあります」

「そうでしょうか。そんな時間があるなら仕事に精を出すか、伴侶と逢引したいと考えるのが貴方では？」

くすりと母は微笑む。実によく息子のことを理解している。

「参りました、そのとおりです」

エルムートは降参することにした。

「母としてはやや寂しくあるものの、伴侶を持ったのならば伴侶第一になるのは当然です」

母は紅茶のカップを傾けながら、鷹揚《おうよう》に頷いてくれた。

「今日はその伴侶……フランソワのことで相談があって参りました」

エルムートはこの間あったことを話した。

糸で編まれたブレスレットのことに触れたら、フランソワが何故か怒り出して本をプレゼントされてしまったのだと。

「怒りの原因が何だったのか、母上にはわかりますか？」

「それはだって、貴方……」

話を聞いた母は、絶句していた。その表情はブレスレットのことを尋ねた時のフランソワそっくりだ。

どうやら自分のしたことは、よほどありえないことだったらしい。

「息子たちにはさほど信心深さを求めない教育をしてきたけれど、考えものだったかもしれませんね」

母はやれやれとばかりに首を横に振る。

「信心深さ？」

「神殿の主日《しゅじつ》礼拝に足を運んでいれば、精霊に関する慣用句などの知識は嫌でも身に付くものですけれどね。私たちの世代とは違って、今はもう主日《しゅじつ》礼拝は義務とかそういう空気がなくなっているので自由でいいとは思っています。けれど、こういう弊害《へいがい》もあったのですね」

主日《しゅじつ》礼拝というのは、神殿によって定められた休日におこなわれている礼拝のことだ。そこで神官から、精霊様に関するありがたいお話を聞くことができる。ちなみにエルムートはほとんど足を運んだことがない。

「デュソー家は信心深く、主日《しゅじつ》礼拝に通っていたのでしょう」

そう言った後、母はエルムートに問いかける。

「例えば『季節を司《つかさど》る精霊は悪戯《いたずら》好きだから季節の変わり目には風邪を引きやすい』など、聞いたことはありませんか？」

「ないです」

エルムートは首を横に振った。

「やはりですか」

そっと溜息を吐く母。

「つまりオレは精霊に関する慣用句か何かを理解できなかったがために、フランソワの逆鱗《げきりん》に触れてしまったということですか？」

「……まあ、そう理解して構わないでしょう」

エルムートはやっと事の次第を理解することができた。

「オレはどうしたらいいですか？　今からでも、主日《しゅじつ》礼拝に足を運ぶようにした方がいいのでしょうか？」

エルムートが尋ねる。

「それには及びませんよ。貴方の伴侶が、あらかじめ解決策を提示してくださったのでしょう？」

「え？」

「『精霊図鑑』でしたか。それを読めば、おのずと理由は理解できるでしょう」

それだけ言うと、母はまた紅茶のカップを優雅に傾けたのだった。

（なんだ、そういうことだったのか……！）

フランソワが本を寄越してきたのは、婉曲表現や意趣返しというわけでもなんでもなく、言葉どおり本を読めという意味だったらしい。

彼がいきなり冷たい視線を向けてきたことに驚いて、難しく考えすぎていた。

（そういえばそうだ、フランソワがそんなオレみたいな遠回しなことをするはずがない）

結婚一ヶ月目に自分が彼にした仕打ちを思い出し、深い羞恥《しゅうち》と後悔の念を覚える。これからも、あの時自分がしたことを忘れることはないだろう。

「母上、ありがとうございました」

「はいはい、そんなことよりも早く本を読んで伴侶のもとに向かってあげなさい」

茶会の最後に、母は呆れながらもにこりと笑みを見せてくれたのだった。

エルムートは母親と茶会をしたその日のうちに、夫夫《ふうふ》共有の書斎へと向かった。もちろん片手に『精霊図鑑』を携《たずさ》えて。

エルムートは書斎で本をめくった。

精霊には春の大精霊、夏の大精霊、秋の大精霊、冬の大精霊がおり、他の精霊たちはそれぞれの大精霊たちの眷属であるようだ。例えば、火の精霊は夏の大精霊の眷属であるといったように。

そしてただ一つだけ、どの大精霊の眷属でもない精霊がいる。それが季節を動かす時計を持つ、季節の精霊である。

季節の精霊はとても悪戯《いたずら》好きで、時々時計の針を好き勝手に動かして秋なのに雪を降らせたかと思えば、真夏日に戻らせてしまったりといった悪さをするらしい。季節の精霊の悪戯《いたずら》には、大精霊たちも困り果てているそうだ。

「異常気象は季節の精霊のせい、か……」

そういえば異様に暑い日などがあると、お年寄りがそんなことを口にしていた気がする。精霊魔術が滅んでからかなりの年月が経っても、精霊信仰自体はこの国に深く根付いているようだ。

さらに季節の精霊は季節の時計だけではなく、婚姻を司《つかさど》っている。そのことはエルムートもよく知っていることだ。

季節の精霊たちは悪戯《いたずら》好きな反面、自分たちが祝福した夫夫《ふうふ》のことはよく見守っている。彼らに不穏なことが訪れそうな時は、人知れず奇跡を起こして手助けするのだという。

（オレたちも、季節の精霊に手助けしてもらった瞬間があったのだろうか……）

ほんの一瞬のこととはいえ、離婚を考えたこともあったのだ。それがここまで仲睦《なかむつ》まじくなれるとは、およそ一年前の自分には想像もできなかっただろう……まあ、もしかしたら今また夫夫《ふうふ》の危機が訪れているのかもしれないが。

フランソワの怒りの原因を早く特定するために、エルムートはページをめくった。

『精霊図鑑』の最初の項目は季節の精霊に関する情報が載っており、その次からは春の大精霊とその眷属について、夏の大精霊とその眷属について……と続いている。一つ一つの精霊について姿かたちや伝承について細かく記されている。

季節の精霊の項目は今読んだ。

続いてエルムートは次のページの、春の大精霊の項目を読み始めた。

「これは……」

書斎に籠《こも》って、どれくらい経っただろうか。分厚かった図鑑ももう半分以上ページをめくり終え、秋の大精霊の眷属について読み進めていたところだった。

夕闇《ゆうやみ》の精霊ユクルスについての伝承を読み終えページを繰《く》ると、その次に泉の精霊シスルのページが現れたのだ。

そういえばフランソワの態度が急変したのは、泉の精霊シスルの頭文字を象《かたど》った装飾品について指摘した時だった。泉の精霊シスルには、何か特別な意味があるのかもしれない。

エルムートは目を皿のようにしてそのページを読んだ。

そして――

「そうか、そういうことだったのか……！」

エルムートはついに真実を突き止めたのだ。

真実を知ったエルムートは、今すぐにでもフランソワに謝罪しに行きたかった。

だがフランソワは、今日は夫人仲間のお茶会に出席している。最近はそういう集まりに赴《おもむ》くことがなかったから、自分と顔を合わせるのが嫌で予定を入れたのではないかという気がしてしまう。

エルムートは悶々《もんもん》としながらフランソワの帰宅を待ったのだった。


「フランソワ、すべてわかったぞ！」

フランソワの帰宅を待ち切れなくて玄関で待っていたエルムートは、馬車からフランソワが降りてくるなり大声で言った。

「わ、わかったから……！　しー！」

エルムートがなんのことを言っているのかわかったのだろう、彼は顔を赤らめて唇の前で人差し指を立てた。

「は……っ！」

図鑑を読んで知った知識の内容を思い出して、外で話すようなことではないと気づく。フランソワでなくても恥ずかしいだろう。

「すまない、部屋へ行こう」

「うん……俺も伝えたいことがあるし」

彼の伝えたいこととはなんだろう。

疑問に思いながら、帰ってきたばかりの彼と一緒に自室に赴《おもむ》いた。

「エルムート、ごめん！」

部屋に入るなり謝ってきたのは、フランソワの方だった。

エルムートが不意をつかれて目を丸くしている間に、彼は言葉を重ねる。

「この前はどうかしてた。頭が冷えて反省したんだ。冷静に考えたら、そんなに怒るようなことでもなかったような気がする……ごめん、エルムート」

彼は悄然《しょうぜん》と項垂《うなだ》れる。

そんな、謝るのは自分の方なのに。事情がわかれば、彼が怒るのは当然のことだった。

「いや、謝らないでくれ。それよりも謝りたいのはオレの方だ。……図鑑を読んだ」

今日もフランソワの腕には、手作りのブレスレットがはまっていた。そしてそこには泉の精霊シスルの頭文字の装飾が。

「泉の精霊シスルは秋の大精霊の眷属で、豊穣や繁栄を司《つかさど》る。だから、子宝を望む者が泉の精霊シスルにちなんだ装飾品を身に着けることがあるという」

説明を聞くフランソワの顔がだんだんと赤く染まっていく。

「つまり君がそのブレスレットをつけているのは——オレの子が欲しいという意思表示だったんだな」

そのことを理解できずとぼけた返答をしてしまったのだから、彼が冷たい視線を向けてきたのだ。

今ならフランソワの態度は当然のことだと思えた。とんだ朴念仁《ぼくねんじん》だと思われたことだろう。

フランソワの瞳を見つめる。彼は視線を合わせると、こくんと頷いた。

「うん、正解」

恥じらいながらも認めるその表情は、この上なく可愛らしかった。今すぐ彼をベッドへエスコートしたい。

「フランソワの気持ちも知らずにオレは……すまなかった」

だがその前に済まさなければならないことがある。

そもそも泉の精霊シスルのお守りに頼りたくなるほどにフランソワに寂しい思いをさせてしまった理由を、正直に話さなければ。

「実は……」

ここ最近抱き続けていた悩みを、エルムートは素直に吐露した。

すなわち、フランソワに優しくしたいが可愛すぎて思わず無理をさせてしまうのではないかと躊《ちゅう》躇《ちょ》していたということを。

「──まったく、エルムートは馬鹿だなぁ」

話を一通り聞き終わったフランソワは、苦笑いを浮かべていた。

「なんでも俺に相談するっていう誓いはどうしたんだよ」

「うっ、そ、それは……フランソワに相談したら、いじらしい返答しかこないと思っていたから」

妄想の中のフランソワは、赤い顔をして俯《うつむ》きながら「エルムートにならなにをされてもいい」と口にするのだ。それでは彼を大事にしたいという目的を達せられない。

初めて交わった時に気をやった彼が束の間寝入った際、気絶してしまったのではないかと気が気でなかったのだ。

か弱い彼のことだ、一晩に何回も抱いたりしたら負担になってしまうかもしれない。エルムートはそれを恐れていた。

「心配しすぎだ、馬鹿」

彼は一蹴した。

「前々から思っていたがエルムートお前、俺のことを病弱か何かと勘違いしていないか？」

「だがフランソワはオレよりずっと華奢《きゃしゃ》で儚《はかな》くて……ふあんふぉあ、いひゃい！」

話の途中で、彼は手を伸ばしてエルムートの頬をつねった。

「誰が儚《はかな》いって？」

「ふあんふぉあ、ふぉめん！」

エルムートが反省の意を示したからか、彼は手を離す。エルムートの言葉の何かが彼の神経を逆撫でしてしまったようだ。

「とにかく、負担になるかならないかなんて、そんなの……試さなきゃわからないだろ」

目を吊り上げながら頬を赤らめているその表情が可愛くてたまらない。

「それって……」

「だ、だから試すチャンスをくれよ……な？」

上目遣いの一撃——想像以上だった。

妄想の中の彼よりもずっと可愛かった。どこか拗《す》ねたような表情でのおねだり。どうして否と言えようか。

「ひゃっ⁉」

エルムートは無言で彼を抱き上げ、ベッドへと向かう。

「え、エルムート⁉　まだ暗くなってもないのに……っ！」

「もう夕方だ。ほとんど夜と言って差し支えない」

エルムートは詭弁《きべん》を口にした。それほどまでに今すぐ彼を抱きたいのだ。

「も、もう……っ、エルムートはしょうがないなぁ」

そういうフランソワも満更でもなさそうだった。

エルムートは恭《うやうや》しく彼をベッドに横たえさせた。そして自身もベッドに上がる。ベッドが微かに軋《きし》んだ。

フランソワの身体をベッドに下ろした繊細な手つきとは裏腹に、エルムートは性急に自らの衣服を脱ぐ。タイを外して首元を緩め、ワイシャツのボタンを荒々しい手つきで外していった。

「……っ」

フランソワはその様子を、ほのかに顔を赤らめながら見上げている。なんと可愛らしい顔をするのだ。エルムートは己が滾《たぎ》るのを感じた。

乱暴に衣服を脱ぎ捨てると、今度はフランソワの衣服に手をかけた。

ジャケットを脱がせ、腰を締め付けるコルセットの紐を解いていく。紐を解くのが慣れず、もたもたとした手つきになってしまい心が焦る。

彼がくすくすと笑いながら紐を解くのを手伝ってくれた。どうやら格好良くリードするにはまだ経験が足りないらしい。

フリルの間に隠れたワイシャツのボタンを一つ一つ外していくと、彼の胸元が露《あら》わになっていく。

妖精のように幻想的なほど白い肌が露《あら》わになっていくにつれ、彼は恥ずかしげに頬を染める。

彼が淑《しと》やかに顔を赤らめるなんて妄想の中だけに違いないと思っていた以前の自分に見せてやりたい。ほら、オレのフランソワはこんなにも可愛いのだ、と。

ワイシャツの下の肌着も脱がせると、今度は彼のスラックスに手をかける。スラックスの腰のあたりに鳥の羽根の刺繍《ししゅう》が施《ほどこ》してある。これも彼の手によるものであろう。

性急に脱がせようとする衝動を抑え、ゆっくりとスラックスを脱がせた。せっかく刺繍《ししゅう》を施《ほどこ》したスラックスが傷《いた》んでしまったら彼が悲しむだろうから。

「な……っ⁉」

すると現れたのは総レースの下着であった。彼の大事な場所が透けて見えてしまっている。

「エル……脱がせて？」

恥じらいながらも上目遣いにねだる彼の視線は、この上なく淫靡《いんび》だった。

エルムートは操《あやつ》られるように下着に手をかけた。

するりと脱がせると、彼は生まれたままの姿になった。最後に髪紐を解くと、金髪がパサリと広がる。美しく波打つ金髪だけが彼の白い肌を彩《いろど》る宝石だった。

美しい身体を舐《な》めるように眺めていると、彼の手が恥部と胸元を隠した。

「フランソワ。自分で脱がせてと言ったのだろう？」

くすりと笑って窘《たしな》める。

「だ、だってエルがあんまりじっと見るから……」

「綺麗だからな。もっと見せてくれ」

囁いて、胸元を隠す彼の手をそっとどかせようとする。本気で隠そうとしていたわけではないようで、簡単に手を取り払うことができた。

桃色の乳首が姿を現す。エルムートは果実の如きそれに舌を這《は》わせた。

「っ」

ビクリと身体を震わせ、彼は吐息を零《こぼ》す。

その反応が愛らしくて、胸の尖りをしつこく苛めた。

「あっ、んぅ……っ！」

どうやら彼はここを弄《いじ》られるのが好きらしい。彼の下肢が反応しているのを見ればわかる。息がだんだんと荒くなっていくのが可愛らしかった。

「あっ！　だめっ、エル……っ！　そんなにしたら……っ！」

弄《いじ》り続けていると彼は身を捩《よじ》らせてシーツを掴む。

腰を浮かせながら善《よ》がっている彼の姿は扇情的で、ごくりと唾を呑む。

「…………っ！」

やがて彼はぎゅっと目を閉じたかと思うと、力なくだらりと手足を投げ出した。胸が激しく上下している。

「フランソワ、イッたのか？」

「ひぅ……」

こくこくと頷く彼。

そんなに感じてくれたのだと思うと、嬉しくて仕方がなかった。

「よしよし」

一度、二度と彼の頬にキスを落として彼の頭を撫でる。そのまま細く滑《なめ》らかな金髪に指を通し、指通りを楽しむ。金髪を梳《す》くと花の匂いが鼻腔をくすぐった。彼は石鹸の質にも拘《こだわ》っていて、花の香りのするものを使用している。だから彼の髪からは芳《かぐわ》しい花の香りがするのだ。おとぎ話の世界から妖精が飛び出してきたかのようだ。

やがてペタペタとフランソワの手がエルムートの胸板を探り出す。絶頂の余韻が去ったのだろう、彼は胸筋の感触に口元に笑みを浮かべている。

「フランソワ、オレはそこを触られても気持ちよくないぞ」

エルムートもくすくすと笑いながらフランソワの肌に触れる。

彼の背中に手を伸ばし抱擁すると、お互いの下肢が触れ合った。

「あっ」

彼の吐息が悩ましい。

陰茎同士を触れ合わせるように腰を動かす。

そうしているうちに触れ合うだけの感覚がもどかしくなり、エルムートは二つの陰茎をまとめて握った。

「ひゃっ、あ……ッ！」

手の中で陰茎同士が擦れ合う。

直接的な快感が伝わり、自身に血流が集まってくるのを感じる。

「あっ！　あぁっ！　それっ、よすぎる……っ！」

艶《なま》めかしい嬌声《きょうせい》に興奮が増し……あっという間にお互いに精を放った。

手の中で白い精と透明な精が混ざり合っていく。

「はあ……、はあ……っ」

荒く息をしながらも見つめ合う。

互いの身体に触れ合う感触のすべてが楽しくてたまらなかった。

「ね、エル……」

フランソワはエルムートの愛称を呟きながらゆっくりと身体を起こす。

そして四つん這《ば》いになって尻を向けた。

「今日は後ろから……ね？」

「なっ⁉」

扇情的なその格好に、達したばかりの己にあっという間に血流が集まる。

丸見えになってしまっている彼の大切な場所は、期待ゆえか、触れてもいないのにヒクヒクとエルムートを誘っている。

「シて？」

耳が真っ赤になっているのが見える。エルムートは思わず唾を呑む。

ノンノワールのそこは初交でなければ解さなくても性交可能だと聞く。だがフランソワのそこを乱暴に割り開くのは躊躇《ためら》われた。

「ひゃっ⁉」

少し考えた結果、エルムートは彼のそこに接吻《くちづけ》をした。それから舌でその入口を舐《な》め、愛撫していく。

「あ……っ！　そんなとこっ、口でなんて……っ！」

痛くしないために必要なことだ、と心の中で答えながら舌先を挿し入れた。濡れた内側を舌先で直接舐《な》める。

「エルだめっ、汚いよぉ……っ！」

フランソワの大事なところが汚いはずがないのに。

エルムートは口元を綻《ほころ》ばせながら、舌先で彼のそこを解していく。舌を動かすたびにぴちゃぴちゃと淫靡《いんび》な水音が響く。

「舌じゃなくてっ、エルの……っ、ほしいのに……っ！」

彼が可愛いことを言いながら身を捩《よじ》らせる。

誘惑されそうになりながらも、丹念にそこを解していった。

「ひゃぅっ!?」

舌を引き抜く感触にも彼は小さい悲鳴を上げた。なんて可愛らしい。

エルムートは硬くなった自身をそこに押し当てた。

「あ……っ」

それがエルムートのモノであることを察したのだろう。彼は静かになる。

「挿入《い》れても大丈夫か？」

「うん……っ」

彼が頷いたのを見て、エルムートはゆっくりと自身を沈めた。

「……ッ！」

先端を埋めただけで彼が身体を硬くさせたのがわかった。

「フランソワ、大丈夫か？」

一旦動きを止めて気遣う。

「大丈夫……っ。ちょっと苦しいけど、これからきもちよくなるってわかってるから、怖くない……だから、もっときて」

彼はひそやかな声で誘う。

期待に応《こた》えないわけにはいかず、エルムートはさらに自身を沈めていく。

「は……っ、あっ、ん……っ！」

思わず自身が暴発しそうになるほど艶《なま》めかしい声を彼が上げる。

暴走しそうになるのを必死に理性で抑えながら、ゆっくりと腰を進めた。

「全部、挿入《はい》ったぞ……っ」

「ん……っ」

自身が完全に熱い肉壁に包み込まれる。

「フランソワ、動くぞ」

「うん……っ」

ゆっくりと腰を引く。彼の身体がビクリと震えたのがダイレクトに伝わってきた。それから自身を押し戻す。クチュリと小さな水音が響いた。

腰を引いては戻す、ゆっくりとした律動を繰り返す。

「あん……っ、う……ンっ」

彼は遠慮がちな声を漏らす。少しは気持ちよさを覚えてくれているのだろうか。

律動を少し速める。

「あ……っ！　ンっ！　あぁっ！」

ひそやかな声がだんだんと大きくなっていく。彼の声に自身が脈動するのがわかる。

中を掻き混ぜる水音が部屋に響くほど激しく、腰を打ち付ける。

「フランソワ……っ！」

「あぁ……ッ！　エルっ！　エルぅ……ッ！」

名を呼ぶと彼も呼び返してくれる。きゅうきゅうと収縮する肉襞から、彼が感じてくれていることが理解できた。愛おしさが無限に込み上げてくる。

額から流れ落ちた汗が彼の身体にかかり、腰の曲線を伝う。

「エル……ッ！　すきっ、すき……っ！」

フランソワがひたすらに自分の名前を連呼してくれるのが愛おしすぎる。律動は肉の打つ乾いた音が響くほどになり――

「う……、くっ！」

肉壁がぐっと思い切り引き絞られた瞬間、たまらず精を放った。彼の一番奥の、子供を身籠《みごも》るための場所をどくどくと精が満たしていく。

「………っ！」

フランソワは背をぐっと反らしたかと思うと、くたりとへたり込んだ。

「フランソワ」

イッてくれたのだと思うと嬉しかったが、気絶してないかと心配だ。

自身を引き抜くと、エルムートはフランソワを仰向けに寝かせる。

「っ！」

途端に彼の手が伸びてきて、ぎゅっとエルムートの身体を抱き締めた。エルムートは不意をつかれて目を丸くする。

どうやら意識はあるようだ。

ハグしたい気分のようなので大人しく彼の隣で横になり、抱き締め返す。抱き締めているうちに、荒かったフランソワの呼吸がだんだんと落ち着いてくるのが伝わってくる。

伝わる鼓動すらも愛おしくて、彼の額にキスを落とした。

「エル……もっかい」

やがて腕の中で彼が静かに呟いた。

行為をねだられたのだと気づいて、エルムートの中でむくむくと嬉しい気持ちが湧き起こる。

「フランソワ、身体は大丈夫なのか？」

「だからそんなに虚弱じゃないって言っただろ」

エルムートの言葉に彼は頬を膨らませる。そんな表情まで可愛くてたまらない。

「でも前は一回しただけで、くたくたになっていたから……」

「それは魔王を倒しに行った後だったからだ！」

そうか、そういえばあの日はする前から随分と眠そうにしていた。

エルムートは今更のように思い出した。

「今日はたっぷり体力あるからな」

拗《す》ねた表情のまま、そんな主張をするのが愛らしかった。

「わかった、ならフランソワの気が済むまでしよう」

「なら、今度は正面から……シたいな？」

どこまで可愛いのだろう。誘いを断る選択肢などなかった。彼のおねだりならすべて叶えてあげたいのだから。

彼の両脚を持ち上げ、恥部を露出させる。

先ほどまでエルムートのモノを呑み込んでいた入口がヒクヒクと収縮し、白い精を一筋たらりと垂らしている。その光景に一瞬で自身が怒張した。

自身を入口に充《あ》てがうと、すぐに押し込む。

「あ……っ！」

彼の口から零《こぼ》れ出たのは、甘い嬌声《きょうせい》だった。

感じてくれているのだ。

「フランソワ……ッ！」

最初から激しく腰を打ち付ける。もう理性など保てなかった。

「あ……ッ！　あぁッ！　ンっ、あ……ッ!!」

可憐な嬌声《きょうせい》に興奮が否が応でも増す。

ただひたすらに腰を打ち付ける。肉を打つ乾いた音が淫靡《いんび》に響く。

「フランソワ……っ！　好きだ、愛してる……ッ!!」

「エルッ！　エル……ッ！　あぁッ、エルぅ……ッ！」

腰を打ち付けるたびに彼の美しい顔が歪んで、快感を覚えている様子を露《あら》わにする。彼のこんな表情を見ているのは自分だけだろう、そう思うと独占欲が満たされていくのを感じた。なるほど、これは——病みつきになってしまう。

「——ッ!!！」

彼の背がぐっと反る。それと同時に肉襞がキツく剛直を締め付ける。

彼の身体が精を欲しているようだ。ねだられるままにエルムートは精を放った。

「……っ、……っ」

二度目の絶頂を迎えた彼は口を開く余裕もないようだ。

だが、エルムートの剛直はまだ彼の中で硬さを保ったままだった。

「すまない、フランソワ……！」

「へ……？」

腰を引くと、思い切り打ち付けた。

「あぁ……ッ！」

彼が甘い声を上げる。

そのままエルムートは律動を再開する。

「あっ、エルぅ……ッ！　あぁ……ッ!!」

蕩けた声が興奮を増させる。

エルムートはそのままガツガツとフランソワの身体を貪《むさぼ》った。

結局、その後空が白むまで二人の行為は続いたのだった。

冷静になった後にエルムートはフランソワに無理をさせてしまったと気づきハッとしたが、意外にも彼は「すごく疲れたけどすごく幸せだった」と微笑んだ。

その幸せな笑みを見たら、一人でくよくよと思い悩む前にさっさと彼に相談するのが吉だったのだと悟った。彼はどんな自分も受け止めてくれるのだから。

「フランソワ、これからもたくさんたくさん幸せにしてやるからな」

疲れて眠りに落ちたフランソワの頬に接吻《くちづけ》を落としながら、エルムートは誓った。


それからエルムートは毎晩のようにフランソワと愛を育んだ。

愛おしくてたまらない気持ちで丁寧に、時には情熱的に彼を包み込んだ。

そんな日々を数ヶ月も繰り返したある日のことだった……

「今日は豪勢だな。一体どうしたんだ？」

夕食の席に現れた仔豚の丸焼きというご馳走に、エルムートは目を丸くした。いくら公爵家といえど、なんでもない日に仔豚の丸焼きなど出てこない。

丸焼きを切り分けている側仕えたちは心なしか口元が緩んでいるように見えた。

一体なんの祝いだろう。エルムートはありとあらゆる記念日を、瞬時に頭の中に思い浮かべた。

「実を言うと、今日はいい知らせがあるんだ」

そう口にした隣の席のフランソワは、幸せそうに微笑んでいた。側仕えたちも同じような表情を浮かべている。

ふと、彼が葡萄酒ではなく水を飲んでいることにエルムートは気がついた。

「まさか……」

「……うん。お腹に赤ちゃんができたんだ」

彼はそっとお腹を撫でながら告白した。

エルムートの顔が、ゆっくりと喜びに染まっていく。

「す、すごい……！　すごいぞフランソワ！」

彼の手をぎゅっと握り締めるエルムート。喜びのあまり視界が滲《にじ》むのがわかった。

「すごいなフランソワ……！　さ、触ったらわかるのか？」

「ふふ、そうなるにはまだまだだよ」

感触は変わらないと言われたが、エルムートは恐る恐る彼のお腹に触れてみた。この中に自分たちの子供がいるのだと思うと、神秘的な気がした。

「きっとフランソワに似て、とても綺麗な子になるだろうな」

感嘆の息をほうっと零《こぼ》す。

「エルムートに似て、カッコよくて頼りがいのある子かもしれない」

フランソワが返す。

「お、オレは頼りがいがあるのか？」

情けない伴侶だと思われているのではないかと常々心配していたエルムートは、彼の言葉に目を瞬《またた》かせた。

フランソワはこくりと頷いて、花のような笑みを見せる。

「もちろんだ。ピンチの時にはいつでも守ってくれるヒーローだよ、俺の伴侶は。きっといい父親になる」

彼の言葉を耳にした途端、頬を生温《なまぬる》いものが伝い落ちるのを感じた。エルムートは、自分が涙を零《こぼ》しているのだと一拍遅れて気がついた。

結婚当初の自分は伴侶としてそれは酷《ひど》いものだったし、二度目の行為をするまでの間にも紆余《うよ》曲折《きょくせつ》あった。それでもフランソワはいい父親になるとまで言ってくれるのだ。

「なる……！　いい父親になってみせる……！」

エルムートはフランソワをぎゅっと抱擁しながら誓ったのだった。涙声のエルムートを、フランソワが微笑みながら抱き締め返した。

彼のお腹の中に二人の子供が宿っている。

それはフランソワが起こした奇跡の中で、もっとも素晴らしい奇跡だった――

水と砂の国バルバストルにて

それはフランソワが子を身籠《みごも》るよりも一月ほど前の出来事だった。

「すまないが、バルバストル国へ一緒に行ってくれないか」

それが第一王子アレクサンドルからの頼みであった。

季節の精霊の持つ時計は、春を指し示していた。暖かな日差しが窓ガラス越しに室内に降り注いでいる。

数年後に王位を継承することが決定したアレクサンドル王子に、エルムートとフランソワの二人は呼び出されていた。

エルムートが口を開く。

「バルバストル国というと、このソレイユルヴィル国の同盟国でございますね」

この世界にはもちろん、ここソレイユルヴィル国以外にも様々な国がある。その一つが同盟国のバルバストルだ。

ソレイユルヴィル国ではソレイユ語が公用語として使われているが、バルバストルでは違う言語が話されている。

「そうだ。数年後に王位を譲り受けるにあたり、私は今のうちに諸外国との仲を深めようと考えている。王になった後では、しばらくそんな時間はなくなるだろうからな」

そのため、近々バルバストル国を訪問しようと考えているそうだ。その訪問についてきてほしいと頼まれたのだ。

「一体、何故他国への訪問にオレたちが必要なのですか？」

エルムートが当然の質問を投げかける。

「バルバストル国が王ではなく、神子《みこ》が治める国なのは知っているだろう。実を言うと、神子《みこ》が魔王討伐戦の立役者である聖女に興味があるらしい。そこで……」

「フランソワに興味がある、だと？」

アレクサンドルの言葉を遮《さえぎ》って、エルムートが声を尖らせる。

次期国王になんという鋭い視線を向けるのか。

エルムートは変な意味に捉えたようだが、興味があるだなんて「噂の聖女に一目会ってみたい」とかその程度だろう。

「……そういう顔をすると思ったので、そなたにも同行を依頼したのだ。伴侶一人を他国に行かせるなど、気が気ではないだろう？」

「もちろんです」

エルムートはこくりと頷く。

「バルバストルとは、どんな国なんですか？」

フランソワは話題を変えさせるために、口を挟んだ。

神子《みこ》とやらが治める国について興味が湧いたのもある。フランソワの頭の中には、バルバストル国についての知識は備わっていなかった。

「バルバストルは、広大な砂漠の中に咲いた一輪の花だ。太陽に愛された美しい褐色の肌の人々が住んでいる。美しい都だから、夫夫《ふうふ》で羽を伸ばすには申し分ない場所だと思う」

王子の説明を聞いて、フランソワの頭に浮かんだ単語は『新婚旅行』だった。

この国に新婚旅行の概念はないのか、結婚した折に旅行はしなかった。そもそも気軽に旅行に行くような文化はないのだろう。もちろん、外国へ行った経験もない。

となれば、これがエルムートと新婚旅行に行ける唯一の機会なのではないか。仕事で赴《おもむ》くとはいえ、エルムートと二人でイチャつく時間くらいはあるだろう。

フランソワは俄然《がぜん》この話に前向きになった。

「エルムート……俺はバルバストルに行ってみたい」

隣の愛しい伴侶を見上げ、小首を傾《かし》げる。

「……！」

効果は覿面《てきめん》。表情に出さぬようにしているようだが、エルムートの太い首筋や耳朶《じだ》がほんのり赤く染まっているのが見えた。

「殿下のお話、喜んでお受けいたしましょう。ソレイユルヴィルとバルバストル両国の仲を取り持つ使節の一員として、微力ながら尽力させていただきます」

さっきまでの怪しむような態度はどこへやら、エルムートはハキハキと王子の依頼を受けたのだった。

バルバストルは砂漠のど真ん中にありながら、水の都として名高い。

その昔、バルバストルは何もないただの砂漠だった。そこに神の子が現れ祈ると、泉が湧き出したという。泉からは水が無限に湧き出し、砂漠の中央に緑が生まれた。

そのようにして、バルバストル国は興《おこ》ったという。

どこまでが本当かはわからないが、バルバストルの都の中心に奇跡の泉が今でも存在するのは事実だ。中央に存在する泉から流れ出した水が、国中に血管のように張り巡らされた運河を流れ、バルバストルを水の都にしている。

ソレイユルヴィルからバルバストルまでは相当な距離がある上に、砂漠を越えようとすれば何ヶ月もかかる。

そこで、転移魔法陣を利用してフランソワたちを含むアレクサンドル一行は一瞬でバルバストルの都の中へと移動した。

転移魔法陣はとても特殊なもので、国と国を繋げているがゆえに慎重に取り扱われている。両国の国王と神子《みこ》の許可が下りなければ、使用することはできない。

結果として、今回のように両国の使節が行き来する時ぐらいしか使われたことはない。例外は、先日の魔王討伐の時だそうだ。両国の軍が合流するのに使われたらしい。

転移が完了し、転移魔法陣が敷かれている神殿から出ると、まず眩しい日差しが目を突き刺した。続いて流れる水の音が耳に届く。

人工的に造られたものだなんて信じられない、雄大な運河が目の前をゆったりと流れていた。その周囲に、純白の大理石で建てられた建物が並んでいる。

白亜と水と砂の都、バルバストル——世界で一番天に近い地上の楽園、とまで褒め讃えられる意味が一目で理解できた気がした。

「蒸し暑いな……」

日差しの強さに目を眇《すが》めたフランソワは、少しでも風を作り出そうと手で扇いだ。

水が湧き出る奇跡の泉が存在しようと、砂漠のど真ん中にある以上日差しが強いことには変わりはない。それどころか湿気も相まって、前世の日本の夏を思い出すサウナじみた暑さだった。

「そうだな、想像以上だ」

エルムートがフランソワの呟きに答える。

暑い国だと聞いてはいたから、二人ともジャケットを着てはこなかった。それでも耐え難いのか、エルムートはワイシャツの首元のボタンを外し、袖もまくり上げた。

いい考えだと思い、フランソワも首元を緩めて袖を捲《めく》る。せめて品良く見えるように、丁寧に袖を折った。

「………」

「ん？」

視線を感じると思ったら、エルムートがフランソワの胸元をじっと見つめていた。ボタンを一個外したことで、上からであれば鎖骨が覗いて見えるであろうことに気がつく。

「エルムートのスケベ！」

胸元を手で覆《おお》い隠し、むっと頬を膨らませて彼を睨《にら》み付ける。

「す、すまん！　つい！」

彼は慌てて顔を逸らす。

そんな楽しいやり取りと共に、バルバストルでの日々は始まった。


バルバストル国の案内人は褐色の肌をしていた。

道行く人々も、美しいチョコレート色の肌をしている。本当に異国に来たのだと、人々の肌の色で実感した。

転移魔法陣のある神殿と、神子《みこ》のいる宮殿は離れたところに位置している。馬車で宮殿まで赴《おもむ》くのかと思いきや、バルバストルには馬車などないのだという。

それではこの蒸し暑い中を徒歩で移動するのかとうんざりした時、案内人は運河を指し示した。

巨大な運河には、船が浮かんでいた。ゴンドラである。

大人数用の大きなゴンドラに一行は乗り込んだ。案内人が櫂《かい》を操《あやつ》ると、するするとゴンドラが滑り出す。ゴンドラは運河の先へと向かう。都の中心、奇跡の泉を守るようにそびえ立つ金と白亜の宮殿へと。

あんなに蒸し暑く感じた気候も、運河の上を行けば気にならなかった。不思議と風が吹いていて、涼しく心地良い。なるほど、これは馬車が使われないわけだ。

第一王子アレクサンドルとその婚約者――いや、この間結婚式を挙げたからもう伴侶か――もゴンドラの前の方で楽しそうに笑っている。

運河は直接宮殿の敷地に繋がっており、ゴンドラは宮殿の船着き場で停まる。

船着き場は騎士たちによって守られていたが、こちらがソレイユルヴィルからの使節だとわかると、「ヨウコソ、バルバストルへ！」と片言のソレイユ語で笑いかけてくれた。陽気で気さくな国民性が窺《うかが》える。

宮殿内に入ると、使節たちはまずそれぞれが泊まる客室へと案内された。フランソワはもちろん、エルムートとの二人部屋だ。王子は、今頃最高ランクの部屋へと案内されているだろう。

「これでまだ春だなんて、信じられないな。真夏のようじゃないか」

エルムートはぐったりとしてソファに腰かける。穏やかな気候のソレイユルヴィルで育ったエルムートには、こたえたらしい。

室内は幸いにして、魔術によって快適な温度と湿度に保たれている。

「今はまだ過ごしやすいから、こうして他国からの使節が訪れるにはぴったりの季節らしい」

「フランソワは平気なのか？」

「まあ、日本の夏を思えばなんとか耐えられないことはない」

「ニホン……？」

彼は胡乱《うろん》げに眉をひそめる。

いつかは、彼に日本の話をしてあげてもいいかもしれない。記憶の中にある、前世の故郷の話を。

「それにしても、長袖はキツイな。シャツの両袖を引き千切りたくなる」

「確かに、案内人の服装が羨《うらや》ましかった」

ソレイユルヴィルの貴族のファッションに半袖などという概念は、存在しない。通気性も最悪だ。夏は涼しく冬は暖かい理想的な気候のせいで、服装の機能性というものに注目してみた貴族がいないのだ。

対してバルバストルの案内人は半袖で、生地も実に通気性が良さそうだった。綿花栽培が盛んだというから、おそらくは綿製だろう。

「俺もあれを着たいな」

「だが、使節としての威厳は保たねばならないからな」

エルムートの言い草から察するに、ソレイユルヴィルの貴族が半袖を着るなんてみっともないと思っているのだろう。どうやら自分が半袖を着ることは叶いそうにない。


バルバストル国で過ごす最初の夜、歓迎の宴会が催《もよお》されることになった。

宴会会場には異国情緒溢《あふ》れる料理が並べられていた。

フランソワはエルムートの隣の席に腰かける。

「我が国の料理は手づかみで食べるのが本来ですが、ソレイユルヴィルの皆様のためにナイフとフォークを用意させていただきました」

流暢《りゅうちょう》なソレイユ語が響く。

声が響いた方向へ視線を移すと、美しい男が奥から現れたのが見えた。

紫檀《したん》めいた褐色の肌、艶《つや》のある黒い髪、眦《まなじり》に向かって長く引かれたアイラインはエジプトの王を思わせる。そして――額に刻まれた神秘的な紋様。

「あれが神子《みこ》の証《あかし》である徴《しるし》か……」

隣のエルムートが小さな声で呟いた。

事前にバルバストル国について勉強してきたので、二人とも知っている。バルバストルの国家元首である神子《みこ》はどのようにして決まるのか。血筋などではなく、額の徴《しるし》で決まるのだ。

国を治める神子《みこ》が老いて次代の神子《みこ》が必要となると、自然と民の中に額に徴《しるし》を抱いた赤子が生まれる。その赤子は宮殿で育てられることになり、血の繋がりはなくとも前の神子《みこ》の子として大事に扱われる。そして年頃になれば国を治めるのだ。

額の徴《しるし》こそが、神子《みこ》が天から遣わされた神の子である証《あかし》らしい。

「本日は、次期国王であらせられるアレクサンドル殿下に――」

浮世離れして美しい神子《みこ》の視線が、まっすぐにフランソワを射抜く。

「魔王討伐に大きく貢献された聖女様。お二方を含めた使節団の皆様にお会いできて、非常に嬉しく思います」

神子《みこ》の視線はすぐに外れ、使節団全体へと向けられた。

「早速ソレイユルヴィルの方々と有益な話をしたいと逸《はや》る心はありますが、慣れぬ気候に皆様お疲れでしょう。今宵《こよい》は、我がバルバストルの味に舌鼓《したつづみ》を打っていただきたいと思います」

神子《みこ》は使節団の面々を見渡し、甘い微笑みを浮かべた。

柔らかい声音なのに、堂々として聞こえる。神の子というのが本当にいるのであれば、このような人物なのかもしれないと思わせられる。

彼の話を要約すると、今夜は難しい話はしないで食べて飲もうということだった。

和やかな雰囲気の中、宴会が始まった。

「独特な臭《にお》いがするな……これは食べ物なのか……？」

エルムートはたっぷりの香辛料で味付けされて茶色くなった鶏肉を、訝《いぶか》しげに睨《にら》んでいる。

フランソワはその鶏肉にナイフを入れてみた。丁寧に蒸されているのか、鶏肉は驚くほど柔らかく、すんなりナイフが入った。手で千切れそうなほど柔らかい。もともと手で食べる料理だというから、実際に手で千切ることが可能なのだろう。

鶏肉を口に近づけると、スパイシーな香りが食欲を刺激する。唾液が湧いてくるのを感じながら、口に入れた。

「ん！」

途端にフランソワの目が輝いた。

鶏肉がほろほろと崩れ、絶妙な旨味と辛味が口の中に広がる。これは美味い。

思ったよりも辛味が強くない。ソレイユルヴィルの人間用に味を調節しているのではないかと感じた。

フランソワの様子を見ていたエルムートも、恐る恐る鶏肉をナイフで切り、口に持っていく。

「お、美味しい……！」

彼は目を見開き、驚愕する。

それからエルムートは遠慮なく料理に手を伸ばし始めた。

米に似た穀物をスプーンで掬《すく》い、ミートパイのようなものを恐れず口に運び、羊の串焼きを頬張った。

「フランソワ、これ美味しいぞ」

しまいには子供のようにキラキラと目を輝かせて、料理をすすめてきた。お気に召したようでなによりだ。

「ふふっ」

使節としての威厳がどうのと言っていたのは、誰だったろうか。フランソワは無邪気な彼のことが愛おしくてたまらなかった。


翌日から、早速使節としての仕事が始まった。

魔物討伐で活躍した聖女として、フランソワの名はバルバストルでも知れ渡っていたらしい。バルバストルの様々な要人と顔を合わせたり、行事に参加したりとすべきことが山積みだった。

様々な場所に赴《おもむ》き、様々な人と顔を合わせなければならないフランソワの隣には常にエルムートがいてくれた。実は人見知りなフランソワにとっては、彼が傍にいてくれることが頼もしかった。

エルムートは自身の性格を「社交的ではない」と気にしているようだが、初対面の人間に対して気おくれすることなく接することができるのは、自分よりも彼の方ではないかとフランソワは感じていた。彼はいつでも落ち着いていて、堂々としている。彼がいてくれなければ、フランソワの心労は二倍も三倍も増して感じられたことだろう。

数日経って、ようやくオフの日が巡ってきた。

前々から、自由に行動できる日が来たら、バルバストルの都を見て回ろうとエルムートと話していたのだ。やっと彼とデートができると思うと、フランソワの心は喜びに浮き立った。

「エルムート、この格好をどう思う？」

新しい服に着替え、化粧を施《ほどこ》し、金髪をポニーテールに結い上げたフランソワはエルムートに尋ねた。

「フランソワ、その服は一体……!?」

彼は驚きに目を見開く。

それもそのはず、フランソワの新しいシャツは袖の部分がシースルーになっていたのだから。

「つい昨日、部屋に届いたんだ。なんでも神子《みこ》様からの贈りものらしい」

その場で軽くくるりと一回りして、シャツを見せつける。

「実に涼しくて、過ごしやすい！　袖の部分の通気性が変わるだけで、こんなにも涼しく感じるとは」

「それになにより、フランソワに似合っている。君の華奢《きゃしゃ》な腕が引き立つようだ」

彼は褒め言葉を口にしてから、複雑そうな顔をする。

「唯一の問題点は、それが他の男から贈られたものだということだな」

変なことを気にする彼が可愛らしくて、フランソワは噴き出しそうになった。

「他の使節の面々にも、神子《みこ》様からという体《てい》で何かしらの贈りものが届いているに決まっているさ。神子《みこ》様が俺だけに贈る理由なんてないじゃないか」

贈りものの内容を実際に考えたのも臣下だろう。フランソワはそう考えていた。

「そんなに気になるなら、今日のデートでもっと似合うのを買ってくれよ」

可愛い彼に、にこりと微笑みかける。

「……！　そうか、そうしよう！」

エルムートの顔がぱっと輝く。

彼はしょっちゅうフランソワのことを可愛い可愛いと言ってくれるが、彼の方がよほど可愛いのではないだろうか。

くすりと笑みを零《こぼ》し、エルムートが伸ばした手を取る。楽しいデートの始まりだ。

二人はまず、衣料品店の建ち並ぶ地区に向かった。

そこでわかったのは、フランソワがもらったような一部分がシースルーになったソレイユルヴィル式の衣服は非常に少ないということだった。ほとんどがバルバストル式の衣服ばかりだった。

バルバストルのノンノワールは、絹製の薄い布の飾りがところどころについた美しい衣服を纏《まと》うようだ。下衣はズボンだが、腰から伸びた薄い布がドレスめいた印象を与える。

「むう……」

エルムートは難しい顔をしている。

神子《みこ》が贈ったような服を自分が見つけることができなくて、がっかりしているのだろう。

「涼しい服なんてどうせこの国にいる間しか着ないのだから、バルバストル式の服でもいいんじゃないか？　むしろ、俺は着てみたい」

「そうか！」

フランソワの提案に彼はたちまち機嫌を直し、フランソワに似合いの服を選ぶために時間を費やし始めた。

フランソワの身体に様々な布をあて、どれが似合うかと真剣に検討する。絶対に神子《みこ》の贈りものよりも良いものを買おうと意気込んでいるのだろう。彼がこんなにも真剣に考えてくれること自体が嬉しくて、フランソワは幸せで仕方がなかった。

最終的に、彼は二つの候補まで絞り込んだ。

「やはりフランソワには薔薇《ばら》のような赤が似合うと思うのだが、この大空を映したような青の服も捨てがたい……」

彼は唸る。

「なら試着してみようか」

フランソワは試着室に入り、赤の衣服と青の衣服とを順番に着た。

「ああ、どちらを着ても可憐だな、フランソワは……！」

フランソワが実際に着てみせたことで、彼の悩みは解決するどころかさらに難易度を増したらしい。

このままでは埒《らち》が明かない。服選びだけで一日が終わってしまう前に、フランソワは口を開いた。

「エルムート、俺、赤い方が欲しいな？」

「よし、そっちにしよう！」

エルムートは疾風迅雷《しっぷうじんらい》の速さで赤い方の服を購入してくれた。

「ん、これは……」

エルムートが購入してくれている間、ある服がフランソワの目に入った。そしてあることを心に決める。

フランソワはエルムートに気づかれないように店員に声をかけ、その服を購入した。その服は宮殿の客室に送っておいてくれと頼んで。

店を出た後は、気ままに街中を散策する。

「エルムート、変な猫が水を吐いているぞ！」

白亜の建物が建ち並ぶ通りを歩いていると、噴水を見つけた。この噴水の水も奇跡の泉から引かれているのだろうか。噴水に設置されたブサかわな猫の石像の口から、水がとめどなく溢《あふ》れている。

「フランソワ、それは猫じゃない。獅子の像だそうだ」

「え、ライオン⁉　これが⁉」

フランソワは改めて噴水の像を見つめてみる。だがどう頑張っても、獅子には見えなかった。へちゃむくれた顔の猫にしか見えない。

噴水の傍は水があるからか、涼やかだ。少し歩いただけでも慣れない暑さに肌を焼かれたフランソワは、噴水の縁に腰かけた。

「向こうに氷菓子の屋台があるな。食べたいか？」

「氷菓子？　食べたい！」

「よし、ここで待っていてくれ」

エルムートが氷菓子を買いに行ってくれる。

氷菓子屋は、見習い魔術師の小遣い稼ぎにぴったりの仕事だ。氷菓子を融《と》かさぬように冷たい温度に保つのは、属性魔術の得意分野だ。

暑いバルバストルでは氷菓子は大人気なのだろう、あちこちで氷菓子の屋台を見かけた。

噴水の縁で涼みながら待っていれば、エルムートが氷菓子を手に戻ってきた。

「服は赤いのを選んだから、せめて氷菓子は青いのを」

彼はそんなことを口にしながら、青空の色をした氷菓子を差し出す。棒が刺さったキャンディー型の氷菓子だ。せめて氷菓子は青いのをなんて、まだ買わなかった方の服に未練を残していたらしい。

「ふふ、嬉しいな」

氷菓子を受け取り、エルムートが隣に腰かけてくれるのを待つ。噴水の縁に並んで座ると、氷菓子を一舐《ひとな》めした。涼風を思わせる爽やかな味が、身体の熱を奪っていってくれる。

見上げる青空はどこまでも高く広く感じられる。

この幸福感は一生忘れないだろう。

バルバストルを思い出す時、きっとこの空の青さと氷菓子の色を思い出すに違いない。


あの後も二人でゴンドラに乗ったり、怪しげな土産物を売る店をひやかしたりと、いろいろなことをした。どれもこれも楽しかった。

楽しすぎて、宮殿に戻ってくる頃にはすっかりくたくたになっていた。

「フランソワ様、購入された物品が届いております」

宮殿勤めの召使いが、荷物をフランソワに渡して去る。

衣料品店で購入したものだ。

「フランソワ、いつの間に買い物なんてしていたんだ？」

「ふふっ、ちょっとな。とりあえず夕食にしよう」

客室に夕食を持ってきてもらい、二人は食事を済ませた。

食事の後、フランソワは身体を綺麗にしたいと言って天蓋付きの寝台の幕を下ろし、一人になった。秘密裏に注文した衣服に着替えるためだ。

身体の清拭《せいしき》を終えると、フランソワは新しい衣服に腕を通した。

「エルムート……その、この格好は、どう思う？」

自分で購入したものではあるが、実際に着てみると思いのほか恥ずかしくて、顔が熱くなる。羞《しゅう》恥心《ちしん》を覚えながら、彼に感想を尋ねる。

「な⁉　フランソワ⁉」

彼はぎょっと目を見開いた。シースルーのシャツを見た時よりも、ずっと驚いたことだろう。フランソワはセクシーな踊り子の衣装を身に纏《まと》っていたのだから。

ヘソが丸出しで、それ以外の部分も肌が透けて見えるほど薄い布に覆《おお》われているだけの衣装だ。

この衣装を店で見つけた瞬間は、きっとエルムートが喜ぶぞと思った。だが、いざとなるとドン引きされるのではないかと不安が襲ってきていた。

「その、エルムートに喜んでもらいたくてこっそり用意したんだけど……」

フランソワはもじもじとしながら、彼を見上げる。

「オレのために、着替えてくれたのか……⁉」

彼は目を見開いたままフランソワの衣装を凝視している。

いつもクールな彼が、こんなにもぎょっとした顔をしているのは初めてだ。

「や、やっぱり、こんな格好、駄目だよな……着替えてくる」

しょんぼりとして踵《きびす》を返したその時だった。

「待ってくれ、フランソワ！」

ガシリと腕を掴まれた。

「駄目じゃない、すごく興奮した……！　今すぐ抱きたいくらいだ！」

情熱的に抱き締められ、顔を上げると彼の蒼《あお》い瞳と視線が合う。

言葉どおり、彼の興奮を示す感触が身体に押し付けられた。その硬さにフランソワも下腹の奥がきゅんと疼《うず》く。

「エル……」

フランソワが甘えた瞳で見上げると、彼はフランソワの身体をお姫様抱っこで抱き上げる。フランソワは素早くベッドの上まで運ばれた。

「フランソワ……っ！」

フランソワをベッドに横たえるなり、彼はフランソワの唇を奪った。

口内を舌で愛撫しながら、フランソワの身体に手を滑らせる。絹製の薄い布地の上から身体を撫で回され、フランソワはあっという間に身体中が熱くなった。

「っ」

布地の上から乳首を抓《つね》られ、ビクリと身体が反応する。縁《ふち》を撫で回されたかと思いきや、乳首を圧《お》されて刺激される。いつもと違う、布越しの感触に敏感に感じてしまう。フランソワの中心が薄い布地を押し上げていくのがわかった。

「フランソワ」

口を離した彼が、低い声で名前を呼ぶ。彼の手がフランソワの中心に触れる。

「ひゃっ」

布越しに性器に触れられ、声が漏れた。

「もうこんなにしてしまって、フランソワはえっちだな」

布の上から自身を扱かれる。

回数を重ねるごとに、彼にもだんだんと余裕が生まれてきたような気がする。あれやこれやと、様々な手で攻められるようになってきた。

「あっ、あぁ……っ！　だめ、汚れちゃう……っ！」

フランソワのモノからは、先走りの蜜が垂れ始めていた。

その言葉を聞いて、彼はフランソワの下肢を守るわずかな布地を横にずらした。恥ずかしい場所が空気に晒《さら》される。

「こんなえっちな格好をして、オレにめちゃくちゃにされてもいいのか？」

彼の指が、後ろの入口を撫でる。ヒクリとそこが反応してしまう。

「め、めちゃくちゃにされたい……っ！」

潤《うる》んだ瞳でこくこくと必死に頷いた。

彼の喉仏が上下したのが見えた。生唾を嚥下《えんげ》したのだろう。

エルムートは自分の衣服を寛《くつろ》げていく。

脈打つモノが姿を現し、入口に押し充《あ》てられた。

「最近ただでさえ忙しくて交われていなかったのに、こんなに煽って。止まれなくても知らないからな」

熱く囁かれる。低い声に背筋がゾクゾクとした。

それを狙って、えっちな格好をしたのだ。せっかくの休日なのだから、一日の終わりはたっぷりと気絶するまで彼と楽しみたい。

「うん……っ！」

頷いた瞬間、ズグリと剛直が入口を貫いた。

「……っ！」

貫かれる瞬間は、今でも息が止まりそうになる。生理的な涙が眦《まなじり》から零《こぼ》れ落ちた。

「フランソワ、大丈夫か？」

彼が案じてくれる。額にかかった髪をどかしてくれる手つきが優しい。

「うんっ、エル……うごいて……っ」

彼の身体に手足を巻き付け、甘えた声でねだる。

早く彼が欲しくてたまらなかった。腹の中で脈打っているソレで滅茶苦茶にしてほしい、と腰を揺らめかせる。

「なら、動くぞ」

なんとも言えない彼の微笑に色気を感じて、身体の奥が熱くなる。

剛直がゆっくりと引き抜かれ、フランソワのイイところを擦り上げるように奥を突いた。

「あ……っ！」

的確に性感帯を刺激され、甘い嬌声《きょうせい》が漏れ出た。回数を重ねるごとに、エルムートは行為が上手くなってきている気がする。それとも、こちらが感じやすくなってきているのか。

涙を零《こぼ》しながらも、フランソワは笑みを返した。

「あっ、あ……っ！　ンっ！　あぁ……っ！」

ぱちゅり、ぱちゅりと音を立てて腰を打ち付けられる。

熱い吐息が首筋にかかり、興奮が背筋を駆け抜けた。

今夜の彼は少し野性的だ。獣のように貪《むさぼ》られることが嬉しくて、嬌声《きょうせい》を上げる。

「あぁっ、エルっ！　エル……っ！」

頑張って着た衣装に興奮してくれているのだ。

彼は激しく腰を打ち付け、肉を打つ乾いた音を部屋に響かせる。

パン、パン、パン、パンッ。

律動はだんだんと激しさを増していく。彼の興奮が伝わってくる。

「フランソワ、出すぞ……ッ！」

「──ッ！」

胎《はら》の奥に白い熱が勢いよく放出された。

途端に快感が内側で弾けて、イッてしまった。

肉襞が収縮して彼のモノを強く握り締める。

「ひぅ、はぁ……っ」

胸を上下させながら絶頂の余韻に浸っていると、モノが引き抜かれる。

それからうつ伏せになるように身体を裏返された。

尻に硬いモノが押し付けられると同時に、うなじに熱い息がかかった。

「フランソワ、好きだ！　愛してる……っ！」

「あぁ……ッ！」

勢いよく挿入され、声が迸《ほとばし》った。

そのまま激しい律動が始まる。

「あっ！　あぁっ！　ン、あぁ……っ！」

押し潰されるように後ろから貪《むさぼ》られる。

汗で濡れたエルムートの身体が背中に密着している。

「フランソワ、フランソワ……っ！」

肉と肉のぶつかる音が、先ほどよりも派手に響いている。

フランソワは、思わず枕を握り締めた。獣の交尾のように後ろから犯される背徳感に、ゾクゾクと這《は》い上がってくるものがあったから。

未だ余韻の抜け切らない身体は感じやすい。にもかかわらず、彼は遠慮容赦なく熱をぶつけてくる。剛直で何度も何度も穿《うが》たれ、幾度も幾度も抉られる。

「あっ、あンっ、あぁ、あぁッ！　あッ！　あぁ……ッ！」

快楽の奔流が身体の内側を、頭の中身を埋め尽くす。こんなに激しい行為は初めてだ。枕を抱き込んでいなければ、シーツを引き裂いてしまっていたかもしれない。

「エル、イクっ！　イク……ッ！」

再び高められるのに時間はいらなかった。絶頂はすぐそこまで迫っている。

「フランソワ、一緒にたくさん気持ちよくなろう……っ！」

低い囁き。ゾクリとした瞬間、最奥に一際激しく彼のモノが打ち付けられた。

「――ッ!!」

快感が上限を超え、脳内が真っ白になった。

背が自然と反り、ぐっと爪先《つまさき》が伸ばされる。

「フランソワ……っ！」

だが、彼の動きは止まらない。

間際まで引き抜かれ、一気に奥まで打ち付けられた。

「あッ、あぁッ、あッ、ンっ、あッ、あッ！」

喉から嬌声《きょうせい》が迸《ほとばし》る。

間髪《かんはつ》を容《い》れず激しい律動がフランソワの肉体を貪《むさぼ》る。何がなんでも孕《はら》ませる、という雄の欲望を感じる。そのことが嬉しくてたまらなかった。

「エルっ、あぁッ、エル、エル……ッ！」

「フランソワ、フランソワ……ッ！」

何も考えられなくなって、互いが欲しくて欲しくてたまらなくて、ただひたすらにお互いの名を呼び合った――

その晩は、こんなにたくさんシてしまったのは初めてだというくらいに何度も交わりが続いた。

翌朝は羽目を外しすぎたことを恥ずかしく思ったが、幸福な思い出であることには違いなかった。お腹の中にたくさん出されたから、赤ちゃんができるかもしれない。もし彼の子がお腹の中に宿ったのなら、それ以上幸せなことはないと思った。


「フランソワ、身体は大丈夫か？」

無理をさせすぎたと反省しているのだろうか、翌日のエルムートは事あるごとにフランソワの身体を気遣ってきた。

「エルムート、俺はそんなにやわじゃない」

苦笑しながら答える。

昨晩はあんなに雄々しく抱いてくれたのに、今朝は小鹿のようだ。彼のそんなところが愛おしくてたまらないのだから、仕方がない。

「だが……」

「エルムート、今日は午後から神子《みこ》様と会談することになっているんだ。その用意をしないと」

時刻はもう昼近い。早く身支度を整えて、朝食兼昼食をとらなければならない。

フランソワの言葉に、エルムートは大慌てで召使いを呼んでくれたのだった。

神子《みこ》のもとへと赴《おもむ》くにあたり、フランソワは髪をお団子に纏《まと》めた。適度におくれ毛を引き出して、ふんわりとした雰囲気になるようにする。着用したのはもちろん、昨日彼に購入してもらった赤いバルバストル式の衣服だ。

エルムートはそれを見て、「その髪型も似合っている」と褒めてくれた。最近ではすっかり褒め上手だ。嬉しい言葉をすかさず口にしてくれるので、彼のことが好きな気持ちが無限に膨らんでいく。

「じゃあ行こうか」

「ああ、それが今日はエルムートはついてこれないんだ」

「なに……!?」

同行を断られ、彼は衝撃を受けたような顔をする。

「神子《みこ》様は今日、俺に奇跡の泉を見せてくれるらしい。でも奇跡の泉はこのバルバストルの要《かなめ》だからな、防犯上の問題で俺一人にしか見せられないらしい」

「だが、俺はフランソワの伴侶だぞ！　それでも駄目なのか？」

彼が子供のような駄々をこねる。

「駄目ったら駄目だ」

「フランソワ……」

彼は悄然《しょうぜん》と肩を落とすと、こう言った。

「オレが付き添えないところにフランソワを呼び出すなんて……。神子《みこ》の奴は何か企《たくら》んでいるに違いない、気をつけろよ、フランソワ」

「おいおい、何を言い出すんだ、エルムート！　使節としてここに来たのを忘れたのか！」

誰かに聞かれたら、両国の絆に罅《ひび》が入りかねない発言に慌てる。幸いにして身支度を整えてくれた召使いは、もう部屋を退室していた。

「オレは本気でフランソワのことを心配して……」

「わかったわかった、俺はもう行くからな」

心配してくれるのは嬉しいし、おろおろしている彼は可愛いが、相手をしていては時間が足りなくなる。

フランソワはエルムートを置いて、さっさと神子《みこ》のもとへと向かった。

奇跡の泉、それこそがバルバストルを人の住める場所にしている。バルバストルを支える奇跡の泉とは、どのようなものなのだろうか。フランソワは密かに楽しみにしていた。

「聖女殿。こうして二人きりでお会いすることができて、嬉しい限りです」

向かった先には、物腰穏やかな神子《みこ》が待っていた。美しい黒髪に褐色の肌、長く引かれた黒いアイライン、額の徴《しるし》。今日も変わらず美しい姿をしている。

こんなにも気高い美しさを持つ人が、何かを企《たくら》んでいるわけはない。

エルムートの子供じみた主張を思い出し、笑いを堪えるのに少し苦労した。

「神子《みこ》様、先日は贈りものをありがとうございます」

「なんということはございません。我が国の伝統衣装を身に纏《まと》っていらっしゃるところを見ると、気に入っていただけたようでなによりでございます」

神子《みこ》がフランソワの赤い衣服を見やる。

それから、視線を上げた。

「我々はこれから、奇跡の泉に通じる秘密の通路を行きます。なのでこの先は召使いを排《はい》して、本当に二人きりになってしまうことをご了承ください」

神子《みこ》の言葉に、フランソワは驚く。

「そんな大切な通路を俺に教えてしまって、よろしいのですか？」

「ええ、魔王討伐をなさった聖女様が、ここで得た情報を悪用なさるはずがないと思っておりますので」

この国のすべてに水を送り込む奇跡の泉。その奇跡の泉に毒でも投げ込まれれば、それだけでこの国は壊滅してしまうだろう。それなのに、彼はフランソワが聖女だというだけで信頼してくれているのだ。

フランソワは感激し、絶対に泉の場所は誰にも漏らさないと決意した。

召使いを排《はい》し、二人きりで宮殿内の通路を進む。絶妙にカーブした狭い通路を進み、何度か道を曲がるともう方角がわからなくなってしまった。人気は一切ない。

フランソワは方向もわからず、ただ彼の後をついていく。

「ここです」

神子《みこ》は通路の途中で歩みを止めた。そこには、見事な壁画が描かれていた。泉から溢《あふ》れ出た水が地上を癒《いや》し、緑が芽生え、空には小鳥が歌い、人々は生を謳歌《おうか》する。そんな壁画だ。

「これは見事な壁画ですね。さぞかし名のある芸術家の作なのでしょう」

フランソワは壁画を見上げ、感嘆の息を吐く。

「ふふっ、聖女様。ここが目的地なのですよ」

「え？」

何を言い出すのかと神子《みこ》を見つめると、神子《みこ》は壁際に近寄り、額の徴《しるし》を壁画にくっつけた。

すると、不思議なことにごく普通の硬そうな壁が水面のように波打った。

見ている間に壁に変化が生じ、壁画の一部が変わった。変わったといっても絵が変わったのではない。そこに扉が現れたのだ。

「神子《みこ》にしか開けられない扉です。この先に奇跡の泉があるのです」

神子《みこ》しか開けられないのであれば、賊が忍び込むのは不可能というわけか。彼がフランソワを無防備に奇跡の泉に案内するのも、決して信頼だけによるものではないのだろう。フランソワは納得した。

神子《みこ》がその扉を開ける。その先の光景がフランソワの目に飛び込んできた。

一面の緑。異国情緒を感じさせる、シダ系の植物やヤシの木めいた木々が生い茂る中央に、その泉は湧いていた。

覗き込むのも怖いほどの深い蒼《あお》。そこから水が滾々《こんこん》と尽きることなく湧き出し続けている。さらに人工的に引いた水路が何本も出ていた。あの水路が都中の運河に水を届けているのだろう。

泉は穏やかに水を湧き出しているように見えるが、実際には途方もない量の水を途方もない勢いで放出しているに違いない。何本もの運河を支えられるのだから、きっとそうだ。

「これが奇跡の泉です。美しいでしょう？　これを貴方にお見せしたかったのです」

神子《みこ》は泉を示して微笑む。自慢したくなる気持ちもわかる、素晴らしい光景だと思った。

「奇跡の泉は神から賜《たまわ》った恩寵《おんちょう》です」

語りながら、神子《みこ》は泉の傍に建てられた東屋《あずまや》に移動する。西洋風の東屋《あずまや》、ガゼボに近い雰囲気の建造物だ。

神子《みこ》が一人になりたい時は、この東屋《あずまや》で奇跡の泉を眺めながら涼むに違いない。

神子《みこ》とフランソワは、東屋《あずまや》の椅子に腰かける。

「そういえば名前をお聞きしていませんでしたね。神子《みこ》様のお名前はなんとおっしゃるのですか？」

フランソワは尋ねる。

「神子《みこ》には名前などありません。神子《みこ》はすべてセイロンと呼ばれます。バルバストルの言葉で神の子という意味です」

神子《みこ》はそう言った。

フランソワは、セイロンというのはどこで切る単語なのかな、などと考えてしまう。初めての言語に触れた時、思わず解体したくなってしまうのは言語オタクとしての性《さが》だ。

「奇跡の泉から湧き出ているのは、ただの水ではありません。土地を富ませるための養分がふんだんに含まれているのです。おかげで暑さに強い作物ならば、ここではなんでも育ちます」

セイロンは語る。

砂漠の真ん中に人が住めるだけでなく、豊かですらある。それはすべて奇跡の泉のおかげなのだと。

「奇跡の泉がもたらす豊かさのおかげで、この国には身分制度すら必要ありません」

「身分制度すら？」

フランソワは驚きに声を上げる。

「ええ、バルバストルには貴族は存在しないのですよ。民から富を搾《しぼ》り取り、私腹を肥やすだけの貴族など必要ないのです。国は神子《みこ》が治め、民は働く。奇跡の泉がありますから、真面目に農業に従事すれば不作ということはありえません。ここは食うに困る者もいない理想郷なのです。それもこれもすべて、奇跡の泉のおかげです」

セイロンは滔々《とうとう》と語った。

聞いた瞬間は驚いてしまったが、思えば前世の国だって貴族制度なんてなかった。自分も随分と今世で培《つちか》った常識に染まってしまったらしい。

「なるほど、奇跡の泉はこの国のすべてなんですね」

フランソワは笑顔で相槌を打った。

「ええ、そのとおりなのです。ですが、最近困ったことがあります」

セイロンは形のいい眉を下げ、悲しみに満ちた顔を作る。

「困ったこととは？」

「……そうですね、聖女様にならば話してもいいでしょう」

彼は逡巡《しゅんじゅん》する素振りを見せたが、話すことに決めたようだ。口を開く。

「実を言えば、奇跡の泉が涸《か》れかけてきているのです」

「え……っ!?」

フランソワは思わず顔を青くして、泉へと視線を投げかけた。

つい今しがた、この国にとって奇跡の泉がどんなに大切なものか聞かされたばかりだ。それが涸《か》れるとはどういうことか、簡単に想像できた。

泉は見たところ、さっきとまったく変わらぬように見える。この泉が涸《か》れるだなんて、にわかには信じがたかった。

「変わらず奇跡の泉は水を湧き出し続けているように見えるでしょう。しかし、水が湧き出る量が少しずつ減っていっているのです。間違いありません、水の量を計測していますが先月湧き出した水の量は先々月より少なくなっています」

セイロンは悲しげな視線を泉に投げかける。

「そんな……！」

「このままのペースで減少していけば、十年後には完全に涸《か》れるでしょう。原因はわかりません。我々は奇跡の泉を復活させる手立てを探しながらも、泉が涸《か》れてしまった場合どうするかを考えなければならないのです」

語る彼の表情には、決意が秘められているように見えた。

滅びゆく国を救うために、なんらかの悲壮な決意を固めたのだろうと思われた。

「そのための施策の一つとして——まずは聖女を私の伴侶としたい」

彼の言葉が耳に届いた瞬間、てっきり彼が単語選びを間違えたのだと思った。セイロンのソレイユ語はかなり流暢《りゅうちょう》だが、母語ではないのだから間違うこともあるのだろう。

「ははは、神子《みこ》様。お言葉を間違えていますよ。それでは俺が貴方の伴侶になることになってしまいます」

フランソワは笑い飛ばしたが、セイロンの憂鬱《ゆううつ》そうな表情に変化が生じることはなかった。

「言葉を間違えたのではありません。今後衰退していくバルバストルの未来のためには、聖女を確保することは必須と考えております。この先貴方が生み出すであろう数々の魔術、そして聖女としての威光を我々は欲しています。それらがあれば水がなくとも生きていく道を見出せるかもしれません」

セイロンは確かに聖女を欲していると口にした。

もしかしたら彼は、自分が既婚者であることを知らないのかもしれない。為政者にしては随分と迂闊《うかつ》だが、そうとしか考えられない。

「あの……残念ですが、俺にはもう伴侶がいます。宴会の席で俺の隣に座っていたのが、俺の伴侶です」

「存じております。その上で、私は貴方が欲しいと言っているのです」

淀《よど》みない返答に、フランソワの笑顔が強張《こわば》った。彼が本気であることを理解したからだ。

「な、何を……」

「ソレイユルヴィルにも、離婚という制度は存在しているでしょう？　私の伴侶になることは不可能ではないと思いますが、何が不思議なのでしょうか」

セイロンはくすりと口元を歪めた。

「騎士団長の伴侶というのもなかなかの地位かもしれませんが、聖女である貴方には小さすぎる。一国の主《あるじ》の伴侶になった方が幸福に過ごせるとは思いませんか」

言うに事欠いてエルムートを侮辱するのか。

あまりの怒りに、むしろ頭の中がスッと冷たくなるのを感じた。フランソワは笑みを消して、答えた。

「お言葉ですが、俺は伴侶が騎士団長だから結婚したわけではありません。愛しているから、結婚したのです」

「おや、ソレイユルヴィルでは政略結婚が当たり前だと聞いたのですが……読み違えましたか」

「失礼します」

フランソワは立ち上がった。これ以上ここにいたら、神子《みこ》に対して不敬罪に該当するような言葉を吐きそうだったからだ。

「おっと、聖女様。私の話は最後まで聞いた方が良いかと」

彼が意味深な笑みを浮かべるので、フランソワは眉をひそめた。

「私の提案を断るのであれば、貴方の伴侶は死に至ることになるかもしれない」

フランソワの顔からさっと血の気が引いた。

彼の言葉は明らかな脅迫であった。

「一国の主《あるじ》ともあろう方が、他国の騎士団長を害するおつもりなのですか？」

「いいえ、私自身はそんな命令を下したりはしません。ですが臣下たちはとても気が利く者たちで、私が何かを憂《うれ》いていると勝手に解決してしまうのです。今回も、手の者が勝手に貴方の御夫君《ごふくん》を事故に見せかけて殺してしまうかもしれませんね」

「……ッ！」

キッとセイロンを鋭く睨《にら》み付けるが、彼の表情は変わらない。柔らかで優しげな笑みを浮かべた表情が、ふてぶてしいものに見えてきた。この表情は彼の仮面なのだ。微笑みの下で、どんな悪巧みをしているかわかったものではない。

エルムートの勘が正しかったのに。彼の言葉をまったく信じなかったことを、後悔した。

「ここで話したことは、他言無用でお願いします。そうでなければ、どうなるか……おわかりですね？」

陰謀の香りを漂わせ、セイロンは妖しく笑う。

どうなるかとはつまり、エルムートを暗殺してやると言いたいのだろうか。

セイロンはこれまでもこうして、策謀を張り巡らしてきたのだろうか。それを見抜けなかった自分を腹立たしく思いながら、フランソワは踵《きびす》を返してその場を後にした。

フランソワはまっすぐ部屋には戻らなかった。

部屋に戻ったら、エルムートと顔を合わせてしまうからだ。どうしたらいいか考えを纏《まと》めてから、彼に会いたかった。

ふらふらと廊下を歩き、気がつけば外に出ていた。フランソワは無意識に噴水まで行き、その縁に腰かける。

フランソワは頭を悩ませた。

このままでは、セイロンにエルムートが暗殺されてしまう。それだけは絶対に避けなくてはならない。エルムートと離婚して、不本意ながらセイロンと結婚するしか暗殺を阻止する手立てはないように思われた。

セイロンをボコボコにして吹っ飛ばしてやることができたら、どんなにいいだろうか。でもフランソワの使える魔術に、戦闘に向くものはない。たとえフランソワに戦闘力があったとしても、神子《みこ》をボコボコに吹っ飛ばしたりしたらどうなることか。

絶対にエルムートと別れたくないが、彼が殺されるようなことがあればどうやって生きていけばいいのかわからない。

どうエルムートに別れを告げようか。一人で思い悩むフランソワの思考は、そこまで進んだ。

エルムートとの思い出が、自然に思い返される。

幼い日、初対面の彼にいきなりプロポーズされた。びっくりしたし戸惑ったけれど、彼は自分のことを好きなんだと思うと嬉しかった。

それから、どちらかというと背の低かったエルムート少年はどんどん身体を鍛え上げ、フランソワ好みの見た目になっていった。

けれども、たとえ彼がうらなりの青びょうたんのようなもやし体型に成長していたとしても、フランソワは彼のことが好きになっていたのではないかと思う。

結婚してください、と訴えてきた彼の蒼《あお》い瞳。硝子玉《ガラスだま》のように綺麗な瞳がまっすぐに真剣にフランソワを見つめていた。あの日のことを思い返すといつも想起されるのは、彼の瞳の蒼《あお》さだ。それ以外のものは、よく覚えていない。

もしかするとあの瞬間、フランソワも彼に惚れたのかもしれなかった。

考えれば考えるほど、彼への想いが胸をつくばかりだった。どのように別れを切り出したものか、まったくわからない。

考えがまったく纏《まと》まらないのに、エルムートに会いたくてたまらなかった。今すぐ彼にすべて打ち明けることができたら……

そう考えた瞬間だった。

「フランソワ、フランソワ！」

エルムートの声が耳に届いた。

一瞬、幻聴かと思った。彼に会いたいあまりに、ありもしない声を聞いてしまったのだと。だって彼は自分の行き先を知らないはずだから。

「フランソワ、ここにいたのか！」

だから、駆け寄ってくる彼の姿が見えた時は心臓が口から飛び出すかと思うくらいに驚いた。

「フランソワが一人で外に出ていくのを見たと召使いから聞いて、慌てて追いかけてきたんだ。どうしたんだ？」

蒼《あお》い瞳が、心配そうな色に染まっている。どこまでも深くて真剣な蒼《あお》。

求めていたものに顔を覗き込まれ、自分の中の感情に抑えがきかなくなる。感情の堰《せき》がぷつりと決壊し、涙という形になって眦《まなじり》から次々と零《こぼ》れ出した。

「フランソワ、何かあったのか⁉」

突然泣き出したフランソワに、彼が慌てる。

「……よし、とりあえず部屋に戻ろう。それでいいな？」

フランソワはただ、こくりと頷いた。


エルムートは部屋に戻るとフランソワを長椅子に座らせ、涙をハンカチで丁寧に拭いてくれた。

「それで、何があったか聞かせてくれるか？」

隣に腰かけた彼が優しい声で尋ねる。

「別に、何もない」

他言したらどうなるか……という神子《みこ》の脅しが怖くて、フランソワは首を横に振った。

「フランソワ」

彼の手が、フランソワの手を握る。

顔を上げると、蒼《あお》い瞳にフランソワの姿が映るほどにまっすぐに見つめられた。

「以前、君はオレに求めただろう。なんでも相談してくれと。今度はオレも君に同じことを求める。困ったことがあったのならば、なんでもオレに話してくれ。オレは君の伴侶なのだから」

「エルムート……」

彼の言葉に、一人で悩んでいた自分の愚かしさを知った。なんのために精霊様の前で、彼と契《ちぎ》りを交わしたのか。どんな時も二人で支え合って生きていくためではなかったのか。

「そうだな、そうだった。俺が馬鹿だった。神子《みこ》から聞かされたことのすべてを、エルムートに話す」

「やはり神子《みこ》に何か言われたのか……！」

鼻息を荒くしたエルムートに、フランソワはすべてを説明した。

奇跡の泉が涸《か》れそうだということ。衰退してゆく国のために聖女を欲していると言われたこと。そして、断ればエルムートを暗殺すると脅されたこと。

「想像以上に最悪な男だ！　今すぐオレの剣の錆《さび》にしてやりたいくらいだ！」

話を聞き終わると、エルムートは憤慨《ふんがい》した。

フランソワのために顔を真っ赤にして怒ってくれた。

「だが良かった、対処法は簡単だな。神子《みこ》の提案を蹴ればいい」

「でも、そんなことしたらエルムートが暗殺されて……！」

彼が何故平気そうに言うのか理解できず、フランソワは悲鳴に近い声を上げた。

「フランソワ、オレが他国の暗殺者などにやすやすと殺されると思うのか？」

「え……？」

「フランソワは知らないみたいだが、オレは結構強い方なんだ。暗殺者など返り討ちにしてやる」

彼は腕組みして、不敵にニヤリと笑ってみせた。

フランソワはぱちぱちと目を瞬《またた》かせる。子供っぽく光る蒼《あお》い瞳を見つめていたら、なんだか本当に彼の言うとおりのような気がしてきたから不思議だ。

「ふっ、ふふ……！　一人で悩んでたのが馬鹿みたいだ！　エルムートに相談するだけで、物事がこんなに簡単に思えるなんて！」

くすくすと笑いが零《こぼ》れてしまう。彼は立ち込めていた暗雲を、あっという間に晴らしてしまった。

まだ何も解決したわけではないが、彼と一緒ならば越えられない壁などないように思えた。

「そうだ、フランソワ。脅しなんか取り合う必要はない。奇跡の泉が涸《か》れるからなんだというのだ、そんなのは神子《みこ》自身が解決すればいい！」

彼は毅然《きぜん》と言い放った。

「うん……？　神子《みこ》自身が解決する……？」

フランソワの脳裏に何かが過《よぎ》った。これまで見聞きしたもので、この現状を打破できる何かがあった気がする。

「――そうだ、それだ！　そもそも奇跡の泉が涸《か》れなければ、神子《みこ》が俺たちを脅しつける理由もなくなる！」

「フランソワ、何か思いついたのか⁉」

「ああ、神子《みこ》との取引材料ができた！」

魔王を討伐した自分にならば、それが可能なはずだ。相手が聖女である自分を望むというのならば、お望みどおり聖女らしい方法で解決してやろうじゃないか。

フランソワは力強い視線で、エルムートを見上げる。

「もう一度神子《みこ》に会いに行く、だからついてきてくれ、エルムート！」

「ああ、もちろんだ！」

二人は決然と神子《みこ》の待つ場所——奇跡の泉へと向かった。

奇跡の泉へと続く入口を隠す壁画は、扉が露《あら》わになり、その先に入れるようになったままだった。

神子《みこ》はフランソワが戻ってくるとわかっていたのかもしれない。

「おや」

神子《みこ》はまるでフランソワが去ったその瞬間から一ミリも身動《みじろ》ぎしなかったかのように、東屋《あずまや》の椅子にゆるりと腰かけたままだった。

「私の提案を受け入れるために、すぐに戻ってくると思っていたのですが……御夫君《ごふくん》が一緒ということは、私の予想はどうやら外れたようでございますね」

声の届く範囲まで距離を詰めると、エルムートがフランソワを庇《かば》うように前に出る。

「まずはオレに一言言わせてくれないか」

エルムートが振り返らないままフランソワに許可を求める。

「うん、わかった」

目の前の背中に頼もしさを感じながら、頷いた。

彼は仁王立ちになり、東屋《あずまや》にいるセイロンに対して吠えた。

「神子《みこ》セイロンよ、オレは決してフランソワを他の誰にも渡しはしない！　相手が一国の主《あるじ》であろうとなんだろうと関係ない、フランソワを一番幸せにできるのはオレだ！」

フランソワは、後ろからぎゅっと彼の服の裾を握った。やっぱり自分の伴侶はエルムートしかいない。彼は、どんな時だって自分を助けてくれるのだ。

「ふっ」

セイロンは笑みを零《こぼ》す。この瞬間だけ切り取れば、それが嘲笑であることには到底気づけないであろう柔らかい笑みだった。

だがフランソワたちはもう彼の正体に気づいている。

「聖女を差し出すことはできない、ならばどうするのですか？　まさか代わりに奇跡の泉を復活させてくれるとでも？」

笑みを深めて、セイロンは尋ねる。

美しい顔に生じた笑い皺《じわ》が、威嚇《いかく》めいた気配を感じさせる。

「そのとおりだ。俺なら奇跡の泉をなんとかできる」

フランソワはエルムートの背後から出て、はっきりと肯定した。

「……は？」

神子《みこ》の笑みが掻き消え、目を瞬《またた》かせる。初めて神子《みこ》が見せた素の表情だった。

「な……何を言い出すのだ、バルバストルで最高の頭脳を誇る学者たちがどんなに頭を悩ませても原因がわからなかったのだぞ、貴様らに解決できるわけがない！」

狼狽したセイロンが、大声を上げた。

おそらくセイロンという男は、酷《ひど》く現実主義的な男なのだろう。奇跡の泉から湧き出る水の量が減っているという報告を目にして、もしかしたら一時的なことかもしれないと楽観するどころか、泉を復活させる手立てが見つかるかもしれないという希望にすら縋《すが》らなかった。彼は素早く泉を諦め、泉がなくなったバルバストルを生かすにはどうすればいいかという方向に思考をシフトした。

最初から泉を復活させるという目的でフランソワに視線を向けていれば、解決策も見つかっただろうに。

「原因がわからずとも、無理やり解決させる手段はある。そもそも封印の手段などなかったのに、無理やり魔王を封印した千年前の聖女のように」

神子《みこ》は可能性に思い至ったかのように、ハッと目を開く。

「まさか、概念魔術……？」

「そう。『多大な生贄《いけにえ》を捧げれば、これくらいの奇跡は起こせるはず』という、全人類がなんとなく思っている概念を利用して行使する大魔術。それを使用すれば、奇跡の泉を涸《か》れさせないようにすることもできると思う」

「それは本当か……！」

セイロンの表情がパッと明るくなる。

純粋に国のために行動していたという点は間違いないようだ。

『『魔王を討伐する』ではなく、『奇跡の泉を復活させる』ならば、世界の半分もの生贄《いけにえ》は必要ないだろう」

「それは良かった！」

安堵したセイロンが見せた笑顔は、心からの笑顔のように見えた。

「――ただし、概念魔術を行使するには条件がある」

冷たい声で告げると、神子《みこ》の顔から笑みが消えた。

やっと気がついたのだろう、奇跡の泉を復活させる手立てを持つ唯一の人物に、これ以上ない無礼を働いてしまったという事実に。

「なんでもしましょう。金ならいくらでも差し上げます。絹の織物だって、山のようにおつけしましょう。希少な宝石も！」

神子《みこ》の言葉がまるで命乞いめいて聞こえた。額を汗が伝い落ちているのは、暑い日差しのせいではないだろう。

「そんなものはいらない、ただ約束してほしいだけだ。概念魔術の代償は貴方が払うと」

「代償を私が……？　まさか、私に生贄《いけにえ》になれと!?」

こんなに暑いのに、神子《みこ》の顔は真冬の池に落ちたかのように真っ青になる。

「貴方の命程度では、到底代償には相応《ふさわ》しくない。概念魔術は概念を操《あやつ》る魔術。世界の理《ことわり》を納得させるには、それらしいものを生贄《いけにえ》に捧げなければ」

世界の理《ことわり》とは、概念魔術の成否を司《つかさど》るもの。古文書によれば、人類の集合的無意識が正体なのだとか。

「奇跡の泉という聖なるものを復活させるためならば、やはり聖なるものを生贄《いけにえ》に捧げなければ。そうでなければ、世界の理《ことわり》は納得しない。そのために俺は、『神子《みこ》の神性』を生贄《いけにえ》に捧げることを提案する」

フランソワは堂々と神子《みこ》を睨《にら》み付けて、言い放った。

「神、性……？」

「貴方の額の徴《しるし》は消え失せ、バルバストルにはもう二度と額に徴《しるし》を戴《いただ》いた赤子が生まれることはなくなるだろう。神子《みこ》という存在が消え去るんだ」

奇跡の泉は人の血を吸ったりはしない。

だから、セイロン自身の命を生贄《いけにえ》としては扱わない。そこでフランソワが目を付けたのは、神子《みこ》の神性だ。それならば世界の理《ことわり》のお眼鏡に適うことだろう。

神子《みこ》の神性がなくなった結果、人々はセイロンをバルバストルの為政者として認めなくなるかもしれない。だが、バルバストルのその後なんてフランソワの知ったことではない。

「そういうことだそうだ。さあ、どうするんだ？」

エルムートが詰め寄った。

「わ、私は……」

右へ左へと、セイロンの視線が泳ぐ。

だがここにはセイロンを助ける者は誰もいない。

「……受け入れよう。民の幸福には代えられない」

何かを諦めたようにガクリと肩を落としながら、セイロンは提案を受け入れた。

彼が示した覚悟だけは認めるとしよう。


「フランソワ、とんでもない旅行になってしまったな。もっと楽しむ予定だったのに……すまない」

帰りの馬車の中、エルムートがポツリと謝った。

転移魔法陣を使用して、エルムートとフランソワだけ一足先にソレイユルヴィルに帰ってきたのだ。

奇跡の泉には、既に概念魔術を施《ほどこ》してきた。セイロンの額から徴《しるし》が失われるのも、この目で確かめた。

これからバルバストルがどうなるのかは、また別の話だ。後に残った第一王子が、ソレイユルヴィルには悪い影響が及ばないようにしてくれることだろう。

「なんでエルムートが謝るんだ、エルムートのせいじゃないだろう」

「でも、フランソワはバルバストルに行くのを楽しみにしていたのに……」

項垂《うなだ》れるエルムートは何か勘違いしているようだ。

さっきまであんなにかっこよかったのに、とくすりと笑みを零《こぼ》す。

「エルムート。俺が楽しみにしていたのはバルバストルに行くことじゃなくて、新婚旅行だよ」

「新婚旅行？」

この世界にはない習慣の名前を出され、彼はぽかんとする。

「俺は今回の旅が楽しかったよ。エルムートと一緒に外国の街を見られて、いろいろなものを見たり食べたりできて、すごく楽しかった。俺は満足している。だから、謝らないでくれ」

「……！」

エルムートは驚いたように目を丸くする。

それから、蒼《あお》い瞳に真剣な色を乗せて口を開いた。

「それなら、これからも二人でいろいろなところに出かけよう！　数年に一度とか、二人の予定を調整して旅行しよう！」

蒼硝子《あおガラス》のような瞳がキラキラと輝いている。

騎士団長は多忙だし、フランソワも決して暇とは言えない。それでも二人で協力して予定を合わせれば、旅行に行くのは決して不可能なことではないだろう。

「そうだな、それがいい。楽しみだ」

一緒に他の街を散策して、笑い合って。行き先がどこであっても、彼と一緒ならば楽しくなることだろう。未来を想像すると、自然に笑顔になってしまう。

「……まあ、数年後なら、二人じゃなくて三人になってそうだがな」

「え？　フランソワ、なんて言った？」

唐変木《とうへんぼく》は大事なところを聞き逃した。まったく可愛い男だ。

これはただの勘でしかないが、近々家族が増えるような気がするのだ――この勘はきっと当たる。

フランソワは満たされた気持ちで、自分のお腹をそっと撫でたのだった。

ハッピーエンドのその先へ ー
ファンタジックなボーイズラブ小説レーベル

&arche NOVELS
アンダルシュノベルズ

愛される幸せを
知ってしまった

悪役令嬢のペットは殿下に囲われ溺愛される

白霧 雪。／著
丁嵐あたらよ／イラスト

公爵令嬢ベアトリーチェの幼馴染兼従者として生まれ育ったヴィンセント。ベアトリーチェの婚約者である第二王子が他の女に現を抜かすため、彼女が不幸な結婚をする前に何とか婚約を解消できないかと考えていると、第一王子のエドワードが現れる。「ベアトリーチェの婚約について、『ベアトリーチェにとって不幸な結末』にならないよう取り計らう」「その代わり、ヴィンセントが欲しい」と取引を持ち掛けられ、不審に思いつつも受け入れることに。警戒を解かないヴィンセントに対し、エドワードは甘く溺愛してきて……

詳しくは公式サイトにてご確認ください。
https://andarche.alphapolis.co.jp

異世界BLサイト"アンダルシュ"
新刊、既刊情報、投稿漫画、ツイッターなど、BL情報が満載!

この作品に対する皆様のご意見・ご感想をお待ちしております。

おハガキ・お手紙は以下の宛先にお送りください。

【宛先】

〒150-6008 東京都渋谷区恵比寿 4-20-3 恵比寿ｶﾞｰﾃﾞﾝﾌﾟﾚｲｽﾀﾜｰ 8F
（株）アルファポリス　書籍感想係

メールフォームでのご意見・ご感想は右のＱＲコードから、
あるいは以下のワードで検索をかけてください。

アルファポリス　書籍の感想　検索

ご感想はこちらから

本書は、「アルファポリス」（https://www.alphapolis.co.jp/）に掲載されていたものを、
改稿、加筆のうえ、書籍化したものです。

嫌《きら》われてたはずなのに本《ほん》読《よ》んでたらなんか美《び》形伴侶《けいはんりょ》に
溺愛《できあい》されてます　～執着《しゅうちゃく》の騎《き》士《し》団長《だんちょう》と言語《げんご》オタクの俺《おれ》～

野良猫のらん（のらねこ のらん）

2023年 2月 20日初版発行

編集－塙綾子
編集長－倉持真理
発行者－梶本雄介
発行所－株式会社アルファポリス
〒150-6008 東京都渋谷区恵比寿4-20-3 恵比寿ｶﾞｰﾃﾞﾝﾌﾟﾚｲｽﾀﾜｰ8F
TEL 03-6277-1601（営業） 03-6277-1602（編集）
URL https://www.alphapolis.co.jp/
発売元－株式会社星雲社（共同出版社・流通責任出版社）
〒112-0005 東京都文京区水道1-3-30
TEL 03-3868-3275
装丁・本文イラスト－れの子
装丁デザイン－AFTERGLOW
（レーベルフォーマットデザイン－円と球）
印刷－図書印刷株式会社

価格はカバーに表示されてあります。

落丁乱丁の場合はアルファポリスまでご連絡ください。

送料は小社負担でお取り替えします。


ISBN978-4-434-31627-2　C0093